Bésame en la oscuridad

Bésame en la oscuridad

Kimberly Logan

Esencia/Planeta

Los personajes, eventos y sucesos presentados en esta obra son ficticios. Cualquier semejanza con personas vivas o desaparecidas es pura coincidencia.

Título original: *A kiss in the dark*

Avda. Diagonal, 662-664, 08034 Barcelona (España)

Primera edición: marzo de 2008

ISBN: 978-84-08-07618-6
Fotocomposición: Tiffitext, S. L.
Depósito legal: NA. 410-2008
Impresión y encuadernación: RODESA (Rotativas de Estella, S.A.), Villatuerta, Navarra

Impreso en España – Printed in Spain

Dedico este libro a mi familia, chiflada pero adorable, por hacerme reír en todo momento, aunque quiera llorar. Os quiero más de lo que imagináis

Y también a las amables y atentas damas de Kentucky Romance Writers. Puede que Dios me dotara del talento para escribir, pero vosotras me habéis enseñado todo lo necesario para emplearlo con éxito. Gracias por los ánimos y el apoyo. No estaría aquí de no ser por vosotras

Prólogo

Londres, 1819

—¡Maldita cría!

Tristan Knight, quinto conde de Ellington, se mesó los cabellos mientras iba arriba y abajo por delante de la chimenea, con paso agitado.

—¡Te juro, Archer, que si no puedo controlar las travesuras de Emily, pronto seré el candidato perfecto al manicomio! —añadió.

De pie fuera del círculo de luz que proyectaba el fuego, el anciano mayordomo movió la cabeza, los cansados ojos azules rebosantes de preocupación.

—Aún es joven, señor, y no ha tenido a nadie que la guiara en los últimos años. Me temo que su padre la dejaba campar bastante a sus anchas.

—Soy consciente de lo que hacía mi padre. —Tristan se detuvo de golpe, y se volvió hacia su sirviente con los brazos en jarras—. Su ambivalencia y negligencia no sirvieron más que para armar un maldito embrollo que ahora me toca a mí desenredar.

Al darse cuenta de que no había mucho más que decir, Archer guardó silencio.

Tristan frunció el cejo mientras su mirada recorría el estudio, contemplando su estilo puramente masculino. Nada parecía haber cambiado mucho en los ocho años que había estado fuera, al menos a primer golpe de vista. El mobiliario de caoba maciza, impresionante y magnífico, la inmensa colección de libros que se alineaban en las estanterías, seguían siendo igual de intimidatorios. Sólo un ojo extremadamente perspicaz habría reparado en los bordes un tanto deshilachados de la alfombra estilo Axminster, o en el tono desvaído de los pesados cortinajes de brocado que colgaban de las ventanas.

—Su señoría no volvió a ser el mismo después de la muerte de su madre —dijo Archer al final, cambiando el peso de su enjuto cuerpo de un pie al otro—. Me temo que se pasaba la mayoría de las noches en su club y en los salones de juego, y cuando volvía a casa, normalmente lo hacía un poquito demasiado… ebrio como para ocuparse de los asuntos domésticos.

La mención de la condesa hizo que a Tristan se le encogiera el corazón. Con un suave suspiro, se dejó caer en un sillón que había cerca del hogar y se llevó las manos a las sienes.

—Lo sé. Y te pido disculpas por haberte gritado, Archer. Tú no tienes la culpa. Me temo que me he dejado llevar por mi temperamento. Una vez más.

—Lo comprendo, señor. Lady Emily puede ser una joven muy difícil.

Aquello era quedarse corto.

—¿Cuántas institutrices van ya? ¿Tres? ¿Cuatro?

—La última vez que las conté íbamos por la quinta, creo.

¡Cinco en menos de cuatro meses! Por todos los santos, ¿es que su hermana tenía la intención de probar con todas las institutrices de Londres?

—Para ser justos —aventuró Archer—, el incidente con la señora Eversley no fue enteramente culpa de lady Emily. Con la luz adecuada, la vinagrera se parecía muchísimo al frasco de reconstituyente de aquella mujer.

—Dudo mucho que la señora Eversley estuviera de acuerdo con esa opinión, especialmente después de beberse un trago de vinagre. Y no hay motivo que justifique la miel en los zapatos de la señorita Dalrymple o la culebra de jardín que Emily metió bajo las sábanas de la señora Petersham. Vamos que si la señora Petersham hubiera tenido unos años más, la pobre habría sufrido un ataque de apoplejía. Así y todo, ya bastante histérica se puso.

El arrugado rostro del mayordomo enrojeció.

—Lady Emily es bastante impetuosa, señor, pero estoy seguro de que, como usted mismo sabe, los últimos meses han sido para ella un período de adaptación. Primero la muerte de su señoría y después su llegada... Bueno, estoy seguro de que lo único que necesita es un poco de tiempo para aceptar los nuevos cambios en su vida.

—Le he dado tiempo. Le he dado ya cuatro meses, pero la situación parece empeorar en vez de mejorar, y me estoy quedando sin alternativas, por no hablar de institutrices. La señora Peter sham traía excelentes recomendaciones, y por culpa de Emily no duró aquí ni una semana.

—Vamos, señor, creo que usted logró la misma hazaña con su último tutor en menos de veinticuatro horas.

Tristan no pudo evitar una leve sonrisa al oír las palabras de Archer. Era verdad. En su niñez, su comportamiento había distado mucho del que cabría esperar del hijo y heredero modélico. De hecho, tras cuatro años intentando complacer a un padre imposible de complacer había optado por rebelarse de una manera bastante descarada.

Tristan dirigió la mirada hacia el escritorio situado en el rincón más alejado de la sala, y en su mente vio a Sinclair Knight sentado tras él, con su adusta expresión, sermoneándolo sobre lo erróneo de su vida de libertino. Su padre y él nunca habían estado de acuerdo en nada, y en numerosas ocasiones sólo la balsámica presencia de lady Ellington había logrado evitar que llegaran a las manos.

Como siempre, pensar en su adorable madre lo llenó de una indescriptible angustia, y su sonrisa se desvaneció al instante. Una serie de imágenes lo asaltaron como exhalaciones. El rostro surcado de cicatrices de un hombre. El reflejo de un cuchillo. La sangre derramada sobre los fríos adoquines del oscuro callejón.

Incapaz de afrontar los atormentadores recuerdos, Tristan se obligó a apartarlos de su mente y miró a Archer.

—Emily me odia —murmuró en voz alta—, y no puedo culparla. La abandoné, la dejé aquí sola con un hombre que estaba tan hundido en su dolor que ni siquiera podía cuidar de sí mismo, mucho menos de su hija.

El mayordomo avanzó penosamente hacia su señor y posó una de sus nudosas manos en su brazo.

—Ella no lo odia, señor. Simplemente no está acostumbrada a que alguien se preocupe por ella.

Tristan se puso en pie y avanzó hacia las ventanas. Descorrió las cortinas y miró la calle. El sol empezaba a ponerse sobre las lujosas residencias de Berkeley Square y, a excepción de un farolero que hacía su ronda, todo estaba en calma.

—Yo me preocupo por Emily, Archer —dijo sin volverse—. Sólo quiero lo mejor para ella, pero no tengo la menor idea de cómo educar a una niña de catorce años. —Tristan bajó la cabeza—. No debería haber estado fuera tanto tiempo.

Cerró la mano y apoyó el puño sobre el alféizar de la ventana. No podía negar la verdad contenida en sus palabras. Debería haber vuelto a casa antes, pero la mera idea le resultaba demasiado dolorosa. Y ni en sus peores pesadillas podría haber imaginado que lord Ellington se hundiría en una vida de disolución hasta el punto de abandonar, no sólo los deberes que su título implicaba, sino también sus responsabilidades como padre.

—Tiene que ser paciente, señor —dijo Archer, colocándose

junto a Tristan—. No puede reparar el daño de ocho años en sólo cuatro meses. Tarde o temprano, lady Emily se dará cuenta de que usted sólo trata de hacer lo mejor para ella.

Tristan se aflojó el nudo de la corbata. Acto seguido, comenzó a recorrer arriba y abajo la habitación nuevamente.

—Si sólo estuviéramos hablando de mi impaciencia, no habría problema en esperar. Pero hay más motivos de preocupación. Tú y yo sabemos lo que dirá lady Dragón cuando se entere de este nuevo fiasco.

Lady Dragón era la hermana de su padre, Ruella Palmer, marquesa de Overton. Severa y adusta como su hermano, se había convertido en una constante fuente de conflicto desde la vuelta de Tristan, pues no se había molestado en ocultar lo mucho que desaprobaba que él fuera el tutor legal de su sobrina.

—Con su poder e influencia podría ponerme las cosas extremadamente difíciles si ella y su marido decidieran intentar arrebatarme la custodia. Me ha amenazado muchas veces con hacerlo. —Se volvió hacia su mayordomo—. No puedo perderla, Archer.

La sola idea sacudió su alma hasta los cimientos, y su mirada vagó hasta el retrato de Victoria Knight que colgaba sobre la chimenea. Delicada y de cabellos dorados, con el rostro en forma de corazón y expresión serena, su madre tenía los ojos de un color poco común, idéntico a los de él y Emily. De hecho, su hermana guardaba tal parecido con su fallecida madre que a veces Tristan se quedaba atónito.

«Lo siento tanto, madre. Te he fallado. Pero no le fallaré a Emily. Te lo juro. ¡No le fallaré!»

Inspiró hondo y dirigió de nuevo su atención a Archer.

—Supongo que podría enviarla a Knighthaven. La Temporada se acabará dentro de poco, y puede que no le venga mal pasar un tiempo lejos de Londres.

—O tal vez de esa manera encuentre nuevos líos en los que meterse.

—Bueno, pues algo tengo que hacer, y rápido, antes de que la tía Rue regrese del campo y aparezca por aquí exigiendo saber cómo voy a remediar la situación. —Tristan se encogió de hombros—. Supongo que debería hablar con Emily. ¿Dónde está?

—Creo que enfurruñada en su habitación, señor. Pero antes de que vaya a verla, ¿puedo darle un consejo? Cuando hable con ella, yo intentaría no mostrarme muy... adusto.

Aquello era más fácil de decir que de hacer. Si bien Tristan había heredado los ojos color violeta de su madre, lo mismo había pasado con la apariencia severa y taciturna, la impresionante altura y la fuerte constitución de su padre. Era prácticamente imposible que no resultara adusto.

Atravesó la estancia, pero aún no había llegado a la puerta cuando unos súbitos golpes en la misma rompieron de repente la quietud.

Tristan alzó una ceja al tiempo que abría. Al otro lado encontró a la doncella, que lo miraba con expresión agitada.

—¿Sí? ¿Qué ha ocurrido, Mary?

—¡Es lady Emily, señor! Se... ¡se ha ido!

Se quedó petrificado.

—¿Cómo que se ha ido? —consiguió decir.

—He subido a ver cómo se encontraba y la habitación estaba vacía. Había esto en su almohada. —Con mano temblorosa, la chica le entregó un trozo de papel plegado.

Tristan tomó el papel y leyó apresuradamente la nota escrita con letra de mujer. El terror se apoderó de su corazón, que empezó a bombear sangre como un fuelle; sintió cómo sus latidos le golpeaban las sienes cuando se volvió hacia el mayordomo.

—¡Dios mío, Archer, Emily se ha fugado!

1

—«Así, el ángel metió a los niños en sus camitas con un dulce beso de buenas noches y la promesa de que siempre los acompañaría, velando por ellos y protegiéndolos. Pero antes de irse, hizo que la luz de las estrellas entrara por la ventana para guiarlos en sus dulces sueños…»

Deirdre Wilks, vizcondesa de Rotherby, cerró el libro y observó al grupo de niños sentados en torno a sus pies. Una leve sonrisa apareció en sus labios al ver sus miradas ensimismadas. Ser la artífice de aquellas expresiones en sus caritas, poderles hacer olvidar, aunque sólo fuera por un momento, las terribles circunstancias en que vivían, siempre le proporcionaba una gran satisfacción personal.

—Vaya, milady —dijo uno de ellos, apoyando la pequeña barbilla en una mugrienta mano—. Seguro que esos niños debían de ser muy buenos para que un ángel los metiese en la cama.

Deirdre se echó a reír.

—Así es, Miles.

El pequeño que estaba sentado en su regazo le llamó la atención tirándole suavemente de la manga. Era Benji, de seis años, lo llamaban así porque era el benjamín del grupo, y la miraba con una expresión tan seria en sus ojos castaños que ella sintió que se le encogía el corazón.

—¿Y ese ángel siempre se quedó con ellos, milady? —susurró—. ¿Aunque no pudieran verlo?

—Claro, Benji. Era su ángel guardián.

—¿Y yo tengo un ángel guardián?

—Sí, tesoro. Todos los niños tienen uno.

Un resoplido despectivo los interrumpió, y un joven de cabello oscuro avanzó hacia el círculo de luz que proyectaba sobre la habitación la única vela encendida. Tenía las comisuras de los labios curvada hacia abajo, lo que le confería un aire chulesco.

—No la escuchéis. ¡Los ángeles no existen, y si creéis lo contrario no sois más que una panda de cabezas huecas!

El labio inferior de Benji empezó a temblar, y Deirdre lo abrazó con fuerza al tiempo que lanzaba una mirada feroz en dirección a Jack Barlow, uno de los mayores de la banda de ladronzuelos conocida como los Dedos Largos. Jack era un ser solitario y hosco que parecía disfrutar burlándose de los demás chicos. En el año que llevaba ocupándose de la tarea que ella misma se había impuesto de ayudar a los chicos de las calles londinenses, Deirdre había intentado acercarse a él varias veces, pero hasta la fecha no había encontrado más que desprecio en respuesta a todos sus avances.

Adoptando su expresión más severa, iba ya a lanzarse a defender su causa con firmeza cuando una tercera voz, cortante como el filo de una navaja, intervino atravesando la oscura estancia.

—Cierra el pico, Jack.

Éste enrojeció y frunció el cejo.

—¡Tú no eres mi jefe y yo puedo decir lo que me venga en gana! Tú no…

—He dicho que cierres el pico, y hablo en serio.

Una figura se materializó surgiendo de lo más profundo de las sombras.

Peter Quick, el líder oficioso de la banda, tenía quince años, uno menos que Jack, pero era delgado como una vara, y lo superaba en altura varios centímetros; sus ojos encerraban una sabiduría y un conocimiento muy superiores a los que les corresponderían por edad. Emanaba una relajada autoridad, algo que el otro chico jamás poseería, y su seguridad en sí mismo y su fuerza habían servido de sostén al grupo en los malos tiempos, lo que le había granjeado la confianza y la lealtad de todos, cosa que disgustaba a Jack visiblemente.

Deirdre observó cómo Peter enarcaba las cejas de forma casi arrogante, al tiempo que avanzaba hacia el hosco joven, retándolo a plantear alguna objeción.

—¿Algún problema?

Por un momento, Jack se quedó donde estaba, considerando qué posibilidades tendría en una pelea cara a cara con Peter, que era más corpulento que él, hasta que, finalmente, se dio la vuelta y atravesó la habitación en dirección a un sillón que había junto a la fría chimenea, y se dejó caer en él, mascullando entre dientes.

—¿Existen los ángeles, Peter? —preguntó Benji, con timidez.

La expresión de Peter se suavizó mientras revolvía con una mano los rizos del pequeño.

—Si lady R lo dice, debe de ser cierto. Ella no nos mentiría, ¿a que no?

Benji negó con la cabeza y miró a Deirdre.

—¿Es usted un ángel, milady?

Ella sonrió con ternura.

—No, tesoro. Pero te agradezco el cumplido.

—¿Podría leernos el cuento otra vez? —pidió.

Sin embargo, antes de que Deirdre pudiera decir nada, Peter retomó la palabra con tono que no admitía discusión.

—Ya basta por esta noche, amiguito. Es la hora de dormir para todos vosotros.

Un murmullo general se elevó entre los niños que estaban sentados en el suelo. Sin embargo eran buenos chicos, y al cabo de uno o dos minutos ya estaban todos en pie, despidiéndose de Deirdre y dirigiéndose a continuación hacia sus jergones.

Benji se detuvo un momento y se quedó mirándola con expresión dubitativa antes de decirle algo al oído.

—¿Me puedo quedar con el libro, milady?

—Por supuesto. Para eso lo he traído. Pero tienes que prometerme que lo compartirás con los demás.

En vez de responder, el niño le echó los brazos al cuello y le dio un húmedo beso en la mejilla. A continuación, se bajó de su regazo y se marchó con el libro.

Con la visión enturbiada por las lágrimas, Deirdre lo observó correr tras los otros. Benji era un niñito encantador que merecía mucho más de lo que tenía. Todos lo merecían.

Recorrió la habitación con la mirada sin poder evitar un escalofrío al contemplar aquel lugar. La banda de los Dedos Largos había hecho de uno de los muchos edificios abandonados su madriguera, y, aunque era evidente que alguien se había esforzado por mantener el interior lo máximo de limpio y recogido posible, no había manera de ocultar las grietas ni los desconchones de las paredes, o el lamentable estado de los muebles. Desde la calle, al otro lado de las ventanas de guillotina, llegaban los gritos de los tenderos que pregonaban su mercancía, y las voces pendencieras de los clientes habituales de las tiendas de ginebra del barrio y de los burdeles.

Ningún niño debería crecer en semejante ambiente de pobreza y necesidad, pensó Deirdre con desesperación. Pero ¿desde cuándo la vida era justa?

—¿Se encuentra bien, milady?

La voz de Peter la sacó de sus lúgubres pensamientos y se volvió para mirarlo, forzando una sonrisa.

—Estoy bien. Es sólo que desearía poder hacer algo más.

—Ya ha hecho más que cualquier otra persona. —El chico señaló con el pulgar los sacos de comida y otros productos desparramados sobre una mesa de madera—. Gracias a usted tendremos comida en el estómago toda la semana próxima, y mantas para abrigarnos por la noche.

—Entonces, ¿los niños podrán dejar de salir a trabajar durante un tiempo?

Peter dejó escapar una suave carcajada al ver la mirada esperanzada de Deirdre.

—Estamos servidos. Los bolsillos de Londres no tienen nada que temer de nosotros en los próximos días. Claro que no puedo decir lo mismo de los chicos de Barnaby Flynt.

Deirdre se quedó de una pieza.

—¿Barnaby Flynt? —susurró con el corazón en la garganta y las manos aferradas a los brazos de la silla—. ¿Barnaby Flynt ha vuelto a Tothill Fields? ¿Estás seguro?

—Todo lo seguro que puedo estar sin haberlo visto personalmente. —Peter la observó detenidamente con curiosidad—. Un par de sus compinches agarraron a Davey en el callejón la semana pasada y trataron de birlarle las ganancias del día. Menos mal que pasamos por allí unos cuantos de nosotros y les pateamos el culo.

¡Barnaby Flynt! El nombre bastaba para hacer que el pulso de Deirdre se acelerase, y para recordarle el día que tan denodadamente había intentado olvidar. Un día de sangre y muerte. Unos hechos que invadían sus sueños desde hacía ocho años. Posó los dedos en la manga de Peter.

—Os suplico que tengáis cuidado con Barnaby Flynt. Puede ser un hombre muy peligroso.

—No es necesario que me avise, milady. Conozco de sobra a

Flynt y a su banda, pero no pienso hacerme a un lado mientras ellos se apoderan de todo esto.

Y eso precisamente era lo que ella temía. Puede que Peter fuera más fuerte que otros chicos de su edad, pero no era más que un niño, y Barnaby Flynt en cambio era un hombre. Uno que no se detendría ante nada con tal de conseguir su objetivo. Que utilizaría el engaño y el robo, e incluso el asesinato.

A Deirdre se le heló la sangre en las venas ante la mera idea de que Peter pudiera enfrentarse al malvado líder de aquella banda.

—No, Peter, escúchame. Tienes que apartarte de su camino. Y dile a los chicos que si ven a alguno de sus hombres, dejen lo que estén haciendo y desaparezcan lo más rápido posible. ¿Me has oído?

Peter apretó la mandíbula con gesto determinado, y Deirdre no pudo contener un gemido interior. Conocía aquella mirada, y sabía que el chico no tenía intenciones de hacerle caso. Debería haberse dado cuenta de que no iba a ser fácil. Peter era tremendamente testarudo, y se picaba ante la más mínima muestra de autoridad, pero no podía culparlo de ello. Gracias a esa actitud, él y los otros chicos habían logrado sobrevivir tanto tiempo en aquel mundo.

Vale, de acuerdo, pero no podía dar media vuelta y olvidarse de la presencia de Barnaby Flynt allí. Tendría que comprobar más a menudo que todos los integrantes de los Dedos Largos estaban bien. Y a la más mínima señal de problemas haría lo que estuviera en su mano para asegurarse de que no les pasara nada.

Y rezaría para que Flynt no descubriera nunca quién era ella realmente.

Deirdre se levantó con un suspiro.

—Creo que será mejor que me vaya. Se está haciendo tarde y, si no vuelvo pronto a casa, la señora Godfrey mandará a todo Bow Street en mi búsqueda.

La mirada de obstinación de Peter se desvaneció al instante dando paso a otra de preocupación.

—¿Quiere que la acompañe, milady? No es bueno andar sola por esta parte de la ciudad. Y menos cuando no se está familiarizado con ella.

Deirdre tuvo que reprimir una carcajada. Ella estaba más familiarizada con aquella parte de la ciudad de lo que él imaginaba.

—No, pero te lo agradezco mucho, Peter. He traído a Cullen conmigo. No me pasará nada. Me está esperando fuera con el coche.

Recogió su capa y atravesó la habitación para ver a Benji por última vez antes de irse. El pequeño se había quedado dormido con su nuevo libro apretado sobre el pecho. Llena de emoción, le pasó una mano por la cabeza y le acarició los rebeldes rizos. Cuánto deseaba poder tomarlo en sus brazos y llevárselo de allí.

Miró a Peter.

—Cuida bien de él.

El joven alzó el mentón, y una luz fervorosa brilló en las profundidades de sus ojos azules.

—Lo haré, milady. Siempre lo hago.

Deirdre no lo dudaba. Peter era ferozmente protector con todos los chicos, y en especial con Benji.

Se volvió y empezó a andar hacia la puerta cuando la súbita y vacilante pregunta de Peter hizo que se detuviera en seco.

—¿De verdad cree que todos los niños tienen un ángel guardián, milady?

Ella se volvió hacia él, tratando en vano de leer su expresión en la oscuridad.

—Sí. Lo creo.

—¿Incluso los malos?

En ese momento, Peter le pareció tan perdido y solo que

Deirdre deseó estrecharlo en un abrazo maternal. ¿Cuántas veces se había preguntado eso mismo ella cuando no era más que una niña? ¿Cuántas veces había pasado la noche en vela en su sucio jergón, en aquel cuchitril que llamaba hogar, preguntándose si Dios podría perdonarla por lo que se veía obligada a hacer para sobrevivir?

—Tú no eres malo, Peter. Ninguno de vosotros lo es.

Peter respondió levantando las comisuras de los labios con una sonrisa cínica.

—Somos carteristas, milady. Robamos para vivir, y nos cuesta creer que Dios envíe a sus ángeles para que vele por gente como nosotros.

Sin darle tiempo a buscar una respuesta adecuada, se dio la vuelta y desapareció en las sombras.

Peter estaba muy equivocado, pensó Deirdre, mordiéndose el labio mientras lo observaba. Pero ¿cómo explicárselo a un chico de quince años que sólo veía el lado malo de la vida? Antes de que apareciera Nigel y la sacara de las calles, dándole un hogar y una razón para vivir, ella había sentido exactamente lo mismo. El vizconde había sido para ella más que su ángel. Había sido su salvación.

Justo en ese momento, Deirdre captó un leve movimiento con el rabillo del ojo, y al levantar la vista se encontró con que Jack Barlow la estaba mirando desde el sillón donde se había sentado, junto al fuego apagado, con una mirada llena de ira y resentimiento.

Reprimió un estremecimiento. Había algo en aquel chico que la incomodaba, y no podía evitar pensar que su presencia en la banda terminaría causando problemas a los demás. Deirdre apartó la vista de él y, arrebujándose en su capa, salió al oscuro callejón.

Aunque el coche de Deirdre esperaba a la vuelta de la esquina, aguardó el tiempo necesario para asegurarse de que nadie la estaba mirando y, finalmente, echó a andar por la acera. En aquella parte de la ciudad, era mejor asegurarse bien para no tener que lamentarse después. Hizo una señal a su cochero, Cullen, para que no bajara del pescante cuando lo vio hacer ademán de saltar para ir a ayudarla, y ella sola abrió la puerta y se apresuró a meterse dentro. Aún no le había dado tiempo a acomodarse del todo cuando el coche arrancó con una sacudida.

Reclinándose contra los cojines, dejó escapar un suspiro y cerró los ojos mientras una oleada de profundo cansancio la invadía. Regresar a Tothill Fields siempre resultaba una experiencia emocionalmente agotadora. Le recordaba la vida que ella había llevado antes de convertirse en lady Rotherby. Cuando no era más que Deirdre O'Shea, hija de uno de los muchos borrachos del lugar.

Y una carterista de la banda de Barnaby Flynt.

Un escalofrío helado le recorrió la espina dorsal al ver en su mente el rostro del cruel líder de la banda. Con su brillante cabeza calva, unos ojos oscuros y fríos, y la siniestra cicatriz que le surcaba el lado izquierdo del rostro, era la encarnación del mismísimo diablo. Durante ocho largos años, su maligna sombra se había cernido sobre ella haciendo que se despertara dando gritos en mitad de la noche, perseguida por horribles pesadillas relacionadas con el trágico acontecimiento que había cambiado su vida para siempre.

Incluso después de todo ese tiempo, recordaba el incidente como si hubiera ocurrido el día anterior. Los gritos de dolor de la hermosa dama mientras ella trataba de alejar a Barnaby y a sus hombres, el charco color carmesí extendiéndose bajo el cuerpo de la mujer sobre los adoquines. Pero lo que más la atormentaba era la imagen del atractivo y destrozado joven sosteniendo la cabeza de la dama con suma ternura contra la suya, sus inusuales ojos color violeta rebosantes de angustia. Algo en él había atraído a Deirdre irremediablemente, y la había conmovido de una manera que no había logrado olvidar. Y ahora, el hombre que había provocado aquella cadena de desafortunados acontecimientos había regresado.

Deirdre apretó los puños sobre su regazo mientras reflexionaba sobre lo que podría significar el regreso de Barnaby Flynt. Peter tenía razón en una cosa: aquel hombre no se quedaría satisfecho hasta que consiguiera tajada en las actividades ilegales de Tothill Fields. Juego, prostitución, robo. Además de su propia banda de matones y asesinos, controlaría a los carteristas de la zona con mano de hierro, les exigiría una parte de sus ganancias. Y si no se la daban por las buenas, él se encargaría de arrebatársela por las malas.

¡Tenía que haber algo que ella pudiera hacer! Tal vez pudiese dar un chivatazo a Bow Street sobre la presencia del criminal en el distrito. Pero descartó la idea casi tan rápido como se le había ocurrido. Flynt se esfumaría hasta que pasara la tormenta, como había hecho antes, y ella sólo conseguiría atraer la atención sobre los Dedos Largos y otras bandas por el estilo, dificultándoles aún más la subsistencia.

Sabía de primera mano lo difícil que era ya para ellos. Pero ella había sido una de las afortunadas, y el día en que decidió robar la cartera de Nigel Wilks, vizconde de Rotherby, había sido su día de suerte.

El carruaje se detuvo abruptamente delante de su residencia en Piccadilly sacándola de sus reflexiones. Apenas prestó atención al coche aparcado junto a la acera de enfrente cuando se apeó del vehículo. Supuso que sus vecinos estarían dando una fiesta y subió los escalones hasta la puerta.

No se dio cuenta de lo equivocada que estaba hasta que entró en la casa.

—¡Ay, señora! ¡Pensé que no llegaría nunca!

Deirdre no pudo evitar sonreír al ver llegar tan apresuradamente a la señora Godfrey. La regordeta y maternal ama de llaves llevaba en la familia de Nigel más de treinta años, y desde la muerte de éste se había hecho indispensable.

—Lo siento mucho, señora Godfrey. No quería que se preocupara...

Pero la mujer negó con la canosa cabeza.

—No es eso, señora. —Lanzó una mirada llena de nerviosismo por encima de su corpulento hombro, y bajó la voz antes de decir—: Tiene visita.

—¿Visita? —Deirdre frunció el cejo mientras colgaba la capa y comprobó la hora en el reloj de pared—. Pero si es más de medianoche.

—Lo sé, señora. He tratado de convencerlo para que viniera mañana, pero...

—Por favor, no la culpe a ella, lady Rotherby.

El sonido de una voz grave atrajo la atención de Deirdre hacia la puerta del saloncito en el umbral de la cual esperaba una alta figura.

—Trató de echarme, pero me temo que fui de lo más insistente —añadió el hombre, dando un paso hacia la luz del vestíbulo. Cuando Deirdre vio con claridad sus rasgos palideció de la cabeza a los pies. Boquiabierta, ahogó un grito de aturdimiento y consternación.

¡Que Dios la ayudara, era el rostro que la había perseguido durante todos aquellos años! El rostro del joven cuya madre había muerto por culpa de Barnaby Flynt y ella misma.

2

Deirdre se quedó paralizada de terror mientras observaba al hombre que tan fácilmente podría poner fin a sus sueños con unas pocas palabras acusatorias.

¿Cómo la había encontrado después de tanto tiempo?

Profundamente alarmada, miró por encima del hombro de él, esperando ver aparecer a los agentes de la ley de un momento a otro. Sin embargo, al no ver a nadie, bajó algo la guardia. Al menos no corría peligro de ser inminentemente encarcelada.

—Lady Rotherby, ¿se encuentra bien?

La pregunta del hombre hizo que Deirdre sofocara una risa histérica. ¿Acaso aquélla era su morbosa idea de una broma? ¿Todo su mundo estaba a punto de derrumbarse y le preguntaba si se encontraba bien?

Pero cuando fijó de nuevo la vista en él, le sorprendió comprobar que la estaba mirando con el cejo fruncido, como si se hubiera quedado sinceramente confundido ante su muda reacción. Y, lo más importante, no había en su rostro señal alguna de reconocimiento.

¿Podía ser...? ¿Estaría ella confundida respecto a la identidad de aquel hombre?

Sin embargo, apartó la idea casi al momento. Aquel rostro fuerte, de mandíbula cuadrada, labios cincelados con firmeza y nariz recta y aristocrática era inconfundible. Aunque no tenía más que doce años cuando lo vio por primera vez, a Deirdre no le había pasado inadvertida la belleza masculina de sus rasgos, y el impacto de su apariencia no había disminuido en el tiempo que había transcurrido. Debía de medir casi un metro noventa de estatura, un verdadero gigante, y su sola presencia parecía llenar el vestíbulo con un vibrante magnetismo.

No obstante, fueron sus asombrosos ojos de color violeta los que la acabaron de convencer. El mismo tono intenso del cielo al atardecer, unos ojos absolutamente irresistibles, e inolvidables.

El hombre alzó una de sus oscuras cejas con impaciencia. Al darse cuenta de que estaba esperando una respuesta, Deirdre carraspeó y se obligó a decir algo:

—Sí. Sí, estoy bien, milord. Es que me he… sobresaltado.

—Entonces debo pedirle disculpas —dijo él con un tono de fría corrección—. Por eso y por lo tardío de la hora, pero lo que tengo que tratar con usted es algo muy urgente y no podía esperar a mañana. —Miró brevemente en dirección a la señora Godfrey—. ¿Podemos hablar en privado en algún sitio?

¿Para qué? ¿Para poder arrastrarla a Newgate sin que nadie se lo impidiese? Deirdre no estaba segura de a qué juego estaba jugando aquel hombre, ni de por qué no la había arrestado nada más entrar, pero mucho se temía que él tenía todos los ases. Por el momento, su única opción era seguirle el juego.

—Por supuesto. Señora Godfrey, ¿podría disculparnos un momento?

El ama de llaves ahogó un grito, y ya iba a protestar, pero Deirdre se lo impidió posando la mano en su brazo. No tenía dudas de lo que su fiel sirvienta estaba pensando. A una verdadera dama no se le ocurriría entrevistarse en privado con un caballero en su casa en mitad de la noche. Pero ¿qué otra cosa podía hacer? Algo en la forma en que aquel caballero apretaba la mandíbula con determinación le decía que no aceptaría un no por respuesta.

Además, ella nunca había dicho que fuera una verdadera dama.

—No pasa nada —le dijo al ama de llaves, intentando mostrar una seguridad que no sentía—. De verdad.

La señora Godfrey la miró con poco convencimiento, pero se encogió de hombros y, dándose la vuelta, se alejó mascullando su desaprobación entre dientes, visiblemente enfadada.

Aunque lo que deseaba era pedirle que volviera, Deirdre observó cómo desaparecía de su vista. A continuación, inspiró hondo y se enfrentó a la causa de su angustia.

—Vayamos al salón si no le importa.

El hombre asintió seco, con ojos velados, y, acto seguido, con una inclinación de cabeza y un rápido gesto de su brazo, le indicó que lo precediera.

Mirándolo con suspicacia, Deirdre obedeció y, al pasar junto al fornido cuerpo masculino, cobró conciencia de un leve, pero agradable aroma, una mezcla de ron y especias que le alteró notablemente los sentidos.

«Ya vale, Deirdre», se reprendió a sí misma mientras lo conducía por el vestíbulo. Aquél no era momento de perder la cabeza porque oliera bien. Si quería tener alguna posibilidad de salir airosa de todo aquello no podía permitirse distracciones.

Después de todo, no en vano había sobrevivido tres años sola en las calles de Londres.

Tristan siguió a su anfitriona, sin poder dejar de preguntarse qué demonios estaba haciendo en casa de una de las viudas con más mala fama de Londres.

Era la misma pregunta que llevaba haciéndose desde que se presentara en la puerta de lady Rotherby, pero seguía tan lejos de hallar la respuesta como al principio.

Había oído hablar mucho de la vizcondesa de Rotherby, y nada positivo. Al parecer, su matrimonio con el vizconde, tres años atrás, había sido un auténtico escándalo, y dado pábulo a todo tipo de especulaciones, pues el vizconde, mayor que ella, la había acogido en su casa cuando no era más que una niña. Su origen y su verdadera identidad eran un misterio, y sus idas y venidas durante el año que llevaba viuda, por no mencionar su extraña costumbre de contratar como personal doméstico a todo tipo de personajes de aspecto poco respetable, no había hecho sino dar pie a todavía más chismorreos.

Tristan tenía que admitir que, cuando Archer le había sugerido que acudiera a ella en busca de ayuda, la idea le había causado cierto desagrado, pero después de su frustrante visita a Bow Street y de lo que había descubierto al volver a casa, estaba tan desesperado como para hacer lo que fuera con tal de encontrar a Emily.

Cuando entraron en el pequeño salón, decorado con muy buen gusto, Tristan dirigió su atención a la dama en cuestión. No había resultado ser lo que él esperaba, eso seguro. En vez de la mujer hastiada y de mirada dura que había imaginado, había encontrado a una mujer cuya belleza lo había dejado impresionado. Alta y esbelta, con un aire de discreto refinamiento, tenía unos ojos de un brillante color verde esmeralda y llevaba el pelo, de un intenso tono caoba, recogido, aunque varios rizos le caían libre y provocativamente a ambos lados del cuello.

Observó cómo atravesaba la habitación para ir a sentarse en el borde de un sofá tapizado de terciopelo, sus curvas femeninas apenas insinuadas bajo el vestido de muselina de color verde jade. Un inoportuno ataque de lujuria lo embargó, pero Tristan lo apartó con firme determinación. Tenía que concentrarse en Emily, y no podía dejarse distraer por una atracción totalmente imprevista.

Con una regia inclinación de cabeza, Deirdre le indicó que se sentara en un sillón frente a ella. Tristan así lo hizo, y la luz de la cercana lámpara le permitió descubrir que lo miraba con recelo.

Lo cierto era que se había comportado de una forma muy extraña desde el principio, pensó mientras se sentaba. Casi como si temiese que fuera a saltar sobre ella en cualquier momento. Era consciente de su fornida constitución, pero eso no era motivo para considerarlo peligroso.

Deirdre, mientras tanto, rezaba por que su invitado no notara el leve temblor de sus manos, recatadamente cruzadas sobre su regazo. Se esforzó por controlar cualquier indicio de nerviosismo.

—Y, dígame, ¿qué puedo hacer por usted, lord...?

—Ellington.

No pudo reprimir un respingo de sorpresa. Había oído hablar del conde de Ellington. Toda la alta sociedad llevaba meses chismorreando sobre su reciente regreso para hacerse cargo del título, tras la muerte del anterior conde en un accidente de coche. Pero nunca habría asociado el nombre con el gallardo y joven caballero que se había lanzado a defender a su madre años atrás.

—Para serle sincero, no estoy muy seguro de que pueda hacer nada por mí —dijo él, reclinándose en el sillón—. Pero estoy desesperado, y alguien me sugirió que tal vez usted pudiera ayudarme.

Deirdre ladeó la cabeza considerando sus palabras. Aunque el tono del conde era frío y su actitud forzada, no detectaba ira ni animosidad ocultas en él. Por imposible que resultara de creer, estaba empezando a pensar que su presencia allí era una mera coincidencia, que no sabía quién era ella en realidad. Pero hasta que lo supiera con certeza, tenía que andarse con ojo.

—Vaya. ¿Y de qué manera?

—Mi hermana se... ha fugado.

—¿Su hermana?

—Sí. —El conde se pasó una mano por su cuidadosamente peinado cabello negro azulado, a consecuencia de lo cual un mechón suelto terminó cayéndole sobre la frente. Eso le daba una apariencia infantil, algo extraño en un hombre tan corpulento.

»Acabo de heredar el título —continuó— y, junto con él, la tutoría legal de mi hermana menor, Emily. —En su boca se dibujó un gesto apenado—. Me temo que mi padre era un poco más laxo que yo en cuanto al control de sus actividades, y ahora ella me odia por entrometerme en su vida. Esta misma tarde, después de una de nuestras frecuentes discusiones, se ha ido de la casa dejándome una nota.

Hizo una pequeña pausa y, cuando volvió a tomar la palabra, su voz parecía tensa.

—Mis sirvientes y yo hemos rastreado centímetro a centímetro la zona de Westminster durante horas sin resultado.

Por primera vez, Deirdre se percató de las líneas que la tensión dibujaba alrededor de su boca, del agotamiento que se veía en sus rasgos. Aquello no era un cuento para atraerla a una trampa. Hablaba en serio; podía verle el miedo en el fondo de los ojos.

Debería haberse sentido aliviada. Su verdadera identidad estaba a salvo. Pero aunque la tranquilizaba saber que no iban a llevársela a una fría y húmeda celda, su alivio se vio empañado por una profunda empatía hacia la situación del conde.

—Siento oírlo, milord —dijo con dulzura—. Pero me temo que no acierto a ver en qué podría yo ayudarlo. ¿Eso no debería corresponderles a Bow Street?

El rostro de Ellington se ensombreció.

—Hasta ahora, las autoridades no me han servido de mucha ayuda.

Poniéndose en pie, empezó a andar arriba y abajo por delante del sillón, y Deirdre se fijó en los poderosos músculos de sus anchos hombros, y en cómo se le tensaban los de los muslos, bajo los pantalones de color claro.

—El oficial con el que hablé me insinuó, con bastante condescendencia, que estaba reaccionando exageradamente, que, con toda probabilidad, Emily debe de estar en casa de alguna amiga, y que mañana estará de vuelta, sana y salva, de su traumática experiencia —añadió.

—¿Está usted seguro de que no se equivocaba?

—Ellos no conocen a Emily. Tiene pocas amigas de su edad, y ya he hablado con ellas. Han negado saber su paradero, y las creo. Emily nunca haría algo tan predecible.

—¿Tal vez un familiar…?

El conde resopló.

—El único familiar cercano que nos queda es nuestra tía, la marquesa de Overton. Emily sabe que no me llevo bien con ella y, aunque mi hermana pudiera sentir la tentación de buscar refugio en su casa en un ataque de despecho, la marquesa no se halla en su residencia de la ciudad en estos momentos. Ella y su marido se han ido esta mañana al campo y se quedarán allí más de una semana.

Deirdre no sabía qué decir. Se estaba quedando sin sugerencias y aún no tenía ni idea de por qué aquel hombre había acudido precisamente a ella.

—Me temo que sigo sin comprender…

—Creemos que está en Tothill Fields.

—¿Có-cómo dice?

El conde se detuvo y se volvió para mirarla, con expresión sombría.

—Al volver a casa desde Bow Street, mi mayordomo me estaba esperando. Me ha dicho que uno de los lacayos había encontrado el bolso de viaje de Emily, tirado y vacío, en medio de un callejón justo en el límite con ese barrio.

El corazón de Deirdre se le subió a la garganta. Si era verdad lo que decía, si la hermana del conde se había perdido en Tothill Fields, sólo era cuestión de tiempo que le ocurriera algo horrible.

—Nada más saberlo me dirigí hacia allí, por supuesto —continuó Ellington con tono lúgubre—, pero lo único que he descubierto es que los habitantes de la zona pueden ser muy poco colaboradores cuando quien les pregunta es alguien de mi... nivel social.

Deirdre se imaginó sin problemas cuál debía de haber sido la reacción de los habitantes de Tothill Fields al encontrarse con un aristócrata furioso exigiendo respuestas sobre el paradero de su hermana. Con toda seguridad habrían cerrado filas y elevado un muro de silencio, todos unidos en su desconfianza hacia los miembros de las clases altas.

—Y necesita mi ayuda —susurró ella lentamente.

El conde afirmó con la cabeza y se hundió nuevamente en el sillón.

—Me han informado de que usted conoce la zona, que esas personas confían en usted y podrían sentirse más inclinados a responder a sus preguntas.

Deirdre tenía que admitir que en eso tenía razón. A lo largo del último año se había ido ganando la confianza de los habitantes de Tothill Fields. La habían aceptado como una más, y la mayoría no dudaría en ayudarla en lo que pudieran. Pero ¿podía permitirse prestarle ayuda al conde?

Lo escudriñó entre las pestañas que protegían sus ojos entornados. A pesar de la rigidez de sus facciones, los ojos del hombre le imploraban en silencio, y parte de ella sintió el deseo de extender la mano hacia él y borrar de su frente aquellas arrugas de preocupación. No cabía duda de que, fueran cuales fuesen las diferencias entre ellos, él se preocupaba por su hermana, y la mera idea de aquella pobre chica rodeada de los más peligrosos criminales de la ciudad era de lo más alarmante.

Pero no podía arriesgarse, concluyó finalmente, no sin tristeza. Cuanto más tiempo pasara en compañía del conde, más probabilidades había de que terminara por reconocerla, y los niños callejeros de Londres la necesitaban demasiado como para que la apartaran de ellos.

—Lo siento, lord Ellington. No puedo hacer nada por usted.

—Si lo que quiere es un incentivo, estoy dispuesto a recompensarla satisfactoriamente.

—Le aseguro que no es por el dinero. Ya tengo suficiente.

Los labios del conde se apretaron formando una adusta línea, y en sus ojos empezó a llamear un brillo peligroso.

—Sí. Y nunca deja de asombrarme hasta dónde pueden llegar algunas personas para adquirir una fortuna.

En aquella insinuación no había resquicio para la duda. El golpe verbal fue para Deirdre como una bofetada. Era consciente de lo que la sociedad pensaba de ella, por supuesto, pero saber que aquel hombre también lo creía, le dolía aún más.

—Por favor, váyase, milord —dijo con serena dignidad, elevando la barbilla.

Durante un largo instante, Tristan no se movió, sino que se limitó a mirarla, mientras un músculo temblaba en su mandíbula. A continuación, se puso en pie y alcanzó la puerta en unas pocas zancadas largas y furiosas; desde allí, le dirigió una última mirada por encima del hombro.

—Y pensar que estaba empezando a considerar que tal vez la gente se equivocaba respecto a usted —dijo finalmente con un furioso gruñido.

Acto seguido, salió de la habitación mientras Deirdre lo miraba con los ojos abiertos y llenos de angustia.

3

La luna brillaba en el cielo derramando su pálida luz sobre los adoquines y proyectando un fantasmal resplandor sobre los destartalados edificios que se alineaban a ambos lados de la calle. Desde la puerta abierta de una taberna cercana, ruidosas risotadas penetraban en la noche. El sonido se mezclaba con el traqueteo del carro del carbón que circulaba por allí y las canciones desafinadas de un trío de jóvenes borrachos que avanzaban haciendo eses por la acera.

Cuando pasaron cerca de la entrada del estrecho callejón, sujetándose mutuamente para no caer, lady Emily Knight se arrebujó en la capa y se ocultó aún más en las sombras, con el corazón latiéndole en el pecho como si fuera a salírsele, hasta que los tres hombres doblaron la esquina y desaparecieron de su vista.

¿Cómo se las arreglaba para meterse siempre en situaciones como aquélla?, se preguntó desesperada.

Cuando salió de la casa de su hermano horas antes, se había dejado llevar por la ira, totalmente furiosa con Tristan por la forma en que éste se entrometía en su vida, y por negarse a ver que ella era capaz de cuidar de sí misma. Después de todo, es lo que había estado haciendo los últimos ocho años. No necesitaba que nadie le dijera lo que tenía que hacer o cómo tenía que hacerlo, y menos aún una institutriz. Pero de nada había servido tratar de explicárselo a él. En algún momento, el hermano al que ella adoraba se había convertido en un extraño frío, de mirada dura.

Le había bastado recorrer varios bloques de casas para darse cuenta de que no sabía hacia dónde se dirigía. No podía confiar en que ninguna de aquellas chicas melindrosas que se llamaban amigas suyas guardara el secreto sobre su paradero, y el único miembro de la familia que tenía en la ciudad era la tía Rue. Y la severa marquesa era la última persona a la que acudiría en busca de ayuda.

Entonces, ¿adónde podía ir?

No parecía que tuviera demasiadas alternativas y, tras considerarlas mentalmente, decidió ir en dirección sur, hacia el Támesis. Estaba segura de que, en cuanto llegara a los muelles, se las arreglaría para subir a bordo de una de las barcazas que remontaban el río en dirección a Oxfordshire. Desde allí, le resultaría fácil seguir a pie hasta Knighthaven. Tal vez cuando Tristan averiguase dónde estaba, apreciaría un poco más su ingenio emprendedor.

Sin embargo, después de andar un buen rato, se había dado cuenta de que los alrededores tenían un aspecto cada vez más sórdido y entonces la asaltó la inquietante idea de que, pese al trecho recorrido, no había llegado al muelle. A medida que caía la noche, las dudas habían empezado a asaltarla, así como el miedo y los nervios. Ninguna de las personas con las que se había cruzado parecía de las que estarían dispuestas a dar indicaciones a una joven dama de alta alcurnia. De hecho, algunos hombres se habían quedado mirándola con una lascivia que la había hecho estremecerse de asco.

Pero el colmo fue cuando se detuvo para orientarse. Había depositado un momento el bolso de viaje que llevaba sobre la acera, a su lado, y había apartado la vista de él tan sólo un momento, pero cuando se volvió nuevamente, había desaparecido. ¡No podía creerlo! Todas sus posesiones estaban en aquel bolso, entre ellas, la única cosa que para Emily tenía verdadero valor: un colgante de oro que había sido de su madre.

En ese momento se había dado cuenta de la gravedad de las circunstancias. ¡Se había perdido, y todo por culpa de Tristan!

«Si no hubiera vuelto», pensó, secándose las lágrimas que le enturbiaban la visión. Había vivido bien hasta que él había vuelto. Al menos su padre la había dejado en paz. Claro que la mitad del tiempo estaba demasiado borracho como para recordar que su hija estaba allí, pero eso no había sido un problema. Lo único que ella quería era libertad para hacer lo que le viniera en gana. Al menos, eso era lo que no había dejado de repetirse a sí misma.

Entonces, un ruido procedente del otro extremo del oscuro pasaje la asustó, y se apretó contra el edificio que tenía detrás, mientras miraba en aquella dirección, conteniendo la respiración. Durante la hora que llevaba ocultándose en las sombras, se había visto sorprendida por un gato sarnoso y una rata del tamaño de un perro pequeño, pero aquello era demasiado ruidoso para tratarse de un animal que husmeaba entre el apestoso callejón. Parecía el sonido de una reyerta, seguido de una sucesión de golpes secos.

La ganó la curiosidad, y echó a andar hacia el origen del ruido, pisando con cuidado entre la porquería esparcida por el suelo. Conforme se iba acercando, lo que desde la distancia no eran más que sombras fue adquiriendo forma hasta convertirse en una alarmante escena que obligó a Emily a detenerse y llevarse la mano a la boca para ahogar un grito.

Un grupo de jóvenes de aspecto violento habían acorralado a un caballero de mediana edad con aspecto de comerciante, contra la puerta trasera de una de las tiendas que daban al callejón. Era evidente que se disponían a causarle daño físico. Dos de ellos le sostenían los brazos a los lados, mientras un tercero descargaba sobre él unos atroces puñetazos. Un cuarto hombre estaba de pie, mirando, su rostro animado de una alegría bárbara.

¡Oh, Dios, iban a matarlo a golpes!, pensó Emily, mirando a su alrededor con nerviosismo. Pero no había nadie a quien pedir socorro. Aunque gritase dudaba mucho de que alguien acudiera en su ayuda.

—Ya es suficiente, Toby.

La voz reverberó en los confines del callejón, envuelta en una sedosa amenaza que le puso los pelos de punta. El chico que había estado pegando al hombre obedeció y retrocedió, mientras una figura emergía de las sombras y se colocaba en medio, con la arrogancia que otorga la autoridad.

El recién llegado era un hombre achaparrado, con una gran barriga cervecera, ojos juntos y astutos, y la cabeza, desprovista de pelo, reluciente a la pálida luz de la luna. Sin embargo, lo que dejó petrificada a Emily, como hechizada, fue la lívida cicatriz que le recorría la mejilla izquierda, levantándole un lado de la cruel boca en una parodia de sonrisa. Incluso a aquella distancia podía sentir la maldad que emanaba de él en poderosas oleadas.

—Vaya, vaya, señor Baldwin —estaba diciendo el hombre en un tono peligrosamente bajo, mientras daba vueltas alrededor del caballero, que se había derrumbado contra la pared del edificio con el rostro lleno de cortes—. No estaría pensando en irse sin decirle adiós a su buen amigo Barnaby Flynt, ¿verdad?

Tomando aire a jadeantes bocanadas, el comerciante trató de hablar.

—Cl-claro que no, señor Flynt. Yo nunca haría eso.

—Eso espero, porque tenemos pendiente ese asuntillo del dinero que me ha sisado.

—¿Que yo le he sisado, señor Flynt?

El tal Flynt hizo un gesto al chico que tenía al lado y que, sonriendo con satisfacción, descargó un nuevo puñetazo en el estómago del señor Baldwin que lo obligó a doblarse con un gemido de dolor.

—¿De verdad creía que no me enteraría de que me había engañado, Baldwin? —dijo el hombre de la cicatriz, moviendo la cabeza con un gesto casi apenado—. ¿Que no sabía que la mercancía que le había ido enviando valía más que unas miserables libras? Hice que Toby le siguiera durante días, y me ha estado poniendo al corriente de algunas cosas muy interesantes sobre usted.

—¡Sea lo que sea que le haya dicho, es mentira! ¡Lo juro!

—Toby sabe que es mejor no mentirme. Y eso es más de lo que puedo decir de usted —replicó Flynt, volviéndose hacia el joven nuevamente, enarcando una ceja en actitud inquisitiva.

Como respuesta, el chico se metió la mano en el bolsillo y sacó una bolsa pequeña atada con un cordel.

—Lo hemos registrado y llevaba esto encima.

La bolsa dibujó un arco en el aire y aterrizó en la palma abierta de Flynt con un ominoso tintineo. Éste se quedó mirándola con expresión indescifrable.

—Señor Baldwin, ha cometido usted el grave error de tratar de traicionarme.

Incluso a la tenue luz de la luna, Emily pudo ver cómo el rostro del comerciante palidecía como una máscara bajo sus heridas.

—¡No! ¡Por favor!

Sin hacer caso de sus súplicas, Flynt tiró la bolsa a su esbirro y se apartó unos pasos con actitud engañosamente despreocupada.

—Odio tener que hacer esto, Baldwin. De verdad que sí. Es difícil encontrar buenos peristas en esta parte de la ciudad. Pero no puedo permitir que se sepa que Barnaby Flynt se deja robar impunemente, ¿verdad que no?

—¡Por favor, señor Flynt, le juro que no volverá a ocurrir!

—Tiene razón. No volverá a ocurrir.

Flynt se dio la vuelta y, acto seguido, sacó una afilada navaja y la lanzó al pecho del comerciante, donde se clavó profundamente.

Baldwin soltó un grito de sorpresa, pero también de dolor, y tanteó hasta dar con el mango de la navaja sin poder dar crédito. Entonces los ojos se le pusieron en blanco y cayó de bruces al suelo, donde se quedó inmóvil, sobre un charco de sangre que se iba extendiendo cada vez más.

Emily no pudo seguir conteniendo el horror ante la escena, y se le escapó un pequeño chillido al tiempo que retrocedía dando traspiés. Su bota tropezó con una pila de cajas a su espalda, que cayeron al suelo con gran estrépito.

En un instante tenía clavados en ella los ojos de todos los hombres presentes en el callejón. Durante un largo momento, nadie se movió ni habló. Hasta que Barnaby Flynt abrió su torcida boca y ordenó con aspereza:

—¡Cogedla!

Emily no esperó un segundo más y, dándose la vuelta, echó a correr por donde había llegado, con el pulso retumbándole en los oídos. ¡Dios bendito, si la cogían la matarían igual que habían hecho con el pobre señor Baldwin!

Al final del callejón miró desesperadamente a un lado y a otro, buscando a alguien que pudiera ayudarla. Por desgracia, la zona parecía desierta, y a medida que los pasos de sus perseguidores sonaban más cerca, se levantó las faldas y salió disparada calle abajo, buscando con la mirada alguna vía de escape.

De pronto, avistó a la derecha la entrada de otro callejón. Con idea de camuflarse en la oscuridad del estrecho pasaje, viró bruscamente y dobló la esquina, chocando con alguien que venía en dirección contraria.

La fuerza del encontronazo casi la hizo caer, y le echó atrás la capucha de la capa, liberando una alborotada mata de rizos sobre sus hombros. Sintió cómo unas manos la sujetaban suavemente por las muñecas para evitar que perdiera el equilibrio.

Al echar la cabeza hacia atrás, Emily vio a un chico aproximadamente de su edad. Alto y delgado, con el pelo castaño largo hasta los hombros y unos ojos de un intenso color azul que la escudriñaban por debajo de la visera de su gorra.

—Por favor —susurró con una voz teñida de desesperación mientras se sujetaba a los codos del chico—. Por favor, ayúdame.

Él la miró sin decir nada, y, por un instante, Emily pensó que ignoraría su súplica. Pero justo en el momento en que los secuaces de Barnaby Flynt aparecieron a la entrada del callejón, el chico se colocó delante de ella y cruzó los brazos sobre el pecho, en actitud desafiante.

Los cuatro jóvenes se detuvieron en seco delante de su defensor y, al mirar por encima del hombro de éste, Emily pudo comprobar que eran mayores de lo que en un principio había supuesto. Tendrían por lo menos dieciocho o diecinueve años, y eran muchos, todos ellos con el rostro picado de viruela y el pelo lacio y grasiento. El tal Toby esbozaba una malévola sonrisa de sarcasmo que la obligó a reprimir un escalofrío.

—Vaya, vaya, Toby —dijo su salvador con un tono despreocupado e insolente—. ¿Qué es esto? ¿Ahora te dedicas a ir por ahí asustando a las niñas?

—No te metas en esto, Quick, y dame a la chica. El señor Flynt tiene que solucionar algo con ella.

—Ah. El señor Flynt. —Quick hizo una pausa, ladeando la cabeza como si estuviera considerando la posibilidad—. ¿Y qué saco yo si lo hago? Si te la entrego, quiero decir.

Emily ahogó un grito, profundamente ultrajada, y le tiró de la manga, pero él hizo como si nada. No apartó los ojos de la amenaza que tenían delante.

Toby dejó al descubierto sus dientes torcidos en una caricatura de sonrisa.

—Te dejaremos vivir.

Uno de sus compinches soltó una risotada.

—Tienes los días contados, Quick. El señor Flynt es quien maneja el cotarro ahora, y tu pequeña banda no durará mucho. ¿Qué me dices a esto?

—Te digo que harías bien en recordar qué pasó el otro día, Sam, cuando os pillé a Toby y a ti molestando a uno de mis chicos. Mi pequeña banda os largó con el rabo entre las piernas, ¿no es así?

Toby se puso rojo como un tomate.

—Hoy las cosas serán diferentes. Somos cuatro contra uno. Creo que podremos contigo.

—¿Estás seguro?

—¿Seguro de qué?

Quick se encogió de hombros.

—De que estoy solo. Creo que tendrías que contar también al resto de mi banda, ya que los tienes detrás de ti justo en este momento.

Todos a una se volvieron para mirar por encima de sus hombros y, en ese preciso instante, Quick agarró a Emily de la mano y le susurró al oído:

—¡Corre!

No necesitó que se lo dijeran dos veces. Echó a correr tras él como si la vida le fuera en ello. Oía las imprecaciones y los pasos de sus perseguidores a sus espaldas y sabía que los tenían pisándoles los talones.

Quick la llevó zigzagueando por un laberinto de callejones, sorteando desperdicios y basura, girando aquí y allí a una velocidad tal que Emily estaba sin aliento. Y a cada momento oía a sus perseguidores más y más cerca.

Justo cuando pensaba que no podría seguir corriendo, se encontraron con una verja que les bloqueaba el paso. Era demasiado alta para trepar por ella, y Emily se desanimó.

—¿Qué vamos a...? —empezó a preguntar, pero antes de que pudiera terminar la frase, Quick apartó unas tablillas y la empujó para que entrara por la estrecha abertura.

—Pasa. ¡Rápido!

Era estrecho, pero consiguió apretarse y pasar, seguida por Quick.

Justo a tiempo. Oyeron un sonoro golpetazo al otro lado de la verja, seguido de una obscena imprecación. Más altos y corpulentos que Quick, no había manera de que Toby y sus chicos pudieran pasar por allí.

—Vamos —dijo Quick, haciéndole un gesto con la cabeza—. Será mejor que salgamos de aquí antes de que encuentren la manera de entrar.

Emily no discutió. Le dio la mano una vez más, y se dejó conducir por su rescatador entre las sombras de la noche.

4

Tristan regresó a la residencia de los Ellington todavía furioso, sin poder dejar de darle vueltas a su encuentro con la vizcondesa de Rotherby.

Debería haberlo pensado mejor antes de esperar ayuda de alguien con la reputación de aquella mujer, pensó con pesimismo, conforme subía los escalones de piedra hasta la puerta de la casa. Un encuentro lamentable y una pérdida de tiempo; sólo deseaba poder echarla de sus pensamientos con la misma facilidad con que ella lo había hecho con él. Lamentablemente, aquel encuentro no le resultaba fácil de olvidar.

—¿Ha tenido suerte, señor?

Al oír la suave voz levantó la vista y se encontró con Archer, que lo estaba esperando en la puerta de entrada con expresión agitada.

—Nada —dijo Tristan, pasando junto a su mayordomo y dejando el sombrero y los guantes en una mesa cercana—. Se ha negado a ayudarme.

Archer frunció la frente totalmente confundido, mientras seguía a su amo al estudio.

—¿Se ha negado?

—Sin vacilar.

—Lo siento mucho, señor. Estaba seguro de que lo ayudaría.

Tristan atravesó la estancia en dirección al aparador y se sirvió una copa de brandy. Dio un sorbo al líquido reparador y se volvió hacia su sirviente.

—Ahora que lo pienso, Archer, en ningún momento me explicaste por qué lady Rotherby conocía una zona como Tothill Fields.

—No soy dado a los chismorreos, señor, pero creo que tiene... negocios que atender por aquella zona y va por allí con frecuencia. O eso he oído.

Tristan hizo una mueca. Seguro que era así, y sintió una oleada de resentimiento al recordar la manera en que lo había atraído con sus enormes ojos verdes y su aire de serena dignidad, haciéndolo dudar de todo lo que había oído sobre ella. Pero finalmente se había mostrado tal cual era. Era evidente que aquella mujer tenía cosas más importantes que hacer que ayudarlo a buscar a una niña perdida.

Apretó los dientes con un ataque de incontenible frustración. ¡Maldita mujer! Que se hubiera negado a considerar el caso a pesar de lo desesperado que estaba, lo había enfurecido más de lo que habría podido imaginar. Sin embargo, eso no justificaba el hiriente comentario que él le había hecho. Sus palabras habían sido frías y crueles en extremo, y sintió un aguijonazo de culpa muy a su pesar al recordar el breve destello de dolor que había visto en las profundidades de los ojos de ella ante tan inesperado ataque.

Suponía que su única defensa era que verla lo había desequilibrado; se había quedado sorprendido y desconcertado ante su regia belleza. Y es que imaginarla en los brazos del anciano vizconde, dejándose besar, tocar y amar por el hombre, había despertado en él una inexplicable ira.

Con una virulenta maldición, Tristan apuró el resto del brandy y se volvió con la intención de servirse otro. ¿Qué le importaba a él con quién se acostara la vizcondesa? Dudaba mucho que lord Rotherby hubiera sido el primero, o el último. Si la mitad de los rumores que había oído eran ciertos, era exactamente el tipo de mujer que debería evitar a toda costa. Después de todo, tenía una tía muy conservadora a la que aplacar y una hermana pequeña a la que criar como era debido.

Si es que la encontraba.

Apartó los pensamientos de lady Rotherby y miró a Archer.

—¿Ha habido noticias de Emily?

El mayordomo negó con la cabeza.

—Me temo que no, señor. Varios de los empleados de la casa están aún buscándola, pero no he recibido información de ninguno durante la última hora.

Al oír las palabras de su sirviente, Tristan sintió cómo se apoderaba de él el miedo que había luchado por mantener bajo control, imposibilitándole respirar, pero se apresuró a apartarlo y desterrarlo al rincón más alejado de su mente. Aunque la mera idea de que su hermana estuviera vagando desprotegida por las calles de Tothill Fields —el mismo lugar que tanto le había arrebatado a su familia— bastaba para helarle la sangre, no podía permitirse distracciones. Emily contaba con él y él no le fallaría. No después de haberla decepcionado tantas veces.

—Entonces me uniré a la búsqueda.

Dejó la copa de brandy a un lado, y volvió a anudarse la corbata mientras se dirigía a la puerta.

—Pero, señor —protestó Archer—, lleva fuera casi toda la noche. Estoy seguro de que no le vendrá mal una hora de sueño. Parece exhausto.

—No puedo permitirme el lujo de descansar, Archer. Emily está ahí fuera en alguna parte, y posiblemente corra grave peligro. Dado que Bow Street no parece tomarme en serio, soy lo único que tiene.

Que el cielo la asistiera porque, hasta el momento, él no le había servido a su hermana de mucha ayuda.

Conforme salía al vestíbulo de entrada, los recuerdos lo asaltaron de repente. Recuerdos del día en que su padre, afortunadamente, lo había echado de casa. Después de semanas de amargas peleas y duras acusaciones, Tristan se había sentido feliz ante la perspectiva. Cada día en la casa familiar era un recordatorio constante de que su madre estaba muerta. Y todo por su culpa.

Apretó los ojos para protegerse contra el dolor que el recuerdo de aquella noche siempre le provocaba. Si hubiera sabido el peligro al que los actos de caridad de lady Ellington la exponían, nunca habría aceptado acompañarla aquel fatídico día. Tal vez si él se hubiera negado habría disuadido a su madre de su intención. Pero con diecinueve años se era demasiado joven y estúpido, y para él había sido una oportunidad de mostrar desprecio hacia otra de las imposiciones de su padre. Al final, su rebeldía le había costado la vida a su madre.

Y no le había fallado sólo a ella. A pesar de los años transcurridos, todavía lo atormentaba la imagen de la carita de Emily mirándolo desde la ventana del piso superior de aquella misma casa la tarde en que se fue; las lágrimas corriéndole por las mejillas y suplicándole con los ojos que se quedara.

La visión lo había afectado tremendamente, y por un momento se sintió tentado de entrar de nuevo, tomarla en brazos y llevársela de allí. Pero nadie sabía mejor que él que aquello habría sido imposible. Aun en el caso de que el conde lo hubiera permitido, el tipo de vida errante que Tristan iba a llevar no habría sido muy apropiado para una niña de seis años.

Así que montó y se alejó sin mirar atrás. Y Emily se quedó sola y desatendida.

Como si le hubiera leído el pensamiento, Archer le dijo desde la puerta del estudio:

—No debe culparse por lo que pasó, señor.

—¿Y a quién voy a culpar? Está claro que mi padre no estaba

en sus cabales. Tal vez si hubiera mantenido más contacto en vez de tratar de fingir que mi vida aquí no había existido… —Tristan movió la cabeza sin molestarse en acabar la frase—. No, Archer, es culpa mía.

Echó un vistazo hacia el vestíbulo y se detuvo para mirar lo que lo rodeaba. Juraría que hasta podía oír el eco de la risa de su madre.

—Todo es culpa mía —repitió con tono lúgubre y, dándose la vuelta, salió de la casa.

La dama era un ángel.

Al menos, se parecía a las imágenes de ángeles que Deirdre había visto. Exquisita y delicada, llevaba una elegante capa de seda de color lavanda a juego con el sombrero, y sus rizos dorados enmarcaban su rostro con forma de corazón y del color de la porcelana. Parecía estar esperando a alguien, a juzgar por el nerviosismo con que miraba a un lado y a otro de la calle, de pie en aquella esquina, entre las sombras que comenzaban a alargarse a medida que caía la tarde.

¿Qué estaba haciendo un ángel en medio de un suburbio como aquél?

De pronto, una mano inmensa cayó sobre el hombro de Deirdre, y al mirar hacia arriba se encontró con Barnaby Flynt a su lado, con su amenazante mirada fija en la misma mujer que ella estaba observando.

—Ella —dijo el hombre con aspereza, torciendo la boca en una lúgubre sonrisa—. A ella.

Deirdre sintió que el corazón le golpeaba las costillas. Para empezar, no había querido acompañar a Barnaby en aquel trabajo, pero él había insistido, y ahora la estaba asustando. No le gustaba la manera en que el hombre examinaba a la mujer, había en esa mirada algo más que su habitual avaricia, y eso precisamente la llevó a hablar sin pensar.

—Ay, ella no, señor Flynt. ¿Qué le parece aquel caballero? Parece que lleva los bolsillos llenos y…

El pescozón que se llevó en la oreja la hizo callar.

—¡Cierra la boca! —le espetó Barnaby, la cicatriz lívida resaltaba sobre el rostro enrojecido de ira—. No te he traído para que me digas a quién puedo robar y a quién no. He dicho que a ella y ya está.

—Pero yo…

El hombre la pellizcó en el brazo con sus gruesos dedos.

—No discutas conmigo o te mandaré a un burdel. ¿Me has entendido?

Desde luego que lo entendía y por eso se mordió la lengua y se limitó a asentir brevemente con la cabeza. Por mucho que le disgustara la idea de robar a aquel ángel, le disgustaba más aún la de verse obligada a convertirse en una prostituta. Barnaby tenía el control sobre esos garitos, y estaría loca si lo olvidaba ni siquiera un momento.

—Y ahora, ve y haz que te siga hasta allí. —Barnaby le hizo un gesto con el pulgar en dirección al oscuro callejón que había a su espalda.

—¿Cómo?

—No me importa cómo lo hagas. Tú hazlo. Dile que tu mamá está enferma. Eso apelará a su corazón. Y hazlo rápido. Los chicos y yo estaremos esperando.

Deirdre miró cómo Barnaby se ocultaba nuevamente entre las sombras, y se volvió para mirar a la dama. Inspiró hondo y comenzó a avanzar con ritmo vacilante. Tanto si le gustaba como si no, de no ser por Barnaby no tendría un sitio donde vivir ni comida en el estómago. Él la había tomado a su cargo cuando el padre de ella la abandonó, y le había dado un hogar junto a los otros ladronzuelos de su banda. No podía permitirse enfadarlo.

De cerca, la mujer era aún más hermosa, y Deirdre se sintió pequeña y mugrienta con aquellos harapos de chico llenos de manchas. Un par de llorosos ojos color violeta la miraron conforme se acercaba y su color excepcional la dejó sin habla durante un momento.

Cuando habló, la voz del ángel era suave y dulce como la brisa de primavera.

—Hola.

Deirdre tuvo que esforzarse para que las palabras salieran de su garganta, súbitamente constreñida.

—Por favor. Por favor, tiene que ayudarme, milady.

—¿Qué te ocurre, preciosa? Dime qué pasa.

—Mi mamá está muy enferma y nadie quiere ayudarme. —Entonces tomó a la dama de la mano y tiró de ella—. Por favor, venga conmigo.

Algo en la expresión de Deirdre debió de convencer a la mujer, a juzgar por la manera en que ésta frunció el cejo de preocupación y, echando un último vistazo por encima del hombro, finalmente asintió con la cabeza.

—Claro que te ayudaré. Dime dónde está.

Deirdre empezó a tirar de ella hacia el callejón, pero cuanto más se acercaban, más le decía su cabeza que algo no funcionaba. No era la primera vez que le robaba a alguien, cierto, pero algo le decía que Barnaby tenía en mente algo más para el ángel. Especialmente si los «chicos» también estaban involucrados.

Cuando pusieron un pie en el oscuro callejón, la dama vaciló un instante, y miró a Deirdre con expresión inquieta.

—¿Adónde me llevas, cariño? ¿Tu madre está ahí dentro?

Eso era lo que necesitaba. La vacilación en la voz del ángel desarmó a Deirdre por completo. Entonces le soltó la mano y la empujó de nuevo hacia la calle al tiempo que gritaba:

—¡Salga de aquí! ¡Corra!

Pero era demasiado tarde. Barnaby se les echó encima blandiendo su navaja, y la dama gritó…

Deirdre se incorporó en la cama de un salto, con el corazón martilleándole en el pecho y el eco del grito resonando aún en sus oídos.

Tras comprobar que estaba a salvo en su habitación y que parte del miedo había empezado a ceder, se dio cuenta de que había sido su propio grito el que la había despertado.

Apartando a un lado las mantas revueltas, se levantó y se acercó a la ventana, la abrió para que entrara el fresco aire de la noche, que le acarició la tez bañada en sudor. Hacía tiempo que no había vuelto a tener esa pesadilla, y no tenía dudas de qué era lo que la había desencadenado esa noche. La visita de lord Ellington había desenterrado recuerdos que era mejor que permanecieran ocultos. Claro que él no era el único responsable. Oír que Barnaby Flynt estaba de nuevo en la zona tampoco había ayudado.

En ese momento, un suave toque en la puerta atrajo su atención y, al levantar la vista, vio que la señora Godfrey asomaba la cabeza.

—¿Está bien, señora? La he oído gritar.

—Estoy bien, señora Godfrey. Sólo ha sido una pesadilla.

El rostro de la mujer se contrajo en una mueca de preocupación. Entró en la habitación y se acercó a su señora.

—Ha sido por la visita de anoche, ¿verdad, señora? Él la molestó. Estoy segura.

—No es que me molestase, pero me recordó un tiempo de mi vida que preferiría olvidar.

—¿Antes de que viniera aquí?

Deirdre asintió con la cabeza.

El ama de llaves la estudió con detenimiento.

—Ha pasado mucho tiempo desde que su señoría la trajo por primera vez.

Desde luego que sí. Ya no era la mugrienta golfilla callejera de cuando tenía doce años, la que robaba carteras para sobrevivir, preguntándose siempre cuándo podría llevarse algo de comer a la boca. Nigel había cambiado su vida.

Deirdre pasó los días posteriores al incidente del callejón como envuelta en una nube de desesperación. Aterrada, se había mantenido oculta en las sombras, segura de que Barnaby estaría al acecho tras cualquier recodo, esperando para agarrarla y castigarla por haberse atrevido a desafiarlo. Había tenido demasiado miedo hasta para birlar un mendrugo de pan. Pero llegó un momento en que no pudo seguir ignorando los pinchazos provocados por el hambre y se aventuró a salir nuevamente a las calles.

Estaba convencida de que aquel día su destino la había conducido hasta Nigel. Un caballero de gesto afable y cierta edad, a juzgar por el pelo canoso, examinaba concienzudamente los títulos de los libros alineados en una librería de Piccadilly cuando ella intentó robarle la cartera. Sin embargo, fue más lenta de lo habitual, y el vizconde la pilló con la mano en su bolsillo.

Para sorpresa de Deirdre, en vez de hacer que la llevaran a Newgate, lord Rotherby la había llevado a su propia casa y le había dado comida caliente y una cómoda cama para dormir. Al principio, ella se había mostrado suspicaz, claro, especialmente cuando el hombre le ofreció que se quedara allí de forma permanente. Según su experiencia, la gente rara vez se comportaba con amabilidad sin esperar algo a cambio. Pero con el tiempo, había aprendido que las motivaciones de Nigel eran puras, y poco a poco había ido confiando en él.

—Fue una bendición para él después de perder a su esposa y a su hija, señora —dijo la señora Godfrey, arrancándola de sus reflexiones—. A menudo me decía que tenerla en casa era como tener a su pequeña de nuevo.

Deirdre negó con la cabeza.

—No creo que jamás supiera lo agradecida que yo estaba por todo lo que hizo por mí.

Durante siete años, el vizconde se había ocupado de ella, la había enseñado a caminar, hablar y comportarse como una verdadera dama. En muchos aspectos, se había convertido en el padre que ella siempre había soñado tener cuando era niña. Tras la muerte de su madre, cuando ella tenía tres años, con su padre, el gran John O'Shea, un inútil que sólo sabía beber y armar broncas, Deirdre no había conocido lo que era el amor de una familia de verdad.

Pero Nigel le había dado el cariño y la ternura que tanto le habían faltado en la vida. Así, Deirdre había disfrutado de una cómoda vida junto a él, y, finalmente, su matrimonio no había hecho sino fortalecer el vínculo que los unía. Por supuesto, Deirdre siempre había sabido de los rumores que circulaban entre la alta sociedad, pero hacía tiempo que había tomado la decisión de no permitir que aquello la perturbara. Y lo había conseguido casi siempre.

Hasta esa noche. Por alguna razón, el sarcástico comentario que lord Ellington había hecho de su persona le había dolido enormemente.

—¿Quiere que le traiga algo que la ayude a descansar? —preguntó la señora Godfrey, llamando de nuevo su atención—. ¿Un poco de leche templada o quizá té?

—No, gracias, señora Godfrey. Estoy bien. ¿Por qué no se va a la cama?

—¿Está segura, señora?

—Lo estoy.

El ama de llaves asintió con la cabeza, aunque con reticencia.

—Muy bien. —Y con una última mirada hacia ella, salió de la habitación.

Deirdre cerró entonces la ventana y fue a sentarse al borde de la cama. Sabía con seguridad que tardaría en dormirse y, ahora que estaba despierta, los acontecimientos de la noche empezaron a repetirse en su cabeza como una letanía sin fin.

¿Habría encontrado lord Ellington ya a su hermana?

Se sentía fatal por haber tenido que negarse a ayudarlo, por muy segura que estuviera de que no había tenido más remedio. Tenía que admitir que la idea de aquella pobre niña sola en aquel barrio constituía un verdadero tormento. Una joven de alta alcurnia no tenía posibilidad alguna de sobrevivir entre los criminales que siempre andaban acechando en un lugar como aquél.

Un escalofrío la recorrió y cerró los dedos sobre el delgado tejido de su camisón. ¿Cómo podría seguir en paz con su conciencia si algo le sucedía a la hermana de lord Ellington? Pero por otro lado, ¿cómo podía acceder cuando cada segundo que pasara en presencia del conde era una amenaza para su identidad? Por no hablar del efecto que había tenido sobre sus sentidos. En toda su vida había reaccionado ante un hombre como esa noche con él.

Menudo dilema. Pero cuanto más pensaba en ello, más cuenta se daba de que no tenía más que una alternativa. Su conciencia no le permitía negarse a ayudar a una criatura. No podría seguir mirándose al espejo.

Se mordió el labio. Nunca le había contado a nadie, ni siquiera a Nigel, lo sucedido aquel día con la madre de lord Ellington. Con los años, la culpa interior había aumentado e ido desbordándose hasta convertirse en una herida sangrante que no se cerraba nunca. Tal vez ayudando al conde podría compensarlo de algún modo por lo que había contribuido a arrebatarle.

Decidió que al día siguiente por la mañana iría a ver a lord Ellington y le ofrecería sus servicios. Con suerte, la chica estaría ya de vuelta en casa, sana y salva, y así no tendría que pasar más de uno o dos minutos con su hermano.

Pero si no tenía tanta suerte… bueno, ya se ocuparía de cada cosa a su debido tiempo.

5

A la mañana siguiente, el sol acababa de asomar por el horizonte cuando Deirdre se presentó en el número 114 de Berkeley Square.

«¡Debo de estar loca!», pensó mientras contemplaba la elegante fachada de la residencia de lord Ellington. Se había pasado la mayor parte de la noche debatiendo consigo misma la decisión de ayudarlo hasta el punto de creer que iba a volverse loca. Pero al final había vuelto al punto de partida.

No podía ignorar a una niña que necesitaba ayuda.

Como tampoco podía continuar allí parada en la acera, como una tonta. Los viandantes empezaban a observarla con curiosidad, y la criada que estaba barriendo la entrada de la casa contigua no dejaba de mirarla con suspicacia.

Tras inspirar hondo, subió los escalones y tocó el timbre con decisión. Pasaron uno o dos segundos y un mayordomo encorvado, de cabello plateado más bien escaso y rostro marchito aunque amable, abrió la puerta.

—¿Puedo ayudarla en algo, señora?

—Sí. He venido a ver a lord Ellington.

—Le pido disculpas, milady, pero me temo que el señor no puede recibirla en este momento. Si tiene la amabilidad de dejar su tarjeta…

Deirdre movió la cabeza con vehemencia. ¡No podía echarla! Y menos cuando había necesitado de todo su coraje para ir hasta allí.

—No me ha entendido. Se trata de un asunto urgente. Soy lady Rotherby, y he venido a ofrecerle mi ayuda.

—¿*Usted* es lady Rotherby? —preguntó el sirviente enarcando las cejas.

—Sí, y…

—Está bien, Archer. Puedes dejar pasar a la dama.

La conocida voz llegó flotando desde detrás de la puerta, profunda y aterciopelada, y Deirdre sintió que el pulso se le aceleraba.

—Muy bien, señor. Por aquí, milady.

Ante la invitación del mayordomo, Deirdre entró en el vestíbulo, y apenas se dio cuenta de cuando el sirviente cerró la puerta y se esfumó discretamente. Sintiéndose como si tuviera mariposas en el estómago, echó un rápido vistazo al lugar, para mirar finalmente al hombre que aguardaba al pie de la empinada escalera. El sol de la mañana se colaba a través de la vidriera situada justo encima de la puerta de entrada, proyectando retazos de brillantes colores sobre su pelo negro y ondulado al tiempo que envolvía su musculoso cuerpo con todos los tonos del arco iris.

El hombre habló sin darle tiempo a saludar siquiera.

—¿Qué está haciendo aquí?

De manera que así era como iba a ser, pensó Deirdre. En realidad no podía culparlo, pero lo menos que podía hacer era escuchar lo que tenía que decirle.

Deirdre carraspeó.

—¿Ha tenido noticias de su hermana, milord?

—¿Y eso qué le importa, lady Rotherby?

—Claro que me importa. No estaría aquí de no ser así.

El conde se quedó mirándola un momento, con ojos velados e impenetrables.

—No.

—Entonces acepte mi ayuda.

El conde avanzó hacia ella y, a medida que se acercaba, Deirdre se quedó consternada al ver los efectos del agotamiento en su bello rostro, las oscuras ojeras que tenía debajo de aquellos extraordinarios ojos violeta. Sintió que el corazón le daba un vuelco.

—¿Qué la ha hecho cambiar de opinión?

Ella movió la cabeza.

—No tiene importancia. Baste decir que me di cuenta de que mi negativa fue demasiado apresurada, así que aquí estoy.

Lord Ellington cruzó los brazos sobre su amplio torso y le dedicó una dura mirada desde su impresionante altura, que la hizo sentir muy pequeña.

—Le agradezco su… benevolencia, lady Rotherby, pero ya no necesito sus servicios.

—¿Cómo dice?

—He dicho que ya no necesito su ayuda.

Deirdre parpadeó sorprendida. En ningún momento se le había ocurrido que pudiera rechazar su ofrecimiento. Aquello la liberaba de toda obligación, lo cual debería borrar sus remordimientos de conciencia.

Pero sin darle tiempo a suspirar aliviada, el conde le asestó un nuevo golpe con sus palabras.

—Salgo hacia Bow Street ahora mismo, y esta vez no me iré hasta que me den su palabra de enviar a todos sus hombres disponibles a Tothill Fields.

—¡No!

El conde parpadeó sorprendido.

—¿No?

Precisamente eso era lo que Deirdre había querido evitar. La presencia de los agentes de la ley en Tothill Fields. Cuando éstos hubieran terminado con su labor, nadie sabía de cuántos cargos podrían acusarla.

—Por favor.

Deirdre posó una mano suplicante en el brazo del conde. Sin embargo, en cuanto lo tocó, una súbita oleada de calor le quemó los dedos y se apartó sobresaltada. Con el corazón retumbando como un tambor en su pecho, se quedó mirándolo, incapaz de decir una palabra.

El contacto tuvo idéntico efecto en Tristan. Desde que al bajar la escalera se oyera la voz de lady Rotherby hablando con Archer, no había dejado de luchar contra la incómoda sensación que ella le provocaba. Y aunque no había sido fácil, después de la horrible noche que había pasado preocupado por Emily, sin apenas pegar ojo, finalmente lo había conseguido.

Hasta ese momento.

El vehemente deseo de ella que lo recorrió le provocó una reacción de lo más predecible, y tuvo que cambiar de postura y rezar para que no se diera cuenta. ¡Por el fuego del infierno! ¿Cómo podía sentirse atraído por una mujer como aquélla? Alguien cuyos actos se convertían de manera instantánea en materia de chismorreo para la alta sociedad. Una mujer que se había casado con un hombre que le triplicaba la edad y que, obviamente, conocía a la perfección un lugar como Tothill Fields.

—¿Por favor? —repitió él, con la esperanza de alejar así las imágenes de su esbelto cuerpo unido íntimamente al suyo bajo las sábanas, en su enorme cama con dosel.

La vizcondesa parecía haberse quedado sin habla. Al verla enderezar los hombros y forzar las palabras a salir de sus labios, no pudo evitar preguntarse si también ella se habría dado cuenta de la corriente que fluía entre los dos.

—Por favor, no haga eso. Si envía a los agentes de Bow Street, se arriesga a ganarse la antipatía de todos los habitantes del distrito, y así nunca lo ayudarán.

Por mucho que le disgustara admitirlo, Tristan suponía que tenía razón. Si ya habían cerrado filas contra él, sabía Dios cómo reaccionarían ante los agentes de la ley.

—¿Y qué me sugiere?

—Deje que lo ayude. Como dijo usted, confían en mí. Puedo preguntarles de forma discreta, y estoy segura de que si saben algo sobre el paradero de su hermana no dudarán en decírmelo.

—¿Y si se equivoca?

Deirdre avanzó un paso y lo miró implorante con sus ojos verdes.

—Por favor, déjeme intentarlo. Soy consciente de que está furioso conmigo por haberme negado ayer, pero he venido, y creo que puedo serle de gran ayuda si me lo permite.

Su cercanía aceleró el pulso de Tristan, y la boca se le secó al reprimir las ganas que tenía de alargar el brazo y posar la palma en la mejilla de ella para comprobar si aquella pálida y perfecta piel era tan suave y sedosa como parecía. A aquella distancia, podía ver las pecas diseminadas por el arco de su delicada nariz como polvos mágicos, y los abanicos de sus largas pestañas doradas. Era bastante alta para ser mujer —su cabeza le llegaba a la barbilla— y estaba seguro de que si la estrechara entre sus brazos y la atrajera hacia él, sus cuerpos encajarían a la perfección...

¡Maldición! Tomó una bocanada de aire para tranquilizarse y cerró los ojos un momento, buscando la manera de controlar sus rebeldes pensamientos. Sería una estupidez involucrarse aún más con aquella mujer. Era peligrosa. Pero con tal de encontrar a Emily, estaba dispuesto a correr el riesgo.

—Está bien —concedió con tono áspero—. Tiene hasta el mediodía para averiguar algo. Pero si para entonces no consigue nada, iré a Bow Street.

—¿Mediodía? Pero eso son sólo... —empezó a protestar, pero

se detuvo al ver la feroz mirada del conde—. De acuerdo. Volveré a mi casa a por mi coche y mi cochero, y después…

—Voy con usted.

—¿Cómo dice?

—He dicho que voy con usted.

Tristan casi se echó a reír al ver la expresión contrariada de lady Rotherby.

—Pero ¡no puede hacer eso!

—Sí puedo y voy a hacerlo —le aseguró él, entornando los ojos como retándola a llevarle la contraria—. Estamos hablando de mi hermana.

—Soy consciente de ello, lord Ellington. Pero las gentes de Tothill no responden cuando se los interroga directamente. ¿Qué le hace creer que estarán dispuestos a hablar si lo ven rondando a mi alrededor?

—Tendrán que hacerlo, porque no tengo intención de quedarme aquí sentado mientras Emily corre peligro.

Tristan sintió cómo ella lo recorría con aquella mirada que le provocaba escalofríos, palpable como una caricia, y una vez más se maldijo por la habilidad de aquella mujer para excitarlo con tan poco esfuerzo. Tal vez fuera un error pasar a su lado un minuto más de lo estrictamente necesario, pero si había ido allí para decirle que iba a buscar a su hermana, tendría que estar a su lado en todo momento.

Que Dios lo ayudara.

Parte de su determinación debió de reflejarse en su rostro, porque la mujer dejó escapar un suspiro resignado.

—Está bien. Pero tiene que saber que no puede ir con esa pinta.

—¿Qué pinta?

—Pinta de aristócrata —contestó ella, y de pronto, en sus ojos brilló una chispa de algo que Tristan habría definido como traviesa malicia sin temor a equivocarse—. Tengo una idea…

—¡Esto es absolutamente ridículo!

De nuevo en su casa, Deirdre observó cómo lord Ellington se miraba en el espejo del vestíbulo con la frente fruncida de disgusto. A pesar de lo potencialmente peligroso de la situación, Deirdre no pudo evitar encontrarle un punto divertido. Vestido con ropas del cochero de ella, Cullen, al conde se lo veía muy incómodo y de mal humor.

—Yo no diría tanto. —Deirdre ladeó la cabeza y fingió examinar su aspecto con gesto considerativo—. Yo creo que le queda bastante bien.

Él gruñó por toda respuesta, y Deirdre tuvo que ocultar la sonrisa. Nadie podría decir de Cullen que era un hombre bajo, pero la robusta constitución del conde estaba a punto de reventar las costuras.

Tristan se dio entonces la vuelta y se apoyó las grandes manos en las caderas, tirando aún más de las costuras de la sencilla camisa con tal movimiento.

—Sigo sin comprender qué vamos a conseguir con esto.

—Ya se lo he dicho. Si entra en aquel barrio con aspecto de noble arrogante, nadie querrá cooperar con nosotros. Pero si va vestido como mi sirviente, no les llamará la atención y es más probable que estén dispuestos a darnos información al no conocer su identidad.

—Su cochero no parece muy contento. Lleva mirándome con el cejo fruncido desde que he llegado.

Deirdre siguió la mirada de Tristan hasta Cullen, que permanecía de pie, en el rincón más alejado del vestíbulo, con los musculosos brazos cruzados sobre el pecho y la frente arrugada en señal amenazadora.

—Ese cejo no tiene nada que ver con la ropa —dijo ella—. Cullen es… excesivamente protector en lo que a mí respecta.

Lord Ellington miró al criado.

—Amigo mío, puede estar seguro de que no tengo intenciones perversas con respecto a su señora.

Deirdre se quedó sorprendida por la punzada de decepción que sintió al oír el comentario. Hacía tiempo que había tomado la decisión de que en su vida no había lugar para una relación amorosa. Guardaba demasiados secretos. Pero desde el momento en que lo había rozado antes, luchaba denodadamente contra un deseo innegable. ¿Qué tenía aquel hombre que lograba poner a prueba la determinación que mantenía desde hacía tiempo?

Al no recibir respuesta de Cullen, el conde le dio la espalda al tiempo que enarcaba una ceja.

—No habla mucho, ¿verdad?

Una vez más, Deirdre sintió una abrumadora tristeza al recordar la terrible situación de su cochero.

—No *puede* hablar —dijo ella con suavidad, sin elevar mucho la voz para que Cullen no la oyera—. No tiene lengua.

La expresión de lord Ellington reflejó su desconcierto, pero Deirdre no pensaba entrar en detalles. No tenía necesidad de saber que Barnaby Flynt le había cortado la lengua a Cullen cuando éste, que fue una vez uno de los forzados esbirros del criminal, osó denunciar la crueldad del líder de la banda. Trabajaba para Deirdre desde que, un año atrás, ella lo encontrara vagando por las calles, y se hicieran amigos; una amistad que se vio fortalecida por el odio que ambos sentían hacia Flynt. Sorprendida por la capacidad de aquel hombre para hacerse entender sin palabras, había visto en él un potencial que a todos les había pasado desapercibido. Entonces, le había ofrecido un hogar y un trabajo, y a cambio había obtenido de él su más absoluta devoción y lealtad.

Sin embargo, consciente de que aquél no era momento para reflexionar sobre el pasado, apartó los recuerdos y fue a buscar su capa, que colgaba junto a la puerta.

—Supongo que será mejor que nos pongamos en marcha.

Ellington hizo una burlona inclinación.

—Por supuesto, milady.

Deirdre lo miró con el cejo fruncido, y a continuación dirigió la vista a su cochero.

—Cullen, ¿por qué no te adelantas y traes el coche a la puerta? Saldremos en un momento.

Esperó a que el sirviente hubiera salido y entonces se volvió hacia el conde, y lo observó detenidamente por entre sus espesas pestañas.

—Estoy pensando, milord, que debería conocer su nombre de pila.

—¿Y puedo preguntar por qué?

—Porque si va a ser mi sirviente, no puedo ir por ahí llamándolo lord Ellington, ¿no cree? —dijo ella, encogiéndose de hombros con deliberado descuido—. Claro que supongo que podría inventarme uno, como Edwin o Frances. Aunque mi favorito es…

—Tristan.

—¿Cómo dice?

—Me llamo Tristan.

Tristan. Aquel nombre le iba bien. Le recordaba al noble caballero al que ella había visto luchar denodadamente para salvar la vida de su madre. Suponía que a eso podía deberse parte de la fascinación que sentía por él. Desde aquel día, había sido para ella como el príncipe azul, el tipo de héroe de cuento con el que había soñado de niña, aunque supiera que esos héroes no estaban destinados a las mujeres como ella.

Sólo podía esperar no estar cometiendo un error al permitir que la acompañara. Y no únicamente por la razón más obvia. Tras lo ocurrido en casa de él, quedarse literalmente sin habla en el momento de tocarle el brazo, tenía que mostrarse cauta frente al deseo que aquel hombre despertaba en ella.

—¿Y va a devolverme el favor?

La voz del conde la sacó de sus pensamientos.

—¿A qué se refiere?

—Bueno, me parece justo que si usted sabe mi nombre de pila, yo también conozca el suyo.

—De verdad que no veo el porqué…

—Oh, vamos, lady Rotherby.

Con unas pocas zancadas Tristan atravesó el vestíbulo y se colocó junto a ella, tan cerca que Deirdre se sobresaltó. Entonces se inclinó y le sostuvo la mirada fijamente, los labios a escasos milímetros de los suyos.

—¿Qué puede haber de malo en ello?

Deirdre sentía que la cabeza le daba vueltas.

—Deirdre —susurró—. Me llamo Deirdre.

Los labios de Tristan dibujaron una sonrisa lenta, pero triunfal, y ella se estremeció. Que el Cielo la ayudara, porque aquel hombre suponía una amenaza para su paz de espíritu, y lo único que podía hacer era esperar que su decisión de ayudarlo no terminara siendo fatal.

6

Emily despertó bajo la atenta mirada de un par de inquisitivos ojos castaños a unos centímetros de distancia.

Con un grito, se incorporó y retrocedió un poco sobre el jergón en el que había estado durmiendo. El corazón empezó a martillearle violentamente en el pecho a medida que los recuerdos de lo sucedido la noche anterior regresaban a su mente. Sin embargo, fue calmándose lentamente al darse cuenta de que los ojos pertenecían a un niñito con rostro de querubín, de rizos dorados y sonrisa tímida.

—¿Eres un ángel? —preguntó, con expresión esperanzada.

Emily no sabía qué responder. Tapándose con la raída manta hasta la barbilla, miró a su alrededor. La noche anterior, cuando Quick la había llevado a aquel lugar huyendo de Toby y sus chicos, la oscuridad no le había dejado ver gran cosa. Pero ahora, a la luz que se colaba por las ventanas, podía hacerse una idea más clara.

Se trataba de una habitación amplia, llena de corrientes de aire, paredes agrietadas y unos muebles desvencijados que habían visto tiempos mejores. En el suelo se alineaban unos jergones similares al que ella había usado esa noche, y al otro lado de la habitación, apiñados alrededor del pequeño fuego que ardía en la no menos ruinosa chimenea, había un grupo de chicos.

En ese momento, uno de ellos, un niño de unos doce años, se volvió y la miró por encima del hombro. Al ver que ya se había despertado, reparó furioso en el pequeño que estaba junto a ella y le dijo:

—¡Maldita sea, Benji! ¡Peter ha dicho que la dejáramos en paz y que no la despertáramos! ¡Ahora sí que te las has cargado!

Benji sacó hacia fuera el labio inferior con gesto hostil.

—Yo no la he despertado. Sólo la estaba mirando. Se ha despertado sola.

El chico más mayor miró a Emily, rojo como un tomate.

—Lo siento, señorita.

Emily trató de sonreír, aunque no estaba segura de haberlo conseguido.

—No pasa nada. No me estaba molestando. Simplemente me he asustado. —Emily echó otra mirada de curiosidad a los alrededores—. ¿Dónde estoy?

—En la madriguera de los Dedos Largos.

—¿Los Dedos Largos? Pero ¿dónde está eso?

—Pues en Tothill Fields.

Emily se quedó de piedra. ¿Tothill Fields? ¡Por todos los santos! Había oído cosas horribles sobre ese lugar.

Dirigiéndose de nuevo al niño que tenía más cerca, lo miró con curiosidad.

—¿Dónde están vuestros padres? ¿No se van a enfadar con vuestro hermano mayor por haber dejado que me quedase aquí?

El niño resopló y se balanceó sobre los talones.

—Peter no es mi hermano. Y no tenemos padres.

—¿Que no tenéis padres? —repitió ella boquiabierta—. ¿Y quién cuida de vosotros?

El pequeño llamado Benji se dejó caer en el jergón a su lado y empezó a dar saltos.

—Peter.

—¿Peter?

—Quick, señorita —explicó el chico de más edad—. El que la trajo aquí. Yo soy Nat. Y ya conoce a Benji.

Ah, entonces el nombre de pila de Quick era Peter. Miró a su alrededor una vez más, buscándolo. Y como si le hubiera leído el pensamiento, Nat habló de nuevo.

—No está aquí, señorita. Ha salido a ver por dónde sopla el aire. Pero volverá pronto.

En ese momento, el ruido de una puerta que se abría detrás de ellos llamó su atención, y Emily se volvió justo a tiempo de ver a un chico robusto, de cabello oscuro, y aproximadamente de su misma edad, con una bolsa colgando de un hombro.

Nat frunció el cejo al verlo.

—¿Dónde has estado?

—No es asunto tuyo, enano.

—Peter te ha estado buscando.

—¿Y? —El joven cerró la puerta y dejó su carga en el suelo al tiempo que miraba a Nat con cara de pocos amigos—. Ya te lo he dicho. Peter no es mi jefe, aunque los demás dejéis que os mangonee.

De pronto, dirigió la vista hacia Emily, que sintió como si se quedara sin aire, paralizada bajo el efecto de unos vidriosos ojos grises que la escudriñaban con calculador interés. La boca del chico, de finos labios y gesto cruel, se curvó en una sonrisa capaz de helarle la sangre a cualquiera, y Emily no pudo evitar que un escalofrío le recorriese la columna vertebral.

—¿Qué tenemos aquí?

Echó a andar hacia ella con actitud ominosa y se detuvo a escasos centímetros. Comenzó entonces a dar vueltas a su alrededor, como un depredador haría con su presa, examinándola de la cabeza a los pies.

—¿Desde cuándo se aceptan chicas en la banda?

—Déjala en paz, Jack —dijo Nat con tono cáustico.

—¿Y si no qué me harás? ¿Eh?

Durante un momento nadie dijo nada. Emily estaba segura de que se podía oír el latido de su corazón en el silencio reinante, mientras los chicos apiñados junto al fuego, al darse cuenta de lo que estaba ocurriendo, se dieron la vuelta para mirar.

Entonces, como salida de la nada, una voz se alzó con serena autoridad.

—Él no tendrá que hacerte nada, Jack. Lo haré yo.

El pulso de Emily se aceleró aún más, y todos los ojos se volvieron hacia la entrada, donde se encontraba Peter, de pie, observando con los brazos cruzados la escena que se desarrollaba delante de él. Otro chico pocos años más joven revoloteaba a su espalda, tratando de asomarse por encima de su hombro para ver lo que sucedía.

Durante lo que pareció una eternidad, los dos chicos mayores se sostuvieron la mirada. Jack con beligerancia, Peter con una calma que ocultaba la tensión latente. Emily se mordió el labio mientras los observaba a los dos con nerviosismo.

Entonces Peter habló de nuevo, y sus palabras fueron como el restallido de un látigo.

—Déjala en paz, Jack. Ahora.

Con un gruñido, el chico de cabello oscuro finalmente obedeció, no sin antes lanzar una mirada feroz por toda la habitación. Emily no pudo contener un suspiro de alivio al verlo retroceder.

Peter entró entonces en la habitación y le dio una ligera patada a la bolsa que había en el suelo, al tiempo que miraba a Jack con una ceja levantada.

—¿Qué es esto?

—Nada.

—A mí no me parece que sea nada. Le prometimos a lady R…

—No, *tú* se lo prometiste. Yo no me comprometí a nada.

Peter lo miró con los ojos entornados.

—Ya conoces las reglas, Jack.

En vez de contestar, el llamado Jack gruñó, mostrando los dientes como un animal, y, echándose la bolsa al hombro, se dirigió al rincón más alejado de la sala.

Una vez estuvo lejos de los demás, la tensión del ambiente pareció disiparse, y los otros chicos retomaron lo que estaban haciendo.

Peter se acercó a Emily con expresión preocupada.

—¿Está bien?

Ella asintió al tiempo que le ofrecía una vacilante sonrisa.

—Sí. Gracias. Y también por lo de anoche. No sé qué habría hecho sin tu ayuda.

Él se encogió de hombros y se volvió hacia Nat.

—Nat, por cómo huele parece que esas salchichas que nos trajo lady R estén ya medio hechas. ¿Por qué no le traes una a nuestra invitada? Seguro que está muerta de hambre.

Hasta ese momento Emily no se había dado cuenta de lo hambrienta que realmente estaba, y su estómago se quejó confirmándolo. Vio cómo Nat le hacía una especie de saludo marcial muy alegre y se dirigía hacia la lumbre.

Metiéndose las manos en los bolsillos, Peter apoyó la espalda contra la pared y la estudió con sagacidad, haciéndola sentir extrañamente vulnerable bajo el escrutinio de aquellos intensos ojos azules.

—Ha sacudido un avispero, señorita, y Flynt tiene a sus hombres buscándola por todas partes.

Se estremeció al recordar el cruel rostro de Barnaby Flynt. Aquel hombre era el demonio en persona, y sólo pensar en él la aterrorizaba.

El pecoso chico que había entrado con Peter le sonrió.

—No se preocupe, señorita. Flynt nunca encontrará nuestra

madriguera . —Lo dijo muy convencido y Emily sólo podía rezar por que así fuera.

—Señorita —dijo Peter, atrayendo de nuevo su atención hacia él—, no me dijo por qué Flynt tenía tantas ganas de cogerla.

Ella abrió la boca, pero antes de que pudiera decir nada, Benji salió del jergón de al lado de un salto y empezó a tirar de la manga de Peter insistentemente.

—¿Es un ángel, Peter? —susurró, con tono casi reverente.

El chico pecoso resopló divertido.

—¡Claro que no! Es sólo una chica.

—Pues se parece al dibujo de mi libro. Si no se trata de un ángel, ¿quién es?

Peter ladeó la cabeza como si estuviera considerando el asunto.

—Buena pregunta, Benji. No sé qué decir. No se ha presentado.

Emily notó cómo el calor enrojecía sus mejillas. El chico tenía razón. Lo cierto era que no le había dicho nada.

—Emily. Me llamo Emily.

—Muy bien, señorita Emily. —Peter extendió la mano, esbozando una sonrisa perezosa—. ¿Le gustaría quedarse a desayunar con nosotros?

A pesar de la gravedad de la situación, del miedo y la incertidumbre que habían dictado sus actos de la noche anterior, Emily no pudo contener la risa mientras le estrechaba la mano y dejaba que la ayudara a ponerse en pie.

—Me encantaría.

Peter la condujo hasta una mesa de tablones situada en el centro de la habitación, y en torno a la cual los demás chicos habían empezado a reunirse. Se sentó y miró a Nat con gesto agradecido cuando éste colocó ante ella un plato desportillado con una humeante salchicha en él.

Peter se apresuró a presentarle a los demás chicos, y Emily fue haciendo un gesto de asentimiento a cada uno. Aparte de Nat y del pequeño Benji, estaban Miles, el pecoso que había llegado con Peter, y muchos otros nombres que sabía que no podría recordar.

Se alarmó mucho al ver los moratones que uno de esos chicos, Davey, tenía en un lado de la cara. Al observar su reacción, Peter inclinó la cabeza en dirección al chico en cuestión.

—Nuestro Davey tuvo un encontronazo con los mismos tipos que conoció usted anoche.

Emily notó que el corazón se le subía a la garganta. ¿Toby y sus chicos? Santo Dios. ¿Se habían metido con el pobre Davey a pesar de tener el doble de tamaño? ¡Qué horror!

Sosteniéndole la mirada, Peter le dirigió una cálida sonrisa.

—No tenga miedo. Aquí está a salvo. Pero me gustaría saber por qué la perseguían.

Tragándose el miedo, Emily les contó a Peter y a los demás lo ocurrido la noche anterior en el callejón. Al terminar, Peter guardó silencio un momento con expresión impenetrable.

Finalmente, justo cuando Emily pensaba que no podría aguantar más el silencio, se volvió hacia ella y le dio unos golpecitos en el hombro para tranquilizarla.

—Bueno, puede quedarse aquí todo el tiempo que quiera. Tenemos un montón de espacio, ¿verdad que sí, chicos?

Un coro de voces se alzó a lo largo de la mesa para dar su asentimiento.

—¿Estáis locos?

La súbita exclamación de Jack hizo que todos se volvieran hacia él. Estaba de pie en el extremo más alejado de la habitación, mirando a Peter con el cejo fruncido.

—Flynt tiene a todos sus hombres rastreando la zona en busca de nuestra madriguera, ¿y tú piensas dejar que se quede y lo ponga tras nuestra pista?

Peter tenía la mandíbula apretada en un gesto de testaruda determinación.

—Necesita nuestra ayuda.

—¡Es testigo de un asesinato, eso es lo que es! Si Flynt no la encuentra, lo harán las autoridades. Mírala. ¿Acaso tiene pinta de ser de aquí?

Emily apretó los puños sobre la mesa al oír las palabras de Jack. Tenía razón. Por mucho que la asustara regresar a las calles, no quería causar problemas a los Dedos Largos. Pero en ese momento no estaba muy segura de adónde ir o de qué hacer. Una parte de ella deseaba volver con Tristan, pero otra estaba decidida a demostrarle a su hermano que podía valerse por sí misma.

Se volvió hacia Peter, mordiéndose el labio.

—Está bien. De verdad. En cuanto termine de desayunar, me iré. Si alguno de vosotros fuera tan amable de decirme cómo llegar hasta el río…

Pero antes de que Peter pudiera responder, oyeron un leve sonido procedente del otro extremo de la mesa. Todos miraron hacia allí justo a tiempo de ver cómo el pequeño Benji se echaba sobre Jack hecho una furia, con los puños apretados y el rostro rojo de rabia.

—¡No! —gritó, atacando al chico más mayor—. ¡Es nuestro ángel guardián, y no dejaré que la eches!

Jack soltó un gruñido, y ya estaba levantando la mano cuando, con un movimiento veloz como el viento, Peter se levantó de la mesa y, atravesando la habitación como una exhalación, sujetó el puño de Jack a escasos centímetros del rostro de Benji.

—Golpéalo —dijo con un tono de voz peligrosamente suave—, y será la última persona a la que golpees.

En el aire vibraba un magnetismo casi palpable, y Emily aguardó, conteniendo el aliento, segura de que los dos chicos más mayores iban a pelearse. Sin embargo, al cabo de un momento, Jack soltó una maldición y bajó el puño, lanzando una última mirada a Benji antes de darse la vuelta.

Peter rodeó los hombros del niño con un brazo y lo acompañó a la mesa.

—Ya está. ¿Lo ves? La señorita Emily no irá a ninguna parte. Se quedará aquí con nosotros. ¿Verdad, señorita Emily?

Emily miró con aprensión en dirección a Jack.

—Si de verdad no es ningún problema.

—Claro que no. Cuantos más, mejor, es lo que siempre digo.

El comentario provocó las risas de los demás, mientras Miles se reía quedamente.

—Sí. Somos como una gran familia.

Llena de curiosidad, Emily miró a Peter.

—¿Qué es esto? ¿Una especie de orfanato?

Pero no fue Peter quien respondió. Desde el rincón más alejado, donde se había recluido tras el altercado con Benji, Jack resopló con desprecio.

—¿Es que no lo sabes, *señorita Emily*? ¡Acabas de unirte a una banda de ladrones!

7

A medida que el carruaje de lady Rotherby avanzaba lenta y penosamente por las calles de Westminster, Tristan miró el espectáculo por la ventana, la mente ocupada con los acontecimientos de la mañana.

Aún no estaba seguro de qué había llevado a la vizcondesa a cambiar de opinión respecto a lo de ayudarlo, ni qué lo había hecho acceder a él a llevar a cabo aquel ridículo plan. Miró abochornado el sencillo atuendo de sirviente que llevaba. Obviamente, aquella mujer ejercía cierto influjo sobre él. Sólo esperaba no estar perdiendo el tiempo mientras Emily podía estar malherida o incluso...

Apartó rápidamente la posibilidad antes siquiera de terminar de pensarlo. Se negaba a creer que su hermana pudiera haber muerto. Era algo que no podía concebir. No en ese momento.

Una mirada a lady Rotherby le dijo que ella estaba tan absorta en sus pensamientos como él hasta hacía unos segundos, y se dio cuenta de que había estado extrañamente silenciosa desde que salieran de su casa. Mejor dicho, después de reírse de la sugerencia que él hizo de ir en el pescante con Cullen para guardar las apariencias.

—Tonterías —había dicho ella, restando importancia al tema con un gesto de la mano—. Creo que los dos estamos de acuerdo en que mi reputación está dañada sin remedio. ¿Por qué razón habría de ir aún más incómodo por culpa de algo que carece de importancia?

Y él se había encontrado sin respuesta que dar a ello. Desde entonces, lady Rotherby no había dicho una sola palabra.

Tristan la observó detenidamente. Iba sentada con la cara vuelta hacia la ventana que tenía al lado, las manos remilgadamente recogidas sobre el regazo. Así, ataviada con un vestido de viaje de cuello alto de un tono azul oscuro, las regias facciones enmarcadas por una gorguera de encaje y los lustrosos rizos rojizos recogidos en lo alto de la cabeza mediante un artístico peinado, era la viva imagen de la esposa de un rico caballero de alta posición. Pero Tristan sabía que bajo aquella elegante fachada bullía un espíritu salvaje. Lo había visto arder en las profundidades de sus ojos verdes la noche antes y de nuevo esa misma mañana.

Al recordarlo, no pudo contener la sonrisa. Suponía que por eso había bromeado con ella para saber su nombre. A su pesar, parecía que no era capaz de evitar el impulso de avivar las llamas de deseo sexual que ardían entre los dos. Una situación arriesgada como poco.

«Deirdre», pensó para sí, probando el sabor de su nombre mentalmente sin dejar de contemplarla. Ahora que el ataque temperamental de la noche anterior empezaba a calmarse se le hacía más difícil que nunca ignorar el deseo que le había despertado. Se temía que, por muy importante que fuera mantener un muro de formalidad entre ellos, a partir de ese momento le sería casi imposible pensar en ella sólo como lady Rotherby.

—¿Qué le parece tan gracioso, milord?

Tristan levantó la vista y vio que lo estaba mirando con una ceja levantada.

—Nada en absoluto, milady. No me atrevería a decírselo.

Ella lo miró con suspicacia, y él trató de mantener una expresión grave hasta que finalmente ella se volvió con un resoplido. No podía permitirse el lujo de ofenderla. Por otra parte, debería concentrarse en Emily, y no en una atracción que no llegaría a ninguna parte. Sus días en compañía de mujeres inapropiadas —por tentadoras que éstas fueran— habían pasado a la historia hacía ya tiempo, y si el más mínimo chismorreo de esa relación con la vizcondesa llegara a oídos de su tía, ya podía prepararse a pagar por ello.

Conforme el carruaje avanzaba de camino al sur, hacia el río, las suntuosas casas y las pintorescas tiendas de Westminster empezaron a dar paso a las callejas estrechas y oscuras, y a los destartalados edificios de Tothill Fields. Era un cambio abrupto y radical, y Tristan sintió cómo se le helaba la sangre al percatarse de lo fácil que debía de haberle resultado a Emily cambiar de barrio sin darse cuenta hasta que ya era demasiado tarde. Era cierto que Tothill no era un lugar tan miserable como algunos de los situados en la parte este de la ciudad, pero era bastante malo y, desde luego, podía ser igual de peligroso.

Él lo sabía mejor que la mayoría.

Poco después, se detuvieron delante de una taberna con un desgastado cartel pintado a mano que colgaba de la puerta. EL ALEGRE ROGER, declaraba con orgullo.

Entonces fue Tristan quien miró a su acompañante con recelo.

—¿Es aquí donde venimos?

Evitando mirarlo a los ojos, Deirdre hizo un gesto de asentimiento, inspiró hondo y tras abrir la portezuela se apeó.

—Espere. —Tristan se bajó del carruaje a continuación y, estirando el brazo, la retuvo tomándola por el codo. Sin embargo, al tocarla, una violenta sacudida lo hizo apartar el brazo como si se hubiera quemado.

«No la toques —se recordó, metiéndose la mano en el bolsillo—. Será mejor que no la toques.»

Lanzó una mirada de reojo a Cullen, que seguía en su puesto

sobre el pescante. El sirviente se la devolvió con una abierta amenaza en los ojos. Tristan decidió que sería mejor no provocar al cochero en lo que a su protector instinto hacia su señora se refería, y se apartó un poco de ella. A continuación, dijo:

—Sólo iba a sugerir que, si se supone que soy su sirviente, tal vez sea mejor que espere a que la ayude.

El comentario hizo que Deirdre se sonrojara.

—Tiene razón, claro. No me he dado cuenta. Estoy tan acostumbrada a hacerlo todo sola que…

Se detuvo y se mordió el labio. Por espacio de un momento, Tristan se quedó hechizado con la encantadora expresión de confusión de Deirdre, pero consiguió dejar de mirarla y, volviéndose hacia la puerta de la taberna, le hizo una inclinación para indicarle que pasara delante de él.

El interior del establecimiento estaba pobremente iluminado, aunque estaba más limpio de lo que se podría haber pensado al ver la fachada, y esparcidas por la estancia podían verse varias mesas y sillas bastante deterioradas. A esa hora de la mañana no había allí nadie más que un fornido hombre de pelo canoso que Tristan supuso sería el dueño, barriendo el rayado suelo de madera, y un individuo desaliñado desplomado en el rincón más alejado de la taberna, roncando ruidosamente.

—Buenos días, Harry.

El hombre canoso miró por encima del hombro al oír el saludo, y una sonrisa de sorpresa se dibujó en su rubicundo rostro. Llevaba un ojo cubierto con un parche negro, lo que le daba un aspecto de pirata.

—Buenos días, milady. Qué temprano anda usted por aquí.

—Por favor, Harry. Ya te he dicho muchas veces que puedes seguir llamándome Deirdre. Soy la misma persona de siempre y no quiero que me trates de manera diferente.

Harry se rascó la cabeza y dejó la escoba a un lado.

—No sé, milady. No me parece bien.

—Insisto.

Tristan observaba con el cejo fruncido la extraña conversación. Aquella cordialidad y fácil intercambio lo tenía perplejo.

Deirdre miró de reojo al hombre de los ronquidos, que se movió espasmódicamente en sueños una vez y se removió inquieto hasta acomodarse de nuevo.

—Veo que Tom no volvió anoche a casa.

—Lleva apoyado en esa pared desde entonces —dijo el tabernero con enfado—. Me recuerda a cuando tu padre solía… —Se detuvo de pronto, sonrojado—. Lo siento, milady… esto, Deirdre. No quería ser irrespetuoso.

¿Qué era lo que iba a decir?, se preguntó Tristan, percatándose de la mirada de aprensión que Deirdre lanzó en su dirección. ¿Qué pasaba con su padre?

Pero no le dio tiempo a preguntarle, porque ella cambió rápidamente de tema.

—No pasa nada. Sé que no era tu intención. Por cierto, he venido a ver a Lilah. ¿Está arriba?

—Claro. ¿Dónde iba a estar si no? Ésa no abre el ojo antes del mediodía.

—Entonces voy a subir, ¿vale? No tardaremos mucho.

Deirdre echó a andar hacia la escalera que conducía al piso superior y Tristan la siguió, mirando a Harry al pasar. Aunque el hombre lo observó con expresión curiosa, no dijo nada. Se limitó a coger de nuevo su escoba y seguir barriendo.

—¿Qué le pasó en el ojo? —murmuró Tristan, que subía detrás de Deirdre.

Ella se volvió y lo miró por encima del hombro, con una genuina sonrisa iluminando su rostro.

—Depende del día de la semana que se lo preguntes. Creo que no he oído la misma historia dos veces desde que lo conozco.

«¿Y desde cuándo es eso?», se preguntó Tristan cuando llegaron al final de la escalera y continuaron por una galería tenuemente iluminada. ¿Y cómo era que aquel tabernero conocía a su padre?

Deirdre se detuvo delante de una de las puertas que había al final del pasillo. Levantó la mano para llamar pero en ese momento la puerta se abrió, dando paso a un caballero alto y delgado con ojos legañosos y tez pálida. Murmurando algo ininteligible, pasó junto a ellos y bajó la escalera con paso bastante inestable.

Un segundo después, apareció una mujer. Tenía el largo pelo negro alborotado y su exuberante figura estaba embutida en un camisón bastante chillón. Su rostro excesivamente maquillado daba mudo testimonio de cuál era su profesión, y Tristan no pudo evitar un respingo de sorpresa.

¡Dios santo! ¡Aquella mujer lo había llevado a ver a una prostituta!

Al ver la expresión atónita de Tristan, Deirdre sintió una repentina satisfacción. Después de haber pasado casi todo el trayecto segura de que se estaba riendo de ella, le alegró ver que se habían cambiado las tornas.

Lo cierto era que se había sentido muy confusa desde que salieran de su casa, y no le gustaba la sensación, especialmente cuando lo que ocurría entre ellos no parecía afectarlo a él. Casi deseaba haber aceptado su sugerencia de viajar con Cullen en el pescante. Al menos así habría tenido un poco de intimidad para recuperar el control de sus inestables emociones. Pero había sido una estúpida, decidida a demostrarse a sí misma y a él que podía estar en su presencia sin alterarse. Un ejercicio fútil, claro, porque en cuanto él le había tocado el brazo al bajar del carruaje, todo pensamiento sensato se había desvanecido.

—¡Deirdre, tesoro! ¿Qué haces aquí tan temprano?

La exclamación de Lilah la sacó de sus ensoñaciones, y sonrió a su amiga cariñosamente, consciente en todo momento de la penetrante mirada de Tristan.

—Hola, Lilah. Espero que no te importe que haya venido tan inesperadamente, pero…

—¡No seas tonta! Sabes que siempre me alegro de verte.

La mujer de cabello oscuro los hizo entrar en la habitación, parloteando indiferente al estado de semidesnudez en que se encontraba. Deirdre tuvo que aguantarse la risa al ver la perplejidad de Tristan. Conocía a Lilah desde que tenía uso de razón. Aparte de Harry, la prostituta había sido una de las pocas personas que se habían ocupado de ella después de que su padre la abandonase, y la quería mucho. Pero sabía de sobra que la personalidad de la mujer podía ser un poco desconcertante.

—Hace tiempo que quería darte las gracias por los vestidos que me trajiste la última vez que viniste —estaba diciendo Lilah mientras cerraba la puerta tras ellos—. Son preciosos. Demasiado para una mujer como yo.

—Tonterías. No hay nada demasiado precioso para una mujer como tú.

La prostituta la miró con rostro resplandeciente, y entonces se volvió hacia Tristan con un destello de curiosidad en los ojos, y abierto interés femenino mientras recorría con ellos su cuerpo musculoso.

—¿Y qué tenemos aquí?

El gesto ceñudo que afeaba el rostro de Tristan, le indicó a Deirdre que no le apetecía que lo estuvieran evaluando como si fuera un semental de pura raza en una subasta en Tattersall, así que se apresuró a intervenir:

—Éste es Tristan —dijo, sorprendida por lo fácilmente que el nombre salía de sus labios. De hecho, la familiaridad con que lo pronunció la trastornó un poco—. Lo he contratado para que me acompañe cuando... salgo a hacer recados por Tothill.

—Bueno, no puedo decir que no me alegre oírlo. Llevo meses diciéndote que necesitas más protección cuando vienes aquí. Alguien más aparte de Cullen... —Lilah se detuvo de golpe con gesto repentinamente apenado—. No habrás despedido a Cullen, ¿verdad?

—Ni se me ocurriría. Está fuera, con el carruaje.

La prostituta corrió a la ventana y la abrió. Gesticulando exageradamente, Lilah sacó medio cuerpo fuera de la ventana, mostrando sus generosos encantos cubiertos sólo a medias por el escotado camisón a todo aquel que pasara por la calle.

—¡Eh, Cullen! ¡Cullen! ¡Aquí arriba!

Deirdre, que había seguido a Lilah por la habitación, miró por encima del hombro de ésta justo a tiempo de ver cómo su cochero agachaba la cabeza, con la mandíbula apretada y violentamente sonrojado.

Ante una reacción tan poco entusiasta, Lilah suspiró y se apartó del alféizar.

—He hecho de todo para atraer la atención de ese hombre. Sólo me falta hacer el pino —se quejó Lilah, apretándose el cinturón de la bata—. Y no hay manera.

Deirdre esbozó una sonrisa de sincera diversión. Sabía del interés de su amiga por Cullen y, secretamente, ella pensaba que el hombre le correspondía aunque era demasiado tímido para responder a los abiertos avances de la mujer.

—Puede que te lleves una sorpresa.

La prostituta aspiró aire bruscamente y miró a Deirdre repentinamente seria.

—¿Sabes, tesoro?, aún no me has dicho qué te trae por aquí.

—En realidad, estamos... estoy buscando a alguien.

Deirdre se volvió hacia Tristan, que no había dicho una palabra en todo el tiempo, limitándose a observar la conversación con gesto impenetrable. Tendió una mano hacia él sin poder evitar preguntarse en qué estaría pensando, y le dijo:

—Tristan, ¿me das la miniatura, por favor?

Él se metió la mano en el bolsillo y sacó el pequeño retrato ovalado de su hermana. En sus ojos brilló un destello de tristeza cuando lo miró antes de entregárselo.

Deirdre sintió el mismo agudo pinchazo de dolor que había sentido antes, cuando él se lo enseñara por primera vez. Lady Emily era una fiel versión en joven de su madre, hermosa y angelical, con aquella mata de rizos dorados y los ojos del mismo tono violeta que los de Tristan.

Le enseñó, esperanzada, el retrato a Lilah, pero tuvo que abandonar ese sentimiento de inmediato cuando la mujer negó con la cabeza.

—No puedo decir que la haya visto.

—¿Y no has oído nada? ¿A alguien fanfarroneando de tener a una nueva chica para sus casas de prostitución?

Deirdre sabía que Tristan entendía lo que le estaba preguntando a la mujer, porque notó cómo se ponía rígido a su espalda, presa de una tensión casi palpable. Y no podía culparlo por ello. Pensar en la inocente lady Emily obligada a prostituirse era algo horroroso, pero había que tener en cuenta la posibilidad. En los bajos fondos, cosas como ésa les ocurrían con demasiada frecuencia a las chicas jóvenes.

Pero Lilah movió negativamente la cabeza una vez más.

—No. No he oído nada. Pero estaré atenta y te diré si averiguo algo.

Deirdre suspiró y le devolvió la miniatura a Tristan.

—Gracias.

Lilah ladeó la cabeza y miró a Deirdre con curiosidad.

—Es una chica muy guapa. ¿Quién es?

—Oh, es… amiga de un amigo.

—Se ha fugado, ¿no? Y por lo que veo es de buena cuna. Bueno, no es la primera que alguien cree que la vida es más fácil en las calles; y tampoco será la última. Pero yo diría que va a aprender una dura lección.

Deirdre asintió, sabedora de que Lilah tenía razón. Lo que la prostituta dijo a continuación, sin embargo, la distrajo momentáneamente de su preocupación por la hermana de Tristan.

—Y yo que creía que habías venido porque te habías enterado de lo del señor Baldwin.

—¿Baldwin? ¿El prestamista?

—El mismo. Todos en el barrio comentan que esta mañana han encontrado su cadáver en un callejón. Apuñalado.

—Qué horror.

Lilah se encogió de hombros.

—Es culpa suya, por hacer negocios con alguien de la calaña de Barnaby Flynt.

Deirdre se quedó helada al oír el nombre, casi sin poder respirar.

—¿Barnaby Flynt?

—Así es.

Aunque ni siquiera Lilah sabía todo lo que había ocurrido años atrás, especialmente el episodio de la madre de Tristan, llevaba con Deirdre el tiempo suficiente para saber que había formado parte de la banda de Barnaby, y era muy consciente de la aversión que su amiga sentía hacia el hombre. Una aversión compartida por la prostituta, ya que Flynt había tratado de obligarla a formar parte de su burdel privado, un intento contra el que ella se había defendido con uñas y dientes.

—Supongo que sabes que ha vuelto.

Deirdre lanzó una mirada de reojo hacia Tristan, que tenía el cejo fruncido, y se acercó un poco más a Lilah.

—¿Qué tiene él que ver con el asunto?

—Todo el mundo sabe que Baldwin le hacía de perista. Y si él en persona no lo hizo, sería alguno de sus chicos.

—¿Qué dicen las autoridades?

—Las autoridades… —resopló Lilah con desprecio—. A ellos no les importa lo que ocurra aquí a menos que tengan interés por algo en particular. Ya lo sabes. Se han asegurado de que el cuerpo desapareciera del callejón, y ahí termina toda su intervención. No es más que otro pobre sinvergüenza que no le importa a nadie. Habría tenido que ser un caballero con título para que se dignasen tratar de atrapar al asesino.

Todo eso era cierto. Deirdre sabía mejor que nadie que Bow Street tendía a hacer la vista gorda con lo que sucedía en los bajos fondos, a menos que se decidiesen a actuar, bien por dinero o por algún tipo de recompensa personal.

Barnaby Flynt. Acababa de llegar y ya estaba dejando un rastro de muertos a su paso.

Como si le hubiera leído el pensamiento, Lilah le dio unos golpecitos cariñosos en el hombro.

—Es una suerte que te casaras con aquel gentil caballero tuyo y ya no estés aquí, tesoro. Las cosas se parecen mucho a como eran hace ocho años.

—¿Quién es Barnaby Flynt?

La pregunta de Tristan fue tan inesperada que, por un momento, Deirdre se quedó sin habla. Conociéndolo, suponía que debería haberse dado cuenta de que esperar que guardara silencio todo el tiempo era pedir demasiado. Estaba en exceso acostumbrado a llevar la voz cantante. Y, después de todo, era su hermana la que había desaparecido; probablemente estaba dando interiores saltos de impaciencia por tener un papel un poco más activo en la búsqueda. Pero la pregunta que había formulado se acercaba demasiado al asunto que ella quería evitar a toda costa.

—Alguien a quien no debemos acercarnos —respondió finalmente, y a continuación se volvió hacia Lilah con la esperanza de impedir que él siguiera preguntando—. Creo que será mejor que nos vayamos. Pero antes... No he podido evitar reparar en tu... invitado. —Se detuvo, tratando de buscar la manera de hacer la siguiente pregunta con delicadeza—. ¿Tienes problemas económicos, Lilah? ¿Necesitas algo?

La prostituta negó firmemente con la cabeza.

—Ah, no. No podría dejar que me dieras más, tesoro. Ya has hecho bastante por mí con todos esos vestidos y hablando con Harry para que me dejara alquilarle una habitación aquí arriba. Él me paga lo que puede por ayudarlo abajo, y el resto... —Lilah enrojeció—. Me las arreglo bien.

—Pero no tienes que...

—Ya sé que no. Pero es mi trabajo, Deirdre. Es lo único que sé hacer, y lo hago bien. Sé cómo ganarme la vida.

Deirdre suspiró y abrazó a su amiga.

—Eres muy testaruda.

Lilah le dio un apretón suave.

—Tengo mi orgullo. Algo que deberías comprender.

—Ése es el problema. Que lo sé. —Deirdre retrocedió un paso y le sonrió—. ¿Alguna sugerencia respecto hacia dónde dirigir nuestra búsqueda?

—¿Has probado ya con el Ratón?

—¿El Ratón? No. ¿Crees que puede saber algo?

—Ratón lo sabe todo. Sacárselo es lo difícil. Claro que tú le gustas, así que no creo que tengas problema.

Deirdre asintió.

—Puede que merezca la pena probar. —Se inclinó y le dio a la otra un beso en la mejilla—. Gracias, Lilah.

—Venga, déjalo ya. —La prostituta hizo un gesto con la mano como quitando importancia a la demostración de afecto de la chica, pero no pudo ocultar la sonrisa de felicidad—. Y ten cuidado. No sé lo que ocurrió entre Barnaby y tú hace todos esos años, pero lo que sí sé es que estaba loco por encontrarte, y que nunca olvida una afrenta.

Con mirada especulativa, se volvió hacia Tristan y agitó las pestañas con coquetería.

—Y a ti ha sido todo un placer conocerte, tesoro —añadió tendiéndole la mano.

Deirdre se quedó muda, segura de que el conde rechazaría el gesto amistoso de la prostituta. Pero para su sorpresa, el fruncimiento de cejo desapareció de su rostro y fue reemplazado por una encantadora sonrisa mientras se inclinaba para besar los dedos encallecidos de la mujer.

—El placer ha sido mío, señorita Lilah.

Ésta dejó escapar una carcajada divertida.

—¡Anda! Pero si tienes buenos modales. Ven a verme cuando quieras, tesoro.

Tras abrazar una vez más a Deirdre, los acompañó hasta la puerta.

Cuando ésta se cerró tras ellos, Deirdre miró a Tristan totalmente perpleja.

—Gracias —susurró.

—¿Por qué?

—Por haber sido tan amable con ella.

Se sostuvieron la mirada durante un largo momento, y Deirdre notó que el corazón se le aceleraba y la respiración se le quedaba atrapada en la garganta ante la intensidad de su mirada, hasta que, finalmente, logró apartar los ojos y, volviéndose, echó a andar hacia la escalera sin decir nada más.

Los dos regresaron al carruaje en silencio. Fue Tristan quien lo rompió, pero antes esperó a que Deirdre le indicara a Cullen el rumbo que debía seguir, y sus palabras no fueron las que Deirdre esperaba oír:

—¿Quién es Barnaby Flynt?

8

Al principio, Tristan pensó que Deirdre no iba a responder. Su expresión era impenetrable y la cautela era evidente en su mirada. La misma que había visto antes, cuando Lilah sacó el tema de Barnaby Flynt.

¿Qué tenía aquel hombre que cuyo nombre bastaba para provocar en ella semejante reacción?

Cuando ya creía que tendría que repetir la pregunta, Deirdre suspiró y finalmente dijo:

—Barnaby Flynt es un monstruo. Un hombre cruel y sin corazón que se cree el dueño de Tothill Fields y de todos sus habitantes.

—¿Y él es responsable de la muerte de ese tal Baldwin?

—Él y su banda son responsables de más de la mitad de las actividades criminales que tienen lugar en este barrio. Es malo, y trata con crueldad a aquellos que cometen el error de hacer que se enfade.

Tristan sintió que se le helaba la sangre sólo de pensar en su hermana a merced de semejante individuo.

—¿Y las autoridades?

—Ya has oído a Lilah. Tiene razón. La mayor parte de las veces no hacen caso de lo que ocurre en los bajos fondos.

Tristan apretó la mandíbula.

—Pues tendrán que hacerlo si averiguo que la vida de mi hermana corre peligro por su negligencia.

Recordar la manera en que los empleados de Bow Street habían desestimado su petición de ayuda la noche anterior despertó su temperamento, y regresó mentalmente a la conversación entre Deirdre y Lilah. No es que no fuera consciente de los peligros a los que Emily se enfrentaba, pero que se hablara de ellos con tanta normalidad delante de él había sido horroroso, por decirlo suavemente.

—Debería haber vuelto en cuanto mi lacayo encontró el bolso de viaje de Emily y haberles exigido que hicieran algo —añadió Tristan con tono lúgubre.

La súbita mirada de alarma que apareció en los ojos de Deirdre atrajo su atención, y la observó mientras ella hacía un visible esfuerzo por recobrar la compostura.

—Primero habría tenido que demostrarles que ella estaba allí, y eso no habría sido fácil. No. Hizo lo correcto. La encontraremos. Estoy segura.

Ni un atisbo de agitación traicionó su voz, que sonó segura y llena de determinación. Pero Tristan se percató de la rigidez que dominaba sus movimientos, la manera en que entrelazaba, tensa, las manos enguantadas sobre el regazo.

¿Por qué motivo se alteraba tanto cuando le oía decir que tendría que hablar con las autoridades? Claro que aún sentía más curiosidad por saber cómo una vizcondesa conocía a alguien de la reputación de Barnaby Flynt. Y por qué Lilah había hablado como si Deirdre lo conociera personalmente.

No se podía negar que lady Rotherby era una mujer muy enigmática, y Tristan estaba decidido a llegar al fondo del misterio que ocultaba. A pesar de su enojo al haber sido rechazado por ella en un principio, tenía que admitir que, desde el momento en que la conoció, dudó de que lo que se decía sobre ella fuera verdad. Sin embargo, con los años había aprendido a confiar en su instinto, y éste le decía que aquella mujer ocultaba algo. Y aunque sólo fuera por eso, tenía que mantenerse en guardia.

Con la intención de apartar temporalmente de la mente su preocupación por Emily, decidió que aquél era un momento tan bueno como cualquier otro para tratar de sonsacarle algo.

—Perdóneme si le parezco excesivamente curioso, milady, pero no puedo evitar preguntarme cómo se las ha arreglado para cultivar una amistad con tan... interesante tipo de personas.

Para su sorpresa, Deirdre se puso rígida y sus ojos se volvieron fríos como el hielo.

—Estoy segura de que usted tiene su propia opinión, ¿me equivoco, milord? Al parecer, todos los círculos sociales de la ciudad la tienen.

—Tenía la esperanza de que no me midiera por el mismo rasero, lady Rotherby. Lo cierto es que no soy muy aficionado a los círculos sociales, y soy muy consciente de que los chismosos pueden distorsionar la realidad con el fin de adaptarla a sus propósitos. Yo mismo he sido el objeto de sus conjeturas desde que regresé a casa. De modo que, si no le importa, me gustaría oír la verdadera historia de sus propios labios.

—Ay, pero las historias que corren por los círculos sociales son mucho más interesantes. —En su tono había una forzada alegría, pero ésta apenas velaba el dolor que se ocultaba debajo—. Personalmente, me gusta bastante la que dice que soy socia de un salón de juegos ilegal. Me proporciona un halo de atrevimiento y descaro, ¿no cree? Pero claro, después de conocer a Lilah, lo más probable es que tienda usted a dar más crédito a los chismorreos que me convierten en la madame de un burdel de baja estofa. Después de todo, Dios los crea y ellos se juntan. ¿No es eso lo que dicen de mí?

—Yo nunca supondría algo así.

—¿Y por qué no, milord? Creo que anoche mismo me dejó bien clara la baja opinión que tenía de mí. ¿Por qué dejarlo ahí?

Tristan se sintió avergonzado al recordar lo que le había dicho. Al margen de lo que él pudiera creer, no tenía derecho a juzgarla sin saber nada de ella, y menos aún de su matrimonio con lord Rotherby. Después de todo, no era la primera mujer que se casaba con un hombre con edad suficiente como para ser su abuelo.

—Le pido disculpas —dijo con suavidad—. No estuvo bien por mi parte hablarle como lo hice. Estaba furioso y frustrado, y lo pagué con usted sin pensar. Fue algo imperdonable.

Aquellas palabras parecieron calmarla un poco. Se relajó sobre los cojines de terciopelo mientras el hielo de sus ojos comenzaba a derretirse. A Tristan se le hizo un nudo en la garganta al ver cómo lo miró entonces, con una mirada rebosante de una desnuda vulnerabilidad.

Los dos se quedaron mirándose fijamente; el aire que flotaba entre ambos era tan denso a causa de la conciencia que tenían uno del otro, que podría cortarse con un cuchillo.

Finalmente, tras un largo momento, Deirdre carraspeó y apartó la vista de la de él, posándola sobre sus dedos entrelazados.

—Dice que usted también ha sido víctima de las conjeturas de la alta sociedad —aventuró, con una voz levemente alterada—. ¿Qué tipo de conjeturas?

Él se encogió de hombros.

—Especulaciones sobre lo que he estado haciendo y dónde he estado desde que abandoné Londres.

Ella levantó la vista, incapaz de ocultar su evidente interés.

—¿Y dónde ha estado, milord?

Hablar de su pasado siempre removía los sentimientos de culpabilidad que se ocultaban bajo la superficie de su rígido autocontrol, y, dado que no tenía la intención de convertirse en objeto de su escrutinio, desechó la pregunta con un gesto de aparente indiferencia.

—Aquí y allí. Pero le aseguro que ni uno de los rumores que corren por ahí se acercan ni remotamente a la verdad. —Enarcó una ceja—. Porque estoy seguro de que usted debe de haber oído algunos de ellos.

—Pocos. —Deirdre se mordió el labio—. Me temo que no frecuento los círculos sociales. A Nigel y a mí nos gustaba estar en casa, y desde su muerte… bueno, no recibo muchas invitaciones.

Tristan se inclinó sobre ella, tanto, que pudo oler el sutil aroma a fresa de su cabello, y oír la forma en que contuvo el aire al tenerlo tan cerca. Su reacción propició que su propio pulso se acelerase y empezara a martillearle los oídos.

—Entonces ya tenemos algo en común.

Sus ojos se encontraron y se sostuvieron la mirada una vez más. Las mejillas de Deirdre enrojecieron como la grana y, bajo la mirada de Tristan, se humedeció los labios con la punta de la lengua. El movimiento llamó la atención de él hacia la deliciosa curva de su boca, y sofocó un gemido al imaginarse inclinándose sobre ella y cubriendo su boca ardorosamente con la suya. Tan real era la imagen que incluso podía saborear la dulzura del beso, sentir la cremosa suavidad de su piel bajo sus dedos mientras su cuerpo se amoldaba al suyo…

¡Maldición! Apartó la mirada de la de ella, se dedicó a observar por la ventana, con el corazón latiendo a toda velocidad mientras trataba de reprimir la predecible reacción de su cuerpo bajo el influjo de sus lascivos pensamientos. Era un depravado de la peor clase, fantaseando con seducir a aquella mujer cuando su hermana había desaparecido. Tenía que parar, o se volvería loco antes de que lograsen encontrar a Emily.

—Hemos llegado.

El anuncio de Deirdre señaló el fin del trayecto, y, mientras se concentraba en sofocar sus impulsos sexuales y fijaba de nuevo la atención en la mujer, cayó en la cuenta de que ésta había sorteado con gran habilidad el tener que responder a sus preguntas.

Bueno, pues no iba a ser tan fácil hacerlo desistir. Tenía intenciones de continuar con aquella conversación. Y lo haría, tarde o temprano.

Se apeó del carruaje y, tras ayudarla a bajar a ella, echó un vistazo al lugar donde se encontraban. En la acera se alineaban caducos escaparates y casas en bastante mal estado, todavía cerradas y silenciosas a tan temprana hora. Aparte de algún transeúnte ocasional y uno o dos vendedores ambulantes que pregonaban su mercancía a voz en cuello, no se veía a mucha gente.

Tristan se percató, con gran perturbación, de que Cullen había detenido el coche a la entrada de un oscuro y angosto callejón. En su interior se apilaban montañas de desperdicios y un repugnante hedor llenaba el aire. El sonido de una escaramuza a lo lejos hizo que Tristan se colocara delante de su acompañante en un instintivo gesto de protección, mientras su mente viajaba en el tiempo a otro día y otro callejón.

El lugar donde había visto morir a su madre.

Como si percibiera su inquietud, Deirdre le puso la mano en el hombro en un gesto extrañamente tranquilizador, a pesar de que, una vez más, el contacto despertara las mismas necesidades lujuriosas que se había esforzado por contener en el carruaje.

—No pasa nada, Tristan. —Oírle pronunciar su nombre bastó para que se le acelerase el pulso—. El Ratón vive aquí.

Haciendo un esfuerzo por liberarse del poderoso hechizo que la proximidad de Deirdre ejercía sobre él, Tristan cambió sutilmente de postura hasta conseguir apartarse del desconcertante contacto.

—¿Y quién es ese Ratón?

—El exterminador de ratas del barrio.

¿Un exterminador que se llamaba Ratón? Tristan no pudo ocultar una sonrisa irónica. Muy adecuado.

Pero su sonrisa se desvaneció cuando Deirdre lo rodeó de repente y enfiló el estrecho pasaje con paso decidido. Olvidando su determinación de no tocarla otra vez, él la sujetó del brazo obligándola a detenerse.

—¿Qué está haciendo?

—Buscar al Ratón. Para eso hemos venido.

Tristan miró con recelo el callejón.

—Al menos deje que vaya yo primero. No tenemos ni idea de lo que puede aguardarnos ahí dentro.

—No sea ridículo. Yo…

—Deirdre, por favor.

Algo en su tono de voz debió de penetrar en ella, porque se detuvo y se quedó mirándolo fijamente durante un momento. Entonces, con un leve encogimiento de hombros, se hizo a un lado y, con un gesto de su mano enguantada, le indicó que la precediera.

Vacilante, Tristan echó un vistazo hacia atrás, a Cullen. Para su sorpresa, el mudo mensaje fue entendido a la perfección y, bajándose de un salto del pescante, el fornido cochero se colocó de guardia a la entrada del callejón, con sus enormes brazos cruzados sobre el pecho.

Atónito pero agradecido por la inesperada complicidad del sirviente, Tristan le dio las gracias con un gesto de asentimiento y acto seguido se volvió y se adentró en las sombras llevando a Deirdre muy cerca de él.

Nada más internarse en el estrecho espacio que quedaba entre las hileras de los desvencijados edificios, los recuerdos de un día perteneciente a su pasado acudieron de nuevo a la mente de él, amenazando con asfixiarlo. Con gran esfuerzo, consiguió apartarlos, decidido a no dejarse abrumar por tan violentas imágenes. Tenía que concentrarse en la tarea que tenía entre manos, y no podría hacerlo si estaba centrado en evocaciones que sería mejor no recordar.

En ese momento, un sonido procedente de detrás de un montón de cajas de madera un poco más adelante lo puso alerta, y se detuvo de golpe. Extendió un brazo para que Deirdre no siguiera avanzando mientras él trataba de ver en la oscuridad.

La difusa luz del sol de la mañana no entraba en el callejón, y al principio no pudo ver nada. Pero conforme se fue acostumbrando a la escasa luz, empezó a cobrar conciencia de la pequeña silueta que se agazapaba tras las cajas, con el rostro enterrado entre las rodillas levantadas y los brazos por encima de una cabeza rubia.

—¡Ratón! —Antes de que Tristan pudiera detenerla, Deirdre se lanzó a la carrera y se arrodilló junto a la temblorosa figura—. ¿Eres tú, Ratón?

—¡Vete! —contestó una voz apagada—. ¡No he hecho nada! ¡Nada, te lo juro!

—Ratón, está bien. No queremos hacerte daño. —Deirdre extendió una mano y la posó con ternura sobre el codo escuchimizado—. Soy yo, lady Rotherby.

La figura se movió ligeramente, y unos ojos oscuros la miraron entornados a través del arco que formaba uno de sus brazos.

—Yo no conozco a ninguna lady nada.

—Sí que me conoces. Claro que sí. Venga, tienes que acordarte.

Ratón levantó finalmente la cabeza y Tristan se dio cuenta con gran sorpresa de que lo que al principio había tomado por un niño, era en realidad un hombre de estatura extremadamente pequeña y edad indeterminada. Tenía la piel cuarteada y pálida, y le empezaba a escasear el pelo, y su edad podría rondar entre los treinta y cinco y los cincuenta y cinco años. También resultaba evidente que su apodo se debía, además de a su ocupación, a sus ojillos pequeños y brillantes, su larga y delgada nariz, y unas orejas grandes y prominentes que le daban el aspecto del animal al que eliminaba.

—Te conozco —consiguió decir, mientras se levantaba. De pie, apenas le llegaba a Deirdre al hombro—. Me trajiste un hueso para *Sally*.

Como si respondiera a la llamada de su amo, se oyó un sonoro ladrido y, a continuación, un pequeño terrier con manchas color café salió trotando de las sombras, y se sentó sobre los cuartos traseros delante de Deirdre, moviendo la cola alegremente.

Deirdre se inclinó y rascó al animalillo entre las puntiagudas orejas, sonriendo, mientras Tristan contenía el aliento, y hasta las rodillas le temblaban al contemplar la energía que aquella mujer irradiaba. Era como cuando el sol aparece después de la tormenta, y, muy a su pesar, se sentía tan deslumbrado como el pobre Ratón.

—Sí, así es.

—¿Le ha traído otro hoy, milady? A mi *Sally* le gustan mucho los huesos.

—Me temo que no. En realidad, mi amigo y yo hemos venido a preguntarte algo.

Ratón se limpió la nariz con el deshilachado extremo de la manga y acto seguido lanzó a Tristan una mirada llena de suspicacia.

—No me gustan las preguntas.

—Lo sé, Ratón, y no lo haría si no fuera algo importante. Pero estamos buscando a alguien. Alguien que podría estar en grave peligro ahora mismo si no la encontramos.

Deirdre extendió la mano pidiendo la miniatura una vez más y Tristan la sacó sin decir una palabra, observando cómo el hombrecillo tomaba el retrato y lo estudiaba con unos ojos que poco a poco se fueron abriendo.

—El ángel —susurró con tono reverente.

Tristan sintió que el corazón se le aceleraba y Deirdre saltó rápidamente al oírlo, con los ojos verdes relucientes.

—¿La has visto?

—La he visto. Anoche, en mis sueños. Los demonios la perseguían.

Las esperanzas de Tristan se vinieron abajo. ¿Demonios? Era evidente que el hombre no estaba bien de la cabeza.

—¿Demonios? —preguntó suavemente Deirdre, indagando con sutileza.

—Los esbirros del diablo —dijo Ratón, acentuando sus palabras con un asentimiento de cabeza—. Ha vuelto, ¿sabe?

—¿Quién?

—El diablo. Ese horrible diablo con la cara marcada.

Al oír sus palabras, Deirdre se quedó muda. Empezó a palidecer y Tristan se preguntó qué habría dicho Ratón que le había provocado semejante reacción. Para él, todo sonaba a la charla demente de un inquilino del manicomio.

—El diablo envió a sus demonios tras el ángel porque fue testigo de su pecado —continuó el Ratón.

—¿Qué es lo que vio?

—Su pecado —dijo el hombrecillo y, mirando por encima del hombro, se puso un dedo en los labios pidiéndole que guardara silencio—. Yo también lo vi. Pero el diablo no puede enterarse. No puede enterarse de que lo vi o vendrá a por mí y me tirará al pozo del infierno.

Deirdre extendió la mano y le tomó el brazo con nerviosismo.

—Esos demonios, ¿cogieron al ángel, Ratón?

—Oh, no. Los ángeles tienen alas, ya lo creo. Salió volando.

Tristan no podía creer lo que estaba oyendo.

—Maldita sea —siseó, acercándose a la pareja—. Esto es una pérdida de tiempo. Es evidente que este hombre está loco. No te estarás creyendo nada de lo que dice, ¿verdad?

Pero Deirdre lo ignoró, con la mirada fija en Ratón.

—¿Estás seguro de que el ángel que viste y el ángel del retrato son el mismo?

—Claro que estoy seguro. No lo olvidas si has visto un ángel. Esta preciosidad es suya. —Se metió una mano en el bolsillo del abrigo y sacó un lazo de seda de color lavanda, resplandeciente sobre la mugrienta piel de su palma—. ¿Lo ve? Se le cayó cuando se fue volando.

Tristan se quedó de piedra al ver el familiar adorno en la mano del exterminador de ratas. Conocido porque él mismo se lo había comprado a Emily. Formaba parte de un conjunto de lazos que le había traído como regalo cuando regresó a casa.

—Es suyo —dijo, con apenas un hilo de voz, mientras intentaba contener el pánico abrumador que burbujeaba en su interior—. Pertenece a mi hermana.

9

El corazón de Deirdre dio un vuelco al comprender el alcance de las palabras de Tristan, y miró con fascinado horror el lazo en la mano de Ratón.

¿Sería posible? ¿Emily se habría cruzado en el camino de Barnaby Flynt?

Consciente de la tensión que emanaba de Tristan, se acercó al exterminador un poco más, intentando hablar con calma.

—¿Dónde encontraste esto, Ratón?

—Ya se lo he dicho. Se le cayó al ángel.

Deirdre oyó un gruñido a su espalda, y a continuación vio cómo Tristan se lanzaba sobre Ratón y, agarrándolo por la pechera, lo levantaba hasta que sus pies sólo rozaban con la punta los adoquines.

—¿De dónde has sacado ese lazo? —repitió entre dientes, rojo de ira. Al ver que el hombrecillo no decía nada, sino que se limitaba a mirarlo con los ojos como platos, lo zarandeó—. ¡Maldito seas! ¿De dónde?

Ratón dejó escapar un chillido lastimero y empezó a clavar las uñas en las enormes zarpas que lo sujetaban de la pechera. *Sally*, al percibir la amenaza de que su dueño era objeto, comenzó a rodear las piernas de Tristan, ladrando ferozmente.

—¡Tristan! —Alarmada, Deirdre lo sujetó del codo y tiró de él—. ¡Suéltelo!

Pero él no parecía oírla. Sus ojos violeta ardían de furia mientras zarandeaba a Ratón. Pálido y sin fuerzas, el pobre hombre parecía un pelele en las manos de un gigante.

—Si le has hecho algo a mi hermana…

Desesperada por hacerse oír, Deirdre le apretó el brazo con más fuerza.

—¡Tristan, ésta no es forma de ayudar a Emily!

Por fin, sus palabras parecieron atravesar el muro de furia que lo rodeaba y la miró; vio entonces su expresión suplicante. Lentamente, conforme iba cediendo la tensión de sus rígidos músculos, dejó a Ratón en el suelo.

El hombrecillo no vaciló. Aprovechando que estaba libre, giró sobre sus talones y se escurrió entre las sombras, con *Sally* pisándole los talones.

Cuando su silueta desapareció en la oscuridad, Tristan dejó escapar una imprecación y echó a correr tras él, pero Deirdre se puso en medio, haciendo que se detuviera, posando una mano en su amplio torso.

—Deje que se vaya, Tristan.

—¿Que se vaya? ¡Es más que posible que sea la única pista que existe sobre el paradero de mi hermana!

Ella negó con la cabeza.

—Nos ha dicho todo lo que sabe.

—No ha hecho más que divagar como un lunático. Quiero la verdad.

—*Ésa* era la verdad, tal como la ve Ratón. Perseguirlo y aterrorizarlo no hará que cambie su testimonio.

—¿Qué es lo que me está diciendo? ¿Que el diablo se ha llevado a Emily?

Deirdre se mordió el labio. Podía ser, pensó. Ella no tenía duda de quién era el hombre al que Ratón había visto perseguir a Emily, y sólo le quedaba rezar por que no se hubiera equivocado al decir que el ángel había escapado. Sin embargo, decirle a Tristan lo que pensaba sólo serviría para preocuparlo aún más.

No, esperaría hasta asegurarse de lo que se decía por ahí.

—No lo sé —respondió finalmente, volviéndose en dirección a la entrada del callejón, donde los esperaba su carruaje.

Tristan la alcanzó con unas pocas y furiosas zancadas, y la detuvo sujetándola por un brazo. Tenía el cejo fruncido en un gesto amenazador.

—Si me entero de que… ese exterminador le ha hecho daño a mi hermana…

—¡No! ¡Él no haría algo así!

—Pero ¡tiene su lazo!

—Lo que demuestra únicamente que la vio, como nos ha dicho. Ratón no haría daño a una mosca.

—¿Y está segura de ello porque…?

—Porque lo conozco.

Tristan entornó los ojos.

—Nunca se conoce bien a alguien como él, lady Rotherby. No se puede confiar en ellos.

Y dando media vuelta, echó a andar.

Deirdre se enfureció al oír las palabras de desprecio de Tristan, y avanzó con paso enérgico detrás de él. Lo detuvo justo cuando emergían de la oscuridad del callejón.

—Un momento. ¿Qué es lo que ha querido decir con «alguien como él»?

Tristan se detuvo y la miró, esbozando una cínica sonrisa.

—Mire a su alrededor, milady —dijo, haciendo un gesto con una mano hacia el vecindario que comenzaba a pulular.

Los comerciantes abrían sus establecimientos y la gente, cada vez más numerosa, llenaba las aceras, mientras un grupo de golfillos harapientos armaban escándalo jugando a las tabas en los escalones de un edificio cercano, mezclando sus risas con los gritos de los comerciantes.

—Si me diera la vuelta un minuto —continuó Tristan con tono amargo—, la mitad de estas personas a las que parece tan dispuesta a defender me sacarían la cartera del bolsillo en menos que canta un gallo.

—Y la otra mitad no haría tal cosa —alegó ella, fulminándolo con la mirada—. ¿Cómo puede juzgarlos de esa manera? No sabe absolutamente nada de sus vidas.

—Sé lo suficiente como para saber de lo que son capaces. He sido testigo. Personas como éstas son la razón de que mi madre esté muerta.

Deirdre se quedó helada al oír mencionar a lady Ellington.

—¿Su madre?

Un músculo empezó a temblar en la mandíbula de Tristan, y un destello de dolor se reflejó por un breve espacio de tiempo en sus ojos, hasta que apartó la vista.

—No importa. Eso pertenece al pasado y no quiero hablar de ello. No sé por qué he sacado el tema.

—Pero…

—Aún tenemos que pensar en Emily, ¿recuerda? Me prometió que sabríamos algo hoy al mediodía, y hasta el momento lo único que tenemos es su lazo del pelo y el discurso delirante de un loco.

Y sin más, se dio la vuelta y echó a andar hacia el coche.

Con un suspiro, Deirdre hizo una señal a Cullen y siguió a Tristan. Sería mejor dejar el tema de la condesa. Lo último que quería era recordarle que ella había estado presente aquel funesto día. Tenía razón, había que pensar en Emily. Pero la angustia que había visto en él le había llegado al alma, y le había hecho desear poder hacer algo para aliviar su dolor.

Una vez dentro del coche, sus ojos se posaron nuevamente en el perfil bien cincelado de Tristan, que iba mirando por la ventana con expresión inescrutable. Era evidente que la muerte de su madre seguía atormentándolo, y Deirdre no podía culparlo por ello. Tal vez fuera ése el motivo por el que había reaparecido en su vida después de tantos años. Si pudiera ayudarlo a superar lo ocurrido en el pasado, tal vez pudiera poner fin a las pesadillas que la perseguían a ella.

Cuando el coche se puso en marcha, se inclinó hacia adelante buscando las palabras adecuadas con las que atravesar su gélida impasibilidad.

—Soy consciente, milord —comenzó con indecisión—, que hay personas verdaderamente malvadas en Tothill Fields, capaces de hacer cosas horribles. Pero debe tener en cuenta que también hay malas personas en su... mundo.

Tristan la miró con sus ojos violeta resplandecientes.

—Creo que ya le he dicho que no quiero hablar del tema.

—Pues le pido disculpas si sobrepaso los límites, milord, pero tal vez debería hacerlo. Ésas son las personas con las que tendrá que tratar si quiere encontrar a su hermana, y para conseguir que cooperen, no podrá permitirse el lujo de que un incidente del pasado le afecte a la hora de tratar con ellos.

Tristan no dijo nada, se limitó a seguir mirando por la ventana. Pero Deirdre no pensaba dejar que la ignorase.

Le posó una mano sobre el musculoso antebrazo, apartando deliberadamente el pequeño estremecimiento de conciencia sexual que recorrió todas sus terminaciones nerviosas al contacto.

—Tristan, estas personas luchan todos los días por sobrevivir, y son tan merecedoras de su respeto como cualquier otro. Puede que incluso más.

—Ahora habla como ella.

Sus palabras la sorprendieron, y tardó un momento en comprender lo que había querido decir con ellas.

—¿Su madre?

Él asintió con rigidez y miró a Deirdre a la cara.

—Era la persona más buena y cariñosa que he conocido nunca. Mi padre y yo no nos llevábamos bien, pero ella… —Se detuvo y su rostro se suavizó—. Yo la quería y la admiraba mucho.

—Ya lo veo. Se nota en su voz cuando habla de ella.

Tristan dejó vagar la mirada por el espacio, de repente ausente, como si estuviera perdido en sus recuerdos.

—Aparte de a su familia, a lo que más le gustaba dedicarse era a ayudar a los necesitados. Recuerdo que cuando yo era niño, siempre estaba preparando cestas para ellos, o visitando a los enfermos y a los ancianos. Llegó a tomar bajo su protección a varias familias muy pobres de Tothill Fields. —La sombra de una honda y desgarradora pena cubrió sus facciones—. Eso era lo que estaba haciendo el día en que fue asesinada. Había venido a visitar a una de esas familias.

Consternada, Deirdre dejó escapar el aliento de forma brusca. Nunca había dejado de preguntarse qué estaría haciendo lady Ellington en un lugar como Tothill Fields. Que la condesa hubiera resultado ser una de esas extraordinarias personas que verdaderamente se preocupaban por el sufrimiento de los habitantes de los bajos fondos no hizo sino aumentar su sentimiento de culpabilidad.

Tristan continuó hablando, ajeno a la reacción que su revelación había causado en su acompañante.

—A mi padre nunca le gustó la vocación de mi madre, claro. Que tu esposa se pase el tiempo yendo y viniendo de los bajos fondos para ayudar a los menos afortunados no es exactamente un tipo de actividad bien vista por la sociedad, ¿no cree? —Una sonrisa de sarcasmo elevó las comisuras de sus labios—. Pero para ella era importante, de modo que la dejó seguir con ello. Hasta la primavera en que cumplí diecinueve años.

Como si no se diera cuenta de lo que hacía, cogió la mano que Deirdre había apoyado en su brazo y enlazó sus dedos con los de ella, acariciándole distraído el centro de la palma con la base del pulgar. A pesar del guante, Deirdre podía sentir las descargas provocadas por la caricia, y tuvo que hacer un poderoso ejercicio de concentración para atender a lo que le estaba diciendo.

—Aquel año, se había producido una escalada de la violencia en Tothill Fields, tras una serie de sonados robos y asesinatos. La alta sociedad estaba al corriente, porque se sabía de casos en St. James y Piccadilly. El dueño de una tienda fue atracado y asesinado una noche, mientras cerraba su establecimiento.

Deirdre asintió. Recordaba muy bien la oleada de violencia que tuvo lugar como consecuencia de la mano dura con que Barnaby Flynt dirigía el barrio, y la zona oeste de Piccadilly se había convertido en un coto de caza de primera para los ladrones callejeros que trabajaban para él.

—Finalmente, mi padre se plantó un día y prohibió a mi madre que continuara con sus obras de caridad. Por desgracia, creo que no se dio cuenta de lo testaruda que ella podía ser cuando se le metía algo en la cabeza. Un día, cuando mi padre estaba fuera, acudió a mí y me pidió que la ayudara. Al parecer había recibido un mensaje de una de las familias de Tothill Fields. Su bebé se había puesto enfermo y mi madre estaba preocupada. Quería ir a verlo y necesitaba que la acompañara.

Tristan movió la cabeza a un lado y a otro.

—Mirándolo en perspectiva, sé que debería haberme negado. Pero no se me ocurrió considerar el peligro, y no me pareció que pudiese pasar nada malo siempre y cuando no me alejara de ella.

Aunque sabía lo que venía a continuación, Deirdre siguió escuchándolo, tensa, sin apartar los ojos de él ni un momento.

—Aquella tarde alquilamos un coche —continuó él, retomando la caricia totalmente absorto—, y pasamos una o dos horas con la familia. Los problemas empezaron cuando ya nos íbamos y descubrimos que el coche que habíamos alquilado había desaparecido.

»Dejé a mi madre en la casa, con la familia, lo justo para ir a buscar otro medio de transporte, y cuando regresé ella ya no estaba allí. Al parecer, había decidido esperarme fuera, pero no se la veía por ninguna parte. Estaba allí, tratando de decidir por dónde empezar a buscar, cuando la oí gritar.

Su mano se tensó inconscientemente sobre la de ella, y su rostro reflejaba una angustia tan desgarradora que el corazón de Deirdre rebosó de lástima.

—Procedía de detrás de una hilera de casas bajas y eché a correr hacia allí. Nunca olvidaré la escena que vi al doblar la esquina y entrar en el callejón. Un grupo de hombres habían acorralado a mi madre contra la pared. Dos de ellos le sujetaban los brazos mientras una bestia de aspecto tosco, calvo como una bola de billar, le metía la mano bajo el corsé. Ella gritaba, y suplicaba que parase, pero él sólo se reía. ¡Se reía como si su terror le pareciera divertido!

»No lo pensé dos veces. Me lancé contra ellos. Como es evidente, no tenía ninguna posibilidad de triunfo, dado que eran varios y yo uno solo. Pero conseguí acertar con varios buenos puñetazos antes de que me redujeran. No sirvió de nada, pero esperaba haber logrado distraer su atención el tiempo necesario para que mi madre escapara.

Sus palabras, que describían la situación de manera extraordinariamente vívida, trajeron a la memoria de Deirdre sus propios recuerdos de lo ocurrido. La primera vez que lo vio, fue cuando se lanzó a pelear como un ángel vengador de expresión fiera. Grande y musculoso a pesar de tener sólo diecinueve años, peleó con valentía, pero eran demasiados para uno solo. Aunque su joven corazón le decía que corriera a ayudarlo, uno de los hombres de Barnaby la sostuvo, y se vio obligada a presenciar impotente la brutal paliza que le propinaron, su bello rostro, sanguinolento a consecuencia de sus puños despiadados.

—Entonces aquella bestia sacó la navaja —continuó Tristan con voz ronca—, y se dirigió a mí.

Aunque con cada palabra aumentaban las posibilidades de que recordara que ella había participado de alguna forma en lo ocurrido, Deirdre no fue capaz de decirle que parara, no cuando era evidente que necesitaba aquella catarsis.

—¿Y entonces? —lo instó incluso, dándole un apretón en señal de ánimo con la mano que tenía entre las de él.

—Debería haber imaginado que mi madre jamás se iría dejándome allí. No voluntariamente. —Tragó con evidente dificultad—. Interpuso su cuerpo para protegerme cuando el hombre descargó la puñalada. Se derrumbó en mis brazos. Lo siguiente que recuerdo es que había sangre por todas partes. En la pechera de su vestido, en mis manos… No pude parar la hemorragia.

Dejó caer la cabeza.

—No recuerdo mucho más. Todo era confuso. Cuando levanté la vista, todos los hombres habían desaparecido, excepto el que la había apuñalado. Tengo su rostro grabado en la memoria. La crueldad que vi en sus ojos cuando me miró, la cicatriz que le atravesaba la mejilla. Sonrió, como si estuviera muy satisfecho consigo mismo, y por primera vez en mi vida, supe que estaba en presencia del mismísimo diablo. Entonces se dio la vuelta y se alejó, adentrándose en las sombras.

Tristan alzó la vista y se cruzó con la mirada de Deirdre. La desolación que ella vio en sus ojos le resultó insoportable.

—Mi madre murió en mis brazos.

Incapaz de quedarse quieta, Deirdre levantó la mano libre y le acarició el rostro brevemente, con intención de aliviar su dolor.

—Oh, Tristan —susurró con voz temblorosa, la mirada enturbiada por las lágrimas—. Lo siento mucho.

Él giró la cabeza levemente, como queriendo saborear el contacto, y el corazón de Deirdre dio un vuelco al sentir su aliento en la piel que quedaba al descubierto entre el guante y la manga del vestido.

—Mi padre nunca me perdonó que no me hubiese negado a acompañarla aquel día. Y yo tampoco he podido hacerlo.

Deirdre se dio cuenta con gran desconcierto de que estaban muy cerca el uno del otro. De alguna manera, en el transcurso de la conversación, ella se había ido acercando más y más a él, hasta quedar en el borde mismo del asiento. La tentación de aquellos sensuales labios estaba a escasos centímetros de los suyos, y a cada traqueteo del coche, su rodilla rozaba el muslo de él, duro como una roca.

Carraspeó mientras se esforzaba por contener sus desbocados pensamientos.

—Entiendo el horrible trance que debió de suponer para usted, milord. Pero no puede culpar a todo un grupo de personas por los crímenes de unos pocos.

El rostro de Tristan se endureció al oírlo.

—Lo que veo es que la gente de Tothill Fields no piensa más que en su beneficio —dijo con frialdad, soltándole la mano como si de pronto se hubiera dado cuenta de que se la estaba acariciando—. Mi madre dedicó su vida a ayudar a esa gente. Creía en ellos, confiaba en ellos, y murió por eso. Así que aceptemos que no podemos estar de acuerdo y dejémoslo correr, ¿de acuerdo?

Dolida, Deirdre se reclinó contra el respaldo del carruaje y él siguió mirando por la ventana, la mandíbula firmemente apretada en un gesto beligerante. De nada serviría discutir con él. Opinaba que todos en Tothill Fields eran iguales, y suponía que tenía buenos motivos para esperar lo peor de ellos.

Deirdre se mordió el labio y fijó la vista en su regazo, sintiéndose extrañamente vacía al no tener los dedos de él acariciándole la palma. Que el Cielo la ayudara si alguna vez descubría el papel que ella había interpretado en la muerte de su madre. La odiaría.

Y su odio estaba convirtiéndose en algo a lo que ella no deseaba enfrentarse.

10

¡Maldita fuera su suerte! ¡Así no llegarían a ninguna parte!

Tratando de contener una frustración que iba en aumento, Tristan observaba desde su puesto junto a la puerta de la pequeña tienda mientras Deirdre interrogaba al dueño del establecimiento. No le sorprendió que el hombre negara con la cabeza. La escena llevaba repitiéndose todo el día, y cada vez que la veía, perdía un poco más los nervios, que ya tenía en máxima tensión.

Desde el incidente con Ratón llevaban toda la mañana interrogando a los comerciantes y vendedores ambulantes del vecindario por el que se movía el exterminador. Deirdre tenía la esperanza de que si el hombrecillo de verdad había visto a Emily, alguien más podría haberlo hecho también. Pero hasta el momento esas esperanzas habían resultado vanas, y Tristan empezaba a preguntarse si estarían buscando en el lugar correcto.

Cambiando una y otra vez el peso de un pie al otro, observaba la expresión grave de Deirdre mientras conversaba con el tendero. Las cosas seguían tensas entre los dos desde su estallido de cólera en el coche y del que se sentía avergonzado. No había pretendido mostrarse severo o crítico, pero tenía motivos más que sobrados para dudar de la integridad de los ciudadanos de Tothill Fields. Aunque seguro que, después de haberle contado lo de su madre, Deirdre debía de comprender que se mostrara suspicaz.

Pensar en la condesa le recordó la manera en que le había contado la historia dentro del carruaje, y se le encendió el rostro. No había pretendido revelar tanto, pero por alguna razón, una vez que empezó a hablar no fue capaz de detenerse.

Miró a Deirdre una vez más. ¿Qué tenía aquella mujer que le hacía desear confesarle todos sus secretos más íntimos? Nunca antes había hablado de aquel día con nadie, ni siquiera con Archer. Sólo su padre se había enterado de los detalles. Y en menos de veinticuatro horas aquella mujer había logrado penetrar sus defensas con sólo una caricia y un par de tranquilizadoras palabras.

Al recordar cómo le había acariciado la mejilla, mirándolo llena de comprensión, el aire se le atascó en la garganta. Por un momento, había estado seriamente tentado de aplastar su boca contra la sedosa piel de la muñeca de Deirdre, y dejar que su lengua explorase el latido de su corazón en aquel punto. Pero las palabras de ésta tras escuchar su revelación habían sido como un jarro de agua fría. Considerar siquiera la posibilidad de intimar con ella era jugar con fuego, y no sólo porque su tía haría lo posible por quitarle a Emily si llegara a enterarse. Sus formas de pensar eran muy distintas. Ella confiaba siempre en lo mejor de las personas, mientras que él esperaba lo peor.

En ese momento, Deirdre se volvió y miró en su dirección. Deteniendo sus reflexiones, estiró el brazo para abrir la puerta, y dejó que saliera delante de él.

—¿Y bien? —preguntó, con los brazos en jarras en cuanto la puerta se cerró tras ellos.

—Y bien, nada. —El tono de ella fue definitivamente frío—. No la ha visto. Aunque tampoco creo que me lo hubiera dicho, teniendo en cuenta las miradas furibundas que le lanzaba. Puede que si tratara de mostrarse menos amenazador, lograra convencer a la gente de que confiasen en mí.

Tristan ahogó un resoplido de irritación. Después de ver el recelo con que lo miraban los primeros a los que se habían acercado a preguntar, claramente incómodos con su presencia, Tristan había aceptado la sugerencia de quedarse atrás mientras ella hacía las preguntas. Aparte de quitarse por completo de la vista, y a eso no estaba dispuesto, a Tristan no se le ocurría qué otra cosa podía hacer.

Sin embargo, dudaba que la actitud de Deirdre se debiera enteramente a su semblante intimidatorio. Negó con la cabeza mientras ella se daba la vuelta y se alejaba de él en dirección al carruaje, donde los esperaba Cullen. Era obvio que seguía enojada por la discusión que habían tenido antes.

Maldición. No le gustaba la tensión que se había instalado entre ellos, y sabía de sobra que él tenía la culpa. No había necesidad de que diese su opinión sobre los habitantes de aquel barrio. Tal vez si se disculpara, pensó al tiempo que echaba a andar tras ella, pudiese recuperar al menos un poco del entendimiento que había empezado a aparecer entre ellos antes de su encuentro con Ratón.

Pero justo cuando la alcanzó y ya se disponía a hablar, se vio interrumpido por una estridente voz que sobresalía del bullicio habitual de aquella concurrida parte de la calle.

—¡Detengan al ladrón! ¡Que alguien detenga a ese chico!

La multitud que abarrotaba la acera se separó de repente, y un esbelto chico de unos doce o trece años pasó corriendo como una flecha por en medio del tumulto, seguido muy de cerca por un comerciante corpulento de rostro enrojecido.

—¡Detengan a ese chico! —vociferó nuevamente el hombre.

Cuando el muchachito se acercó a ellos a la carrera, Tristan avanzó un paso y, agarrándolo del cuello de la camisa, lo detuvo de golpe.

—¡Eh! ¡Suélteme! —chilló el chico, retorciéndose en las manos de Tristan.

Pero éste no hizo caso, sino que lo mantuvo bien agarrado mientras el comerciante llegaba resoplando y jadeando hasta ellos.

—Robándome la mercancía —dijo el hombre resollando de cansancio—. ¡Te llevaré ante el magistrado! ¡Vas a ver tú!

Estiró entonces una mano regordeta hacia el niño, pero Tristan lo apartó y levantó una ceja inquisitivamente.

—¿Y qué es lo que ha hecho exactamente?

—¿Que qué ha hecho? ¡Le diré lo que ha hecho! ¡Me ha robado en el puesto, eso es lo que ha hecho!

Tristan miró al presunto ladronzuelo.

—¿Es eso cierto?

Con aspecto aterrorizado, el jovencito negó con la cabeza con un vigoroso movimiento. A consecuencia del gesto se le cayó la gorra, y una larga trenza de color oscuro descendió sobre su hombro.

Santo Dios, el chico no era tal chico.

Deirdre, que había estado observando la escena con preocupación desde una corta distancia, emitió un gritito de alarma y se apresuró a acercarse.

—¿Jenna? Jenna McLean, ¿eres tú?

Al oír su voz, el rostro de la chica palideció y agachó la cabeza.

—S-sí, milady.

Los ojos de Tristan y los de Deirdre se encontraron.

—¿Conoce a esta chica?

—Sí. En realidad, sí. —Lo apartó para acercarse a la pequeña y se inclinó sobre ella con el rostro turbado—. ¿Qué está pasando aquí, Jenna? Seguro que no le has robado nada a este… caballero, ¿verdad?

—Oh, no, milady. Yo no he robado nada.

Pero cuando la chica tensó los brazos en actitud defensiva alrededor de su cintura, una única manzana cayó de entre los pliegues de la camisa ablusada que llevaba, y rodó por la acera, yendo a parar a la puntera del zapato de Deirdre.

El dueño del puesto, que se había quedado momentáneamente

sin habla al comprobar el verdadero sexo del ladronzuelo, dejó escapar un resoplido de desdén.

—Ahí lo tiene. Mentirosa además de ladrona.

Tristan observó cómo Deirdre miraba la prueba condenatoria, y a continuación movía la cabeza.

—Oh, Jenna.

La decepción en su tono de voz era evidente. La chica tragó con dificultad y a continuación levantó el mentón en señal desafiante.

—Sólo trataba de ayudar a mamá. Eso es todo.

—Tu madre se avergonzaría de esto, te lo aseguro —la riñó Deirdre—. ¿Y qué quieres decir con ayudar? La última vez que te vi, me dijiste que las cosas en casa iban bien.

Jenna se encogió de hombros, pero no dijo nada.

Volviéndose hacia el vendedor, Deirdre metió la mano en su pequeño bolso y sacó unas monedas, que entregó al hombre con gesto de súplica.

—Tenga, buen hombre. Estoy segura de que esto cubre todo lo que la chica haya podido robar. Le aseguro que cuando se lo cuente a su madre, recibirá su castigo, y esto no volverá a ocurrir.

El hombre se quedó mirando el dinero, y a continuación dirigió la vista al bolsito de Deirdre con un brillo de avaricia en los ojos.

—Podría haber hecho que la llevaran a Bridewell o a Newgate si hubiera querido. Si dejo que esta cría se salga con la suya sin recibir lo que se merece, todos vendrán a robar a mi puesto.

Irritado por la descarada manera en que aquel comerciante pretendía sacar más dinero a Deirdre, Tristan soltó a la chica y dio un paso hacia el hombre, cuadrando los hombros con un gesto claramente amenazador.

—Creo que la señora ha dicho que ese dinero bastaba para cubrir todo lo robado.

El hombre retrocedió rápidamente, mirando con turbación el imponente tamaño de Tristan.

—Está bien. Pero asegúrese de que no vuelvo a pillarla rondando por mi puesto.

Y con esas palabras, el hombre se alejó con paso lento y pesado, gruñendo entre dientes.

En cuanto desapareció de la vista, Deirdre sonrió a Tristan con cierta indecisión que hizo que el corazón de éste revoloteara dentro de su pecho, y acto seguido dirigió su atención nuevamente a la chica.

—Creo que será mejor llevarte a casa. Es obvio que tengo que hablar con tu madre.

—¡Ay, no, milady! —dijo Jenna, con mirada suplicante—. ¡Le prometo que no volveré a hacerlo!

Deirdre suspiró y rodeó los hombros de la niña con un brazo.

—Lo siento, tesoro, pero debo hacerlo. —Miró entonces a Tristan—. No le importa, ¿verdad? Le prometo que sólo será un momento.

Tristan contempló el ángulo del sol en el cielo. Debía de ser casi mediodía, y ella sabía que le había impuesto una hora límite para conseguir algún resultado. Pero por alguna razón no fue capaz de decirle que no.

—Está bien.

La sonrisa que Deirdre le dedicó entonces lo hizo sentir como si hubiera alcanzado la luna con los dedos.

La casa de Jenna resultó ser una chabola destartalada casi lindante con una zona cenagosa.

Tristan ayudó a bajar del carruaje a Deirdre y a la niña, y no pudo evitar hacer una leve mueca de asco al contemplar la escena que se presentaba ante sus ojos. Rodeada por una desvencijada cerca de madera casi en ruinas, la casa estaba que daba pena verla, con el tejado parcheado, los aleros semidesmoronados y los postigos medio caídos.

Con el aspecto del reo conducido al cadalso, la joven Jenna se metió las manos en los bolsillos y echó a andar penosamente hacia la cerca. Al ver que Deirdre no la seguía de inmediato, Tristan la miró y vio que ésta lo observaba muy seria.

Supuso que no podía culparla. No podía decirse de él que se hubiera conducido con circunspección hasta el momento, pero le disgustaba que la tensión que creía ya desaparecida entre ellos hubiera retornado.

Le dirigió entonces una sonrisa sarcástica y le hizo una cortés reverencia.

—No es necesario que ponga esa cara de disgusto, milady —murmuró—. Se lo prometo, no volveré a zarandear a un ciudadano del barrio. A partir de ahora, haré gala de mi mejor comportamiento.

Deirdre, sin embargo, parecía estar muy lejos de mostrarse convencida.

—No puedo decir que sus palabras me inspiren confianza, milord —contestó con tono gélido y los hombros rígidos—. Y aunque le estoy muy agradecida por su intervención protectora hacia Jenna, puedo asegurarle una cosa: si se atreve a tratar a los habitantes de esta casa con el desprecio que ha mostrado antes con Ratón, me veré obligada a darle tal patada que lo dejaré sentado sobre su maldito trasero.

Y con esas palabras, se dio la vuelta y echó a andar hacia la chabola.

Para su sorpresa, en vez de sentirse molesto por el ultimátum de Deirdre, Tristan sintió que se apoderaba de él tal hilaridad, que tuvo que hacer un esfuerzo para aguantarse las ganas de reír. Nadie lo había amenazado nunca con darle una patada y dejarlo sentado.

Echó un vistazo a Cullen, que seguía en el pescante. El corpulento cochero se limitó a encogerse de hombros, con la misma expresión impasible de siempre. Pero Tristan juraría que vio un esbozo de sonrisa en las comisuras de aquella dura boca.

Giró sobre sus talones y corrió tras Deirdre.

Jenna los estaba esperando en la puerta de la chabola, con los brazos cruzados en actitud defensiva y una expresión inquieta.

—Por favor, milady —suplicó con tono lastimero cuando los tuvo más cerca. Miró con recelo por encima de su hombro hacia la casa—. Le prometo que he aprendido la lección.

Pero antes de que Deirdre pudiera decir nada, la puerta se abrió de repente y la silueta de una mujer regordeta, de cabello oscuro, se recortó en la entrada.

—Jenna McLean, ¿sabes lo preocupada que me tenías? —comenzó, lanzando chispas por los ojos. Al ver a Deirdre, sin embargo, dejó las recriminaciones a un lado mientras ahogaba un grito de sorpresa.

—¡Milady!

—Hola, Rachel —dijo Deirdre con una sonrisa tranquilizadora—. Disculpa mi inesperada visita, pero tengo que hablar contigo. ¿Podemos pasar?

—Por supuesto, milady. —La mujer se hizo a un lado para dejarlos entrar en el oscuro interior.

Dentro, Tristan se detuvo a echar un vistazo valorativo. No escaparon a su examen el gastado mobiliario ni el mal estado general del lugar. Una niña más pequeña que Jenna estaba sentada en un rincón de la habitación, chupándose el dedo mientras contemplaba a los visitantes.

La madre de Jenna cerró la puerta y se volvió hacia ellos, mirando a su hija con sagacidad y los brazos en jarras.

—¿Qué ha hecho mi hija esta vez?

Avergonzada, la niña agachó la cabeza cuando Deirdre le puso una mano en el hombro.

—Me temo que ha habido un problemilla.

Mientras le contaba a la mujer lo ocurrido entre Jenna y el dueño del puesto de venta ambulante, Tristan observaba que el rostro de la señora McLean palidecía por momentos, hasta que finalmente se dirigió a la chica gritándole alarmada.

—Jenna McLean, ¿cómo has podido? Ya hablamos de este asunto la última vez. ¿Quieres terminar como tu padre? ¿Quieres que te aparten de mí y te encierren en la cárcel?

La niña también palideció.

—No, mamá. Lo siento. Yo sólo quería ayudar. —Hizo un gesto en dirección a la niñita sentada en el otro extremo—. Gracie no dejaba de llorar porque tenía hambre y sé que estabas triste porque no podías hacer nada. Sólo han sido unas manzanas.

La señora McLean parecía desolada, y Deirdre se aprestó a tranquilizarla posando una mano en su brazo.

—Rachel, ¿puedo hacer algo? ¿Necesitas dinero, comida...?

—No, milady. Ya ha hecho bastante por nosotros. No sé qué haría la gente de Tothill sin usted. ¿Le importaría disculparnos un momento? Tengo que hablar con mi hija.

—Adelante, tómate todo el tiempo que necesites.

La mujer se llevó a Jenna a un rincón oscuro y empezó a regañarla con tono vehemente. Tristan se volvió hacia Deirdre y la miró con sumo interés y repentina comprensión.

—Eso es lo que hace aquí en Tothill Fields, ¿verdad?

Deirdre lo observó por el rabillo del ojo, con expresión impenetrable.

—¿A qué se refiere?

—Me refiero a su ayuda a la gente de este suburbio degradado. Como mi madre. —Por alguna razón, la revelación no pareció sorprenderlo. Suponía que una parte de él llevaba sospechándolo desde la visita a Lilah.

Ella se encogió de hombros, mientras sus manos enguantadas jugueteaban inquietas con los cordones de su pequeño bolso.

—Espero que no esté decepcionado, milord. Sé que creía que era una mujer de mala fama.

—No, milady. —Tristan ladeó la cabeza al tiempo que una sonrisa juguetona aparecía en sus labios—. No estoy en absoluto decepcionado.

Se hizo un largo silencio durante el cual los dos permanecieron muy juntos, sosteniéndose la mirada. El único sonido era el murmullo de Rachel McLean amonestando a su hija. El aire vibraba entre ellos con una mutua conciencia sexual y Tristan sintió el sobrecogedor impulso de estrechar a Deirdre entre sus brazos y besarla. De hecho, tuvo que apretar los puños a cada lado del cuerpo en un esfuerzo para no hacer tal cosa. Aquella boca de aspecto delicioso, el suave brillo de sus ojos verdes, el dulce perfume de su piel. Todo se conjugaba en una invitación que cada vez le costaba más trabajo rechazar.

Echando un vistazo a madre e hija, tomó la decisión de apartarse un paso de ella. Luego carraspeó, rompiendo así el hechizo.

—Sin embargo, tengo curiosidad por una cosa.

Deirdre inspiró profundamente y tragó con visible dificultad, proporcionándole así a Tristan la satisfacción de ver que su presencia la afectaba de una manera tan arrolladora como la de ella a él.

—¿Y de qué se trata, milord?

—¿Por qué no ha sido sincera con los círculos sociales, por qué no decirles a lo que verdaderamente se dedica y terminar así con esos ridículos chismorreos?

Ella se puso rígida.

—No debería tener que hacerlo. No les debo ninguna explicación. Creerán lo que quieran independientemente de lo que yo diga. Para ser sinceros, su opinión nunca me ha importado demasiado.

Tristan no creía que estuviera siendo totalmente sincera. Recordaba con claridad la mirada dolida que había visto en el carruaje un poco antes, cuando había salido a relucir por primera vez el tema de los chismorreos respecto a ella y sus actividades.

Pero antes de que pudiera decirle nada, algo le rozó la mano con suavidad llamando así su atención. Al mirar hacia abajo, se encontró con la hermanita de Jenna, que se había atrevido a salir de su rincón y estaba de pie junto a él, mirándolo con unos enormes ojos.

Moviéndose muy despacio para no asustarla, Tristan se inclinó y le ofreció una sonrisa.

—Hola, pequeña. ¿Te llamas Gracie?

Ella respondió asintiendo brevemente.

Tristan se percató entonces de la harapienta muñeca que llevaba debajo del brazo, e inclinó la cabeza hacia ella.

—¿Es tu muñeca?

Ella volvió a asentir.

—¿Y tiene nombre?

Por un momento, pensó que la niña no le respondería, pero tras observarlo con gesto serio, finalmente se sacó el dedo de la boca y respondió con timidez:

—Muñequita.

Tristan no pudo contener una suave carcajada.

—Qué nombre más original. —Y extendiendo la mano, estrechó la de la muñeca con firmeza—. Hola, Muñequita. Es un placer conocerte.

Gracie se echó a reír, y aquel sonido de pura y simple alegría infantil lo dejó sin habla. Mirándola, se sorprendió retrocediendo al pasado, y recordando una Emily de seis años que reía con despreocupado abandono, mientras él la hacía girar entre sus brazos.

En aquel momento, aquella niña le recordó tanto a su hermana cuando tenía su misma edad, que fue como recibir una bofetada. Cierto era que aquella niña era morena y su hermana rubia, pero en sus ojos había una inocencia y una confianza que su hermana también había tenido una vez, antes de que el destino los golpease con tanta crueldad.

Cuando Gracie se alejó dando alegres saltitos, Tristan se incorporó y su sonrisa se había evaporado. Al darse la vuelta, se encontró con una extrañada Deirdre.

Tristan enarcó una ceja con actitud inquisitiva.

—¿Qué?

Sonrojándose avergonzada por haber sido pillada mirándolo con tanto interés, Deirdre negó con la cabeza y apartó la mirada.

—No es nada. Es sólo que…

—¿Es sólo qué?

—Gracias por haber sido tan amable con ella. No recibe mucha atención masculina, por eso se muestra recelosa delante de los hombres. Pero con usted…

Tristan echó un vistazo a Gracie, que se había sentado en el suelo, junto al fuego, y estaba acunando a su muñeca entre sus delgados brazos. Entonces observó el interior de la chabola de nuevo. Pero esta vez se percató de los pequeños detalles que indicaban que alguien había intentado dar un aspecto más alegre al lugar, a pesar de los lúgubres alrededores. Las cortinas tejidas con parches de distintos colores que cubrían las ventanas, un desconchado jarrón con flores silvestres colocado en el centro de la mesa, los cojines estampados que decoraban las sillas de madera. Pero a pesar del esfuerzo, nada podía ocultar los inconfundibles signos de la pobreza.

—¿Dónde está su padre? —preguntó, descubriendo con sorpresa que verdaderamente le interesaba.

Deirdre levantó la barbilla y apretó la mandíbula.

—En Newgate. Uno de esos con los que no te puedes descuidar, según usted. —Lo miró con ojos entornados y a continuación volvió la vista de nuevo hacia la señora McLean y Jenna—. Según tengo entendido, trabajaba en una de las manufactureras de la zona hasta el año pasado. No le pagaban mucho, pero podían sobrevivir. Cuando la fábrica cerró sin previo aviso, el señor McLean no consiguió encontrar otro empleo, y tuvo que recurrir al robo para alimentar a su familia. El vigilante lo pilló una noche robando una hogaza de pan y lo arrestó. De nada sirvió que sólo tratara de alimentar a sus hambrientas hijas.

Tristan miró detenidamente las ropas de chico extremadamente grandes que cubrían el esbelto cuerpo de Jenna, la muñeca remendada y despintada con la que jugaba Gracie y sintió una inesperada compasión por ellas. Por primera vez comprendía por qué a su madre la conmovían tanto las penurias de la gente de los barrios pobres. Y que sólo por caprichos del destino, Emily y él no habían nacido en un lugar como aquél. Aquello hacía que las penalidades que él había pasado por no entenderse con su desaprobador padre parecieran una nimiedad.

Ajena a los pensamientos que ocupaban la mente de Tristan, Deirdre siguió hablando:

—Ojalá los hubiera conocido entonces. Tal vez hubiera podido hacer algo. Pero hace sólo unos meses que los trato, cuando pillé a Jenna tratando de robarme el bolso. —Suspiró—. Al parecer, ha heredado algunos de los talentos de su padre.

Tristan la miró.

—Y decidió tomarlos bajo su protección, claro.

—Sí. He hecho todo lo que he podido, pero hay tanta gente que necesita ayuda… —Su voz se apagó al tiempo que negaba con la cabeza—. A veces cuesta mucho saber si todos tienen cubiertas sus necesidades, y sencillamente yo no tengo tiempo para comprobar, diariamente, que todos están bien. Rachel hace lo que puede para llegar a fin de mes remendando prendas para la gente del barrio. Pero como podrá imaginar, pocos pueden permitirse pagarle.

En ese momento, la señora McLean se acercó hasta ellos, rodeando los hombros de su hija con un brazo.

—Jenna me ha dicho lo que ha hecho, milady. Que le pagó al tendero las manzanas y lo convenció para que no la arrestaran. No puede imaginar lo agradecida que le estoy.

—No te preocupes, Rachel. Habría hecho lo mismo por cualquiera. Y ahora, dime qué más puedo hacer para ayudar.

La mujer se sonrojó y, soltando a su hija, empezó a retorcerse las manos en el delantal.

—Oh, nada, milady. Como le he dicho antes, ya ha hecho bastante.

—Tonterías. Es obvio que tienes problemas, y no hay por qué avergonzarse. —Deirdre sonrió a la mujer y a continuación metió la mano en el pequeño bolso, de cuyo fondo sacó una tintineante bolsa de pequeño tamaño atada con cordones—. Y ahora dime cuánto necesitas. Insisto.

La señora McLean negó con la cabeza al tiempo que los ojos se le llenaban de lágrimas.

—¡Oh, no, milady! No puedo…

—Si no me lo dices, te lo daré todo. —Deirdre cogió la mano

de la mujer y le puso la bolsita en la palma—. Venga. Tienes que aceptarlo o herirás mis sentimientos.

Una lágrima solitaria descendió por la regordeta mejilla de la mujer mientras cerraba los dedos alrededor de la bolsa.

—No sé qué decir, milady. Las cosas no han ido muy bien desde que se llevaron a mi pobre Angus. —Inclinó la cabeza un momento y, cuando la levantó, en su rostro brillaba la determinación—. Tiene que haber alguna forma de que pueda devolverle el favor. Dígame.

Deirdre ladeó la cabeza como si lo estuviera considerando, y finalmente su rostro se iluminó con una repentina inspiración.

—De hecho sí hay algo que puedes hacer por mí. —Se volvió hacia Tristan—. El retrato, por favor.

Él no le hizo preguntas, simplemente sacó la miniatura y se la entregó. La señora McLean miró a Tristan con curiosidad un momento y luego se centró en la pintura.

—Es muy guapa —comentó—. ¿Quién es?

—Una amiga —replicó Deirdre—, y quiero saber si por casualidad la has visto.

La señora McLean se enjugó las lágrimas mientras escrutaba el retrato con sumo detenimiento, pero finalmente negó con la cabeza.

—Lo siento, milady, pero no creo haberla visto.

Jenna, que había estado mirando el retrato por encima del hombro de su madre, dejó escapar un silbido apenas audible.

—Se parece a la chica que está buscando el señor Flynt.

Al oír el nombre ya familiar, Tristan contuvo la respiración, y Deirdre, por su parte, se puso blanca como la cera. Sin embargo, se concentró en Jenna con determinación.

—¿Qué quieres decir?

La chica se encogió de hombros.

—Se dice que el señor Flynt busca a una chica de rizos dorados y ojos violeta. No sé por qué, pero ofrece una recompensa a quien se la entregue.

—¿Flynt? —repitió Tristan, con la voz ronca de espanto—. ¿Barnaby Flynt, el gánster?

Jenna asintió.

Sin decir una palabra, Tristan giró sobre sus talones y se dirigió hacia la puerta a largas y furiosas zancadas.

Deirdre se apresuró a seguirlo.

—Tristan, ¿qué está haciendo?

Abrumado por el miedo y la rabia, éste se volvió.

—¿Qué le parece? Vuelvo a Bow Street, y esta vez no me marcharé hasta que envíen a todos sus efectivos tras Emily.

—¡Tristan, no!

—¡Sí, Deirdre! —Su nombre escapó de sus labios sin poderse contener, pero no hizo caso del descuido y continuó—: ¿Qué otra cosa puedo hacer? Es más de mediodía y no hemos averiguado nada. Un asesino va tras mi hermana, y no tengo intenciones de seguir recorriendo las calles inútilmente cuando ese monstruo podría capturarla en cualquier momento.

—No lo entiende. —Echó un vistazo a la familia McLean y acto seguido bajó la voz y lo miró con gesto suplicante—. Si lo hace, todo aquel que pudiera tener alguna información útil se esconderá. Ni que decir tiene que un hombre como Barnaby Flynt no ha sobrevivido todo este tiempo sin pagar por sus privilegios.

Tristan notó que el corazón le daba un vuelco.

—¿Qué quiere decir?

—Siempre he sospechado que Barnaby daba dinero a las autoridades para que hicieran la vista gorda ante sus actividades, y sin saber en qué agentes se puede confiar y cuáles se dejan sobornar, acudir a ellos podría ser peligroso.

—¿Y no se le ocurrió compartir esa información conmigo antes?

—Esperaba no tener que hacerlo. —Se mordió el labio—. Pero no se preocupe, milord. Tengo otra idea.

Él la observó mientras ella miraba a Jenna por encima de su hombro.

—Jenna, ¿sabes si Dodger Dan planea algún combate para esta noche?

—Sí, milady. A las nueve, como siempre.

Los ojos de Deirdre se iluminaron con determinación.

—Milord, ¿le apetece asistir a un combate de boxeo esta noche?

11

Emily estaba sentada con la espalda apoyada contra la pared, en un oscuro rincón del escondrijo de los Dedos Largos, mientras en su cabeza giraba sin cesar todo lo sucedido desde la noche anterior.

Se había pasado allí gran parte del día, observando cómo los chicos llevaban a cabo sus actividades de la jornada. La mayoría había guardado las distancias, como si se dieran cuenta de que necesitaba estar a solas para poner en orden sus enmarañados sentimientos. Sólo Benji se había atrevido a mirarla con los ojos abiertos de par en par llenos de curiosidad una o dos veces.

No recordaba la última vez que se había sentido tan confusa. ¡Sólo ella podía haber tenido la retorcida suerte de esconderse de un asesino con una banda de ladrones! Un momento sentía la tentación de salir. Al siguiente parecía convencida de que lo mejor era quedarse donde estaba.

La noche había caído sobre la ciudad y ella seguía sin tomar una decisión. De hecho, estaba más confundida que nunca. Con un suspiro, se apartó un rizo de la cara y se lo sujetó detrás de la oreja, a continuación levantó la vista. Al hacerlo, se encontró con la intensa mirada azul de Peter fija en ella desde el otro extremo de la habitación.

No era la primera vez que lo pillaba mirándola. Encorvado en una silla situada justo en el borde del círculo de luz que emitía la fogata, tenía los brazos cruzados en un gesto de indiferencia, aparentemente relajado y tranquilo en aquel lugar. Sólo un perspicaz observador se habría percatado de su actitud alerta. Una aura casi tangible flotaba a su alrededor mientras la contemplaba detenidamente.

Emily se mordió el labio y desvió la vista. Suponía que no podía culparlo por sentir recelo, en especial después de la horrible reacción que había tenido al saber que aquellos chicos eran ladrones, retirándose a un rincón. No pretendía mostrarse desagradecida. Después de todo, aquel chico le había salvado la vida. Pero nada podía haberla preparado para algo así, y tenía que admitir que no sabía qué hacer. Por no mencionar el hecho de que se sentía aterrorizada.

¿Qué pensaría Tristan si pudiera verla?, se preguntó. ¿Estaría preocupado por ella? ¿La echaría de menos? ¿Le importaba acaso que se hubiera fugado?

—¿Estás bien?

Emily se sobresaltó y levantó la cabeza de golpe al oír aquella voz tan cerca. Peter estaba a su lado, mirándola con expresión inescrutable. Se había levantado y atravesado la habitación tan silenciosamente, que ella no lo había oído llegar.

Peter se dejó caer en el jergón a su lado.

—Lo siento. No pretendía asustarte.

Emily se puso una mano en el pecho en un esfuerzo por calmar su acelerado corazón.

—¿Cómo lo has hecho? —Al ver que Peter enarcaba una ceja inquisitivo, añadió—: Moverte tan silenciosamente. No te he oído llegar.

Él se encogió de hombros.

—Forma parte de las costumbres de cualquier ladrón. Tienes que aprender a moverte rápido y sin hacer ruido cuando le birlas la cartera a alguien, o si no, te pillan.

Ante tan claro recordatorio de la profesión de aquellos chicos,

Emily agachó la cabeza. Como si hubiera percibido su incomodidad, Peter se arrimó más a ella.

—Aquí estás segura —la tranquilizó con tono serio—. Llevamos aquí tres meses, y Flynt y su banda aún no nos han encontrado.

—Espero que tengas razón —murmuró ella, incapaz de apartar el ligero revoloteo de nerviosismo que sentía en la boca del estómago.

En ese momento, Emily se volvió para observar a los chicos que hablaban y reían agrupados en torno al fuego. Peter aprovechó que no estaba pendiente para contemplar con detenimiento el delicado perfil de su rostro. No pudo evitar preguntarse qué estaría pensando. Había algo en aquella chica que tenía un efecto extraño sobre él. Lo cierto era que la primera impresión que le había causado al doblar aquella esquina y chocar con ella la noche anterior había sido la misma que la de Benji. Con aquel largo cabello dorado y la piel de alabastro, parecía un verdadero ángel. Se había quedado sin aliento al verla. Delicada y frágil, era demasiado perfecta para exponerla al tipo de vida que él llevaba.

Hizo una mueca de sarcasmo y apartó la vista. Por mucho que le costara admitirlo, Jack tenía razón. Aquél no era lugar para ella. Fuera lo que fuese lo que la había hecho huir de casa, tarde o temprano se hartaría de tener frío, hambre y miedo, y volvería con la familia que seguro que la estaba buscando. Las cosas volverían a la normalidad para los Dedos Largos, y sería como si nunca hubiera estado allí.

Para su sorpresa, sintió una repentina tristeza al pensar en ello.

—Lo lamento.

La vacilante disculpa sacó a Peter de sus meditaciones y, al levantar la vista, vio que Emily lo estaba mirando con timidez.

—¿Qué es lo que lamentas?

—La manera en que me he comportado antes, al enterarme de que los chicos y tú sois ladrones. No tenía derecho a reaccionar de esa forma cuando todos habéis sido tan amables conmigo.

Él sonrió con ironía.

—No te preocupes. No creo que hayas conocido a muchos ladrones en el lugar de donde vienes.

—No, se podría decir que no.

—Entonces, ¿te has fugado de casa?

—Es una manera de decirlo. Aunque últimamente no era un hogar que digamos.

—¿Por qué?

La pregunta la sorprendió. Era la primera vez que le preguntaba directamente algo relacionado con su origen, y no estaba muy segura de qué decirle. Temía que si se lo revelaba todo —como por ejemplo que era la hija de un conde— la trataría de un modo diferente. Pero al mismo tiempo, era tentador poder explicar sus cuitas, poder confiar por fin en alguien.

Enderezó los hombros y se volvió para mirarlo a la cara.

—Mi padre murió hace unos meses en un accidente de coche, y mi hermano ha regresado para hacerse cargo de las cosas en casa.

—¿Y?

—Que no nos llevamos precisamente bien. Es mucho mayor que yo, y se fue de casa cuando nuestra madre murió. Yo sólo tenía seis años y no lo he visto desde entonces. Ahora ha vuelto y todo está cambiando.

Peter ladeó la cabeza y la observó con genuino interés.

—¿En qué sentido está cambiando?

—Mi padre no me hacía mucho caso cuando vivía. No estaba mucho tiempo en casa, y yo me acostumbré a hacer lo que me daba la gana, a cuidarme yo sola. Ahora, de pronto, Tristan vuelve y se pasa todo el tiempo diciéndome lo que debo hacer y cómo hacerlo, como si creyera que sabe qué es lo mejor para mí cuando en realidad no me conoce en absoluto. Es irritante.

—¿Es cruel contigo? ¿Te pega?

Emily se quedó espantada al oírlo, y estaba segura de que Peter se había dado cuenta de su estremecimiento.

—¡Claro que no! Él no se atrevería a levantarme la mano.

—Entonces no veo el problema. Dile cómo te sientes.

—Ya lo he intentado, pero no me escucha. Prefiere pasar el tiempo buscando institutrices para desentenderse de mí. No le importa que no necesite una institutriz, que nunca la haya necesitado.

Le contó lo ocurrido con la serie de institutrices que su hermano había contratado en los últimos meses y los métodos que había empleado para deshacerse de cada una de ellas. Peter escuchaba atentamente, pero mientras se lo contaba, Emily se dio cuenta de que sentía algo de culpa por todo lo que había hecho. Puede que se hubiera sobrepasado en algún caso, admitió, al recordar el rostro de terror de la señorita Petersham cuando se encontró una culebra en la cama. Ella no había pretendido aterrorizarla tanto, y suponía que Tristan tenía derecho a enfadarse, pero no se le había ocurrido otra manera de llegar hasta él. Era como si él sólo se fijase en ella cuando se metía en algún lío. Siempre se mostraba distante, inalcanzable.

—Como puedes imaginar, mi hermano no está muy contento conmigo —concluyó—. Tras el incidente con la señorita Petersham, perdió los estribos y me mandó a mi habitación como si fuera una niña. No quiso atender a mis explicaciones.

Negó con la cabeza y se quedó mirándose las manos.

—Pensé que si me escapaba de casa, aunque sólo fuera durante unos días, le demostraría que soy capaz de mucho más de lo que él piensa. Pero al parecer lo único que sé hacer es meterme en líos. Y lo peor es que todo esto es para nada. Lo más probable es que

Tristan esté contento de que me haya ido. No es que mi ausencia le haya importado demasiado hasta ahora. Para él sólo soy una obligación.

—Estás furiosa con él porque te abandonó.

La perspicacia de Peter le resultó desconcertante, y Emily sintió un aguijonazo de dolor al recordar cómo se había sentido el día en que vio partir a su hermano, dejando atrás su pasado y a ella.

Pero desechó el recuerdo.

—Sí, lo estaba. Aún lo estoy. Pero es demasiado tarde para que Tristan pueda arreglarlo. Ahora ya no lo necesito. —Miró a su alrededor—. Aunque supongo que si viera en el lío que me he metido, no pensaría lo mismo.

—Oh, yo no estoy tan seguro. No me parece que lo hayas hecho tan mal. Para ser una chica, claro.

El comentario la enojó, y alzó la vista totalmente indignada, lista para pelearse y defender su sexo. Pero su enojo se desinfló al ver el brillo en los ojos de Peter y darse cuenta de que sólo estaba bromeando.

—Como te he dicho antes —continuó, sonriéndole—, puedes quedarte todo el tiempo que quieras. Nunca antes habíamos tenido una chica en la banda.

Ella le ofreció una vacilante sonrisa a cambio. Aquel chico había sido muy amable. Podía haberle dado la espalda y devuelto a las calles para que se buscara la vida por sí sola. Sin embargo, no lo había hecho. Y además había escuchado sus cuitas sin juzgarla, a pesar de que debían de parecerle una tontería en comparación con el hambre y la pobreza que él y los otros chicos afrontaban todos los días.

—¿Y qué me dices de ti, Peter? —preguntó.

—¿Qué pasa conmigo?

—No me has dicho gran cosa sobre ti. ¿Tienes un hogar? ¿Familia?

Él frunció el cejo y su expresión se tornó inescrutable, al tiempo que apartaba la vista y un músculo comenzaba a vibrar en su mandíbula.

—Éste es mi hogar, y los Dedos Largos son mi familia. No necesito nada ni a nadie más, nunca lo he necesitado.

Emily se dio cuenta de que, evidentemente, y a juzgar por la rigidez de su perfil, Peter no quería hablar de su pasado con ella. Poco deseosa de seguir hurgando en algo que veía que le resultaba doloroso, Emily cambió de tema.

—¿Y cómo aprendiste a...?

—¿Robar carteras? Cuando estás solo en las calles aprendes rápido si quieres sobrevivir. Y si tienes mucha hambre, entonces aún aprendes más rápido.

—¿Y a ti se te da... bien?

El muchacho levantó la mirada hacia ella, las pupilas dilatadas por efecto de la escasez de luz.

—Yo diría que sí —murmuró él, inclinándose hacia ella. Su cercanía hizo que el corazón de Emily latiera a un ritmo frenético—. ¿No crees?

Mientras lo decía, alzó una mano, pero Emily estaba tan embelesada con su seductora sonrisa que tardó un momento en darse cuenta de que había algo en su palma extendida.

Un lazo de color lavanda. Su lazo de color lavanda para ser más exactos.

Un chillido de incredulidad escapó de sus labios, al tiempo que se metía la mano en el bolsillo interior de su capa, donde había guardado el lazo poco antes, al darse cuenta de que, en algún momento de la huida de la noche anterior, había perdido el segundo lazo de una pareja a juego.

—¿Cómo lo has hecho? ¡No me he dado cuenta de nada!

El chico sonrió.

—Ahí está la clave. Tienes que ser rápido. Se requieren dedos ligeros y cerebro para saber cuál es el momento oportuno para el hurto sin que te echen el guante. La mayoría de la gente no se da cuenta de que robar carteras es un arte.

Emily cogió su lazo y metió el dedo dentro mientras pensaba en ello. La verdad es que al enterarse de que aquellos chicos eran unos ladronzuelos, se había quedado horrorizada. Pero tenía que admitir que una parte de su persona se sentía realmente intrigada. ¿Se atrevería ella a…?

—¿Crees que —empezó con cierta vacilación, mordiéndose el labio inferior—, podrías enseñarme?

—¿Enseñarte?

—A robar carteras.

Peter se quedó atónito.

—No creo que sea una buena idea.

—¿Por qué no?

—No me gustaría corromper tu mente pura de florecilla silvestre.

—¿Florecilla silvestre? —Emily dejó escapar una carcajada y los demás chicos miraron en dirección a ellos—. No soy la pura florecilla que tú crees. —Bajó las pestañas con coquetería al tiempo que posaba la mano en el brazo de Peter con gesto suplicante—. Por favor, Peter. Si voy a quedarme aquí, me gustaría ganarme el sustento. No quiero ser una carga.

Un ligero rubor tiñó las mejillas de Peter mientras clavaba la vista en la mano femenina que le sostenía el antebrazo.

—No eres una carga —dijo él con voz queda.

—Te agradezco que digas eso, pero los dos sabemos que soy una boca más que alimentar, y quién sabe cuánto tiempo estaré aquí. Dices que es un arte, y yo soy capaz de apreciar el arte como el que más. Así que enséñame.

Él la estudió con detenimiento durante un largo rato, y finalmente asintió casi de golpe.

—Está bien. Probablemente sea mejor buscarte algo para que te entretengas hasta que... Bueno, te llevaré conmigo mañana por la mañana. Pero tendremos que buscarte otra ropa. Nat y tú tenéis la misma estatura. Tal vez él pueda dejarte algo.

—¿Quieres decir que me vista como un chico?

—Humm. ¿Algún problema?

Emily levantó la barbilla al captar el tono retador de Peter.

—En absoluto.

—Bien. Y ahora será mejor que nos acostemos. Tendremos que madrugar si queremos aprovechar la mañana.

Sintió un aleteo de nerviosismo en el estómago al oír sus palabras. ¡Iba a hacerlo! ¡Iba a aprender a robar carteras! Sabía que debería sentirse horrorizada ante su propio descaro y asustada por haberse metido en aquel embrollo, pero lo único que sentía era una excitante expectación. Tal vez fuera la atracción de lo desconocido, o la satisfacción de imaginar la reacción de Tristan si alguna vez se enteraba, pero la idea de estar a punto de vivir su propia aventura era lo que más la emocionaba.

Entonces Peter se levantó y, con los brazos en jarras, estudió al grupo sentado en torno al fuego.

—Está bien, chicos —dijo con un tono rebosante de autoridad—. Hora de ir a dormir.

Se oyeron algunos gemidos de protesta, pero nadie se opuso, y todos se levantaron y se dirigieron a sus jergones.

Emily se había envuelto bien en su capa y estaba a punto de tumbarse, cuando una vocecilla le susurró al oído:

—Señorita ángel, ¿quiere leerme un cuento? Sólo uno antes de dormir.

Al levantar la vista, se encontró con Benji de pie a su lado.

Abrazado a su libro, el niño la miraba con ojos suplicantes.

Emily lanzó un vistazo a Peter, que se limitó a encogerse de hombros como diciendo que podía hacerlo si quería. El pequeño tenía una mirada tan esperanzada que de ninguna manera habría podido negarse.

—Claro, Benji —dijo—. Siéntate aquí conmigo.

Una sonrisa de pura felicidad se dibujó en su carita, al tiempo que se acomodaba junto a ella en el jergón. No había hecho más que abrir el libro por la primera página, cuando Nat se acercó con una vela para iluminar el oscuro rincón, seguido por los demás chicos, que no tardaron en formar un círculo alrededor de Emily. La pobreza que la rodeaba, los gritos que se colaban del exterior a través de las ventanas, la gravedad de la situación, todo ello se desvaneció cuando Benji se acurrucó contra ella y Emily empezó a leer.

12

La noche había empezado a caer como una cortina de terciopelo sobre los tejados del barrio cuando el carruaje de lady Rotherby se internó nuevamente en las calles de Tothill Fields.

Resguardada entre las sombras de un rincón del coche, Deirdre contemplaba a su acompañante con los ojos entornados. Desde que salieran de casa de los McLean a primera hora de la tarde, Tristan se había mostrado distante y pensativo, y ella entendía que tenía todo el derecho a estarlo. Después de todo, uno no descubría todos los días que su hermana fugada era buscada por un peligroso asesino.

Deirdre había necesitado de toda su fuerza de persuasión para convencerlo de que acudir a las autoridades no era una buena idea. Al final, la posibilidad de poner a Emily en una situación aún más peligrosa lo había hecho desistir, pero estaba claro que no estaba muy contento. Y aunque Deirdre le había asegurado que tenía un plan, ella misma empezaba a tener sus dudas. Dodger Dan la quería mucho a su áspera manera, pero no tenía garantías de que el hombre se aviniera a prestarles ayuda.

Por si acaso, tenía la intención de dejar abiertas otras alternativas. Habían pasado el resto de la tarde interrogando a otros comerciantes de la zona, esta vez respecto al interés que pudiera tener Barnaby Flynt por encontrar a una joven de cabello rubio y ojos violeta. Como era de prever, la mayoría se había mostrado reticente a hablar de ello, y aunque algunos estaban al corriente de la recompensa que ofrecía Flynt, ninguno parecía saber por qué la buscaba.

Tristan se había ido retrayendo más y más en sí mismo a cada respuesta negativa, y cuando regresaron a casa de Deirdre para comer algo rápido y refrescarse un poco, estaba sumido en un frío silencio. Su humor empeoró aún más cuando el sirviente que Deirdre había enviado a Berkeley Square para ver si el personal de Ellington había averiguado algo más, regresó con el mensaje de que seguían sin noticias de Emily.

Deirdre lo miró otra vez. La pálida luz de la luna entraba en el interior del vehículo a través de la ventana, iluminando la rigidez de las facciones de él, y una profunda empatía le embargó el corazón.

Tristan se esforzaba denodadamente por elevar un muro tras el cual ocultar sus sentimientos, pero Deirdre empezaba a darse cuenta de lo engañosa que podía ser aquella fachada. A primera vista, podía parecer un hombre distante, pero debajo de su coraza había alguien que podía ser muy tierno y cariñoso. Ella ya había vislumbrado destellos de ese hombre en casa de Lilah, o después, con la pequeña Gracie McLean, y no podía dejar de preguntarse qué habría que hacer para sacar a la luz esa faceta suya más a menudo.

Aunque no podía decirse que ella le hubiera dado muchos motivos para mostrarla, reflexionó. Una oleada de calor le subió por el rostro al recordar, avergonzada, la forma en que se había comportado con él esa misma mañana. No había excusa para ello, pero es que la había enfurecido tremendamente ver la rabia de Tristan hacia la gente de Tothill Fields, y le había dado una contestación fría y agria. ¡Santo Dios, si incluso lo había amenazado con darle una patada y tumbarlo sobre su maldito trasero, dos palabras que no había utilizado juntas en la misma frase desde que Nigel se hiciera cargo de ella!

—¿Adónde vamos?

Era la primera frase que Tristan pronunciaba en horas, y la cogió tan desprevenida que tardó varios segundos en responder.

—Dodger Dan regenta un… club de los del barrio. Antes era boxeador, y le gusta seguir en el negocio, pero ahora organiza combates semanales en beneficio de público al que le gusta apostar.

—Quiere decir que organiza apuestas.

—A falta de otra palabra, sí.

—Explíqueme otra vez de qué forma puede ayudarnos este «caballero».

—Dan tiene a su servicio a varias personas con gran talento para sonsacar información a cambio del incentivo adecuado. Si hay alguien que puede averiguar por qué Flynt persigue a Emily, es uno de los hombres de Dan.

—¿Y cuánto me va a costar ese «incentivo adecuado»?

Deirdre entornó los ojos ante el irónico tono de voz de Tristan.

—No lo sé, pero estoy segura de que valdrá la pena pagarlo si puede ayudarnos a encontrar a su hermana, ¿no?

Era un argumento sólido, y Tristan guardó silencio.

Con un suspiro, Deirdre giró la cabeza hacia la ventana mientras el coche se aproximaba a su destino. Era muy consciente de que si Dan decidía no ayudarlos, ni todo el dinero del mundo le haría cambiar de opinión. De hecho, era muy probable que se negase. Su propia subsistencia dependía de no llamar la atención de Barnaby Flynt, y poner a sus hombres a seguir los pasos del gánster sería como tentar al destino. Sólo esperaba que tuviera en cuenta su petición en nombre de la larga amistad que los unía.

En ese momento, Cullen detuvo el carruaje delante de un anodino edificio no muy alto encajado entre una hilera de almacenes abandonados. Bajó de un salto del asiento del cochero y se dispuso a abrir la puerta. Tristan se estaba ya levantando, pero Deirdre se apresuró a ponerle una mano en el brazo e indicarle que no se moviera.

—Lo siento, pero quizá sea mejor que espere aquí.

Mirándola con incredulidad, Tristan tomó asiento de nuevo.

—¿Cómo dice?

—Dan suele desconfiar bastante de la gente que no conoce. Si viene conmigo, puede que nos eche sin ni siquiera escuchar lo que venimos a decirle.

—No entrará sola ahí dentro.

Deirdre no pudo contener el ligero escalofrío que le provocó la furibunda expresión de Tristan.

—Pues claro que no. Cullen me acompañará. Dan lo ha visto antes y no pensará nada raro. —Aceptando la mano del cochero, bajó del carruaje no sin antes volver una vez más la cabeza hacia Tristan—: Por favor. Le prometo que no tardaré, y con Cullen estaré segura.

Sin darle ocasión de protestar nuevamente, se dio la vuelta y echó a andar hacia el edificio, sintiendo en todo momento los ojos de Tristan clavados en su espalda.

Tristan soltó un juramento al tiempo que bajaba del carruaje y cerraba la puerta con tal fuerza, que los caballos se removieron impacientes entre las varas a las que iban enganchados. Se pasó una mano por el cabello mientras observaba cómo Deirdre y Cullen desaparecían dentro del club.

¡Maldición! Aquello era increíble. Era su hermana la que había desaparecido, y él tenía que quedarse en el carruaje como un criado mientras Deirdre buscaba la ayuda que necesitaban. No recordaba haberse sentido jamás tan impotente.

Girando sobre los talones, comenzó a caminar de un lado a otro de la acera a furiosas zancadas, en un intento por calmar un poco los nervios. Ya había perdido puntos con Deirdre ese mismo día al atacar a Ratón. Además, sabía que su actitud pensativa y silenciosa desde que descubriera que Barnaby Flynt perseguía a Emily sólo hacía que ella se incomodase más, pero no parecía capaz de evitarlo. El miedo por lo que pudiera haberle ocurrido a su hermana lo estaba destrozando, y debilitando poco a poco todo intento de mostrarse civilizado.

Pues muy bien, tal vez fuera vestido como un criado, pero maldito si iba a quedarse esperando allí como un perrito faldero. Podía comprender la lógica de los motivos de Deirdre; podía incluso admitir que tenía sentido mantenerse fuera de la vista todo el tiempo posible, pero tenía que hacer algo o se volvería loco.

Además, razonó para sí mientras observaba a un grupo de toscos marineros que acababan de salir del establecimiento, empujándose y dándose codazos con gran bullicio, a Cullen no le iría mal un poco de ayuda a la hora de proteger a la testaruda lady Rotherby, por mucho que ésta dijera. Especialmente en un lugar como aquél.

Decidido, echó a andar hacia el edificio.

En cuanto Deirdre entró en el concurrido y escasamente iluminado local, se preguntó si no habría cometido un colosal error de juicio.

El hedor que despedían aquellos cuerpos de hombre que no veían el agua con mucha frecuencia asaltó sus fosas nasales de inmediato, y el ruido del gentío reunido alrededor del cuadrilátero central donde tenía lugar la pelea era ensordecedor. Apenas se podía respirar, y mucho menos maniobrar por la atestada sala.

Y al parecer tampoco había sabido elegir el momento oportuno. Esperaba haber llegado tras el combate, cuando el ambiente se hubiera calmado un poco y Dan estuviera solo en sus habitaciones. Sin embargo tenía la sensación de haber aparecido en el momento álgido.

Por encima de las cabezas de los escandalosos espectadores, alcanzó a ver las dos figuras que bailaban describiendo círculos en el centro de la estancia. El sonido de un puño al golpear la cara del contrario le hizo esbozar una mueca de disgusto, y justo cuando un nuevo rugido se elevaba de entre la muchedumbre, miró a Cullen. El hombre estaba muy cerca, con expresión torva, sin perder detalle de todo lo que ocurría, atento a cualquier amenaza potencial a su seguridad.

Tal vez debería haber permitido que Tristan los acompañara, pensó, mordiéndose el labio. Entre la clase de hombres que frecuentaba el club de Dan podía haber tipos de dudosa reputación, en el mejor de los casos, que, en mitad del combate, podían resultar verdaderamente peligrosos. Dudaba mucho que incluso Cullen, con toda su corpulencia, bastara para disuadir a alguien dispuesto a armar bronca.

En cualquier caso, era demasiado tarde para cambiar de opinión. Tendría que procurar mantenerse en un discreto segundo plano hasta que terminara la pelea y pudiera acercarse a Dan.

Poniéndose de puntillas, estiró el cuello para ver algo entre la agitada marea humana que la rodeaba. En la punta opuesta de la sala, en una pequeña salita adyacente, se habían dispuesto un bar y varias mesas y sillas en las que se jugaba a las cartas y se bebía. Le alegró ver que la zona parecía desierta, dado que la mayoría de los clientes estaban ocupados viendo el combate o haciendo apuestas. Si lograra llegar hasta allí, podría esperar sin llamar la atención.

Se subió entonces la capucha de la capa para cubrir sus llamativos rizos caoba y, tras hacerle un gesto a Cullen, comenzó a abrirse paso entre la multitud, con cuidado de no empujar o llamar la atención de alguien.

Los gritos de júbilo se elevaban nuevamente del público justo cuando llegaron a su destino. Acomodándose entre las sombras, observó cómo la gente empezaba a moverse y a apartarse del terreno de la pelea. Parecía que ésta había terminado.

—Deberíamos haber sabido que no se puede apostar contra uno de los hombres de Dodger. —Oyó cómo le decía un tipo a otro cuando pasaron cerca de ella—. Ha hecho papilla al otro.

Bien. El boxeador de Dan había ganado. Eso significaba que estaría de buen humor, y tal vez pudiera convencerlo de que la ayudara.

En ese momento, una pesada mano cayó sobre su hombro.

—Vaya, vaya. ¿Qué tenemos aquí?

Ahogando un grito de sorpresa, se volvió y se encontró cara a cara con un hombre achaparrado, pero fornido, con cara de bulldog y lacio pelo rubio. Era obvio que estaba borracho, a juzgar por la forma en que la miraba, con unos ojos pequeños y brillantes inyectados en sangre. Iba acompañado de dos camaradas el doble de corpulentos, y tan borrachos como él. Mientras Cullen avanzaba hacia él con ceño amenazador, uno de ellos se colocó delante para impedírselo.

El agresor de Deirdre le clavó dolorosamente los dedos en el brazo mientras con la otra mano le bajaba la capucha. Una lenta sonrisa de aprobación se dibujó en su rubicundo rostro y a continuación dirigió una mirada hacia sus amigos.

—Tenías razón, Morris. Es una mujer. Y muy guapa.

Deirdre observó la mano que le estaba apretando el brazo, decidida a no dejar en modo alguno que el hombre viera su miedo.

Había crecido entre hombres como aquél, y era perfectamente consciente de que cualquier signo de temor por su parte sería como ondear un pañuelo rojo delante de un toro. En cuanto habló, se sintió orgullosa al comprobar que su voz no denotaba el más ligero temblor:

—Suélteme si es tan amable, señor.

El hombre se echó a reír a carcajadas.

—¿Habéis oído eso, muchachos? «Suélteme si es tan amable, señor», dice. Parece que hemos encontrado a una pequeña dama.

—No hay damas en un sitio como éste, Farley —resopló el hombre que le bloqueaba el paso a Cullen.

—Que me muera aquí mismo si no tienes razón, Morris. —Farley la miró de nuevo, y Deirdre retrocedió ante el abrumador olor a alcohol que exhalaba su aliento—. No hay damas en un sitio como éste, cariño. Así que ¿por qué no dejas a un lado esa actitud de superioridad y me dices cuánto me costará levantarte las faldas? Nunca me he tirado a una pelirroja.

Deirdre dirigió a Cullen una mirada de advertencia. A juzgar por su mirada, el cochero estaba impaciente por empezar a repartir golpes, pero sería mejor que manejaran el asunto de forma discreta, sin llamar aún más la atención.

—Le aseguro, señor, que no hay dinero suficiente en el mundo para que yo me levante las faldas ni cualquier otra cosa ante un hombre como usted. No soy una prostituta, de modo que si es eso lo que está buscando, le sugiero que busque a una mujer más dispuesta que yo.

—¿Y si yo te quiero a ti?

Deirdre cerró los ojos e inspiró profundamente, intentando contenerse.

—Entonces me temo que está perdiendo el tiempo. Y ahora, le pido una vez más que me suelte.

El gélido tono que empleó hizo que Farley enarcara las cejas de pura diversión.

—¿Y qué harás si no lo hago?

Eso le pasaba por querer manejar aquello sin montar una escena. Había tratado de hacerlo civilizadamente, sin éxito, de modo que tendría que recurrir a las tácticas callejeras.

Haciendo un gesto con la cabeza hacia Cullen, levantó de forma abrupta la rodilla clavándola entre las piernas de Farley con toda su fuerza. El hombre soltó un gemido de dolor y cayó hacia atrás. Al mismo tiempo, su cochero soltó un gruñido y, agarrando a Morris por el cuello de la camisa, lo lanzó a un lado sobre una mesa que se hizo astillas bajo su peso.

El otro compañero de Farley soltó un rugido de indignación y cargó contra Cullen. Como si aquélla fuera la señal que daba comienzo al caos, varios tipos más que habían estado observando el enfrentamiento se unieron a la refriega.

Deirdre fue hacia Cullen con la intención de ayudarlo, pero no había dado ni dos pasos cuando alguien la agarró del pelo obligándola a detenerse.

—Tú no vas a ninguna parte.

Era Farley. Jadeando entre dientes y con el rostro rojo de furia, se cubría la parte dolorida con una mano mientras la sujetaba a ella con la otra.

—¡Vas a pagar por ésta, señorita Superioridad!

Deirdre soltó un grito de dolor al notar que el hombre le tiraba del cabello despiadadamente. Empezó a golpearlo con los puños en el torso, pero los golpes no le hacían casi efecto y sólo sirvieron para irritarlo aún más. Cuando una de las veces le alcanzó con el puño en la nariz, el hombre contrajo la boca lanzando un furioso gruñido.

—Estate quieta, pequeña zorra, o te prometo que…

No llegó a terminar su amenaza. De pronto, sus dedos le soltaron el pelo y Deirdre se tambaleó al quedar libre. Al darse la vuelta, vio que el grosero borracho estaba en manos de un ángel vengador con unos ojos violeta que despedían fuego.

¡Tristan!

—Creo que no desea tus atenciones —gruñó éste entre dientes—. Tal vez te vendría bien aprender unas cuantas lecciones sobre cómo tratar a una dama.

—¿Una dama? Más bien una puta…

Un potente puñetazo fue a dar en la cara de Farley, que se desplomó como un peso muerto, inconsciente.

Tristan dirigió una breve mirada a Deirdre.

—¿Está bien?

Ella asintió. ¡Santo Dios, en su vida se había alegrado más de ver a alguien!

—Sí, pero Cullen…

Tristan no esperó a que terminara. Pasó por encima del cuerpo tumbado boca abajo y se abrió paso entre el montón de hombres que rodeaban al cochero, cuya enorme silueta se distinguía fácilmente entre la marea humana que no dejaba de retorcerse.

Apoyada contra el bar, Deirdre se echó hacia atrás los rizos que le caían sobre los ojos y contempló maravillada cómo Tristan cogía a dos de los hombres por el cuello de la camisa y los lanzaba como si no pesaran nada. Sus músculos se flexionaban y tensaban con fluidez, y un vistazo a la fiera expresión de su rostro bastó para recordarle la primera vez que lo vio.

Allí estaba. El valiente guerrero, el caballero de brillante armadura con el que soñaba desde hacía tanto tiempo. Sólo que esta vez eran sus atacantes los que no tenían ninguna posibilidad frente a él.

De pronto, un disparo cortó el aire.

En la sala se hizo un silencio sepulcral. Todos los ojos se volvieron hacia el hombre que permanecía de pie a una prudente distancia de la muchedumbre excitada, observando la escena con evidente desagrado. Era enjuto y fuerte, con una espesa melena castaña entreverada de hilos plateados y una enorme nariz en forma de gancho que parecía haber sido rota una o dos veces. Estaba flanqueado por dos colosos, y uno de éstos apuntaba al techo con una pistola humeante.

Dodger Dan.

Tristan avanzó de inmediato y se colocó delante de Deirdre. Curiosamente complacida al ver su protectora actitud, se agarró a su camisa y se puso de puntillas para mirar por encima de su hombro.

—Nadie pelea en mi club excepto quien yo diga —anunció Dan con voz rotunda mientras escrutaba a los infractores con unos entornados ojos azules—. Acompañadlos fuera y aseguraos de que no vuelvan más.

Entonces se volvió, dispuesto a marcharse, pero Deirdre salió de detrás de Tristan y, eludiendo la mano que pretendía sujetarla, gritó:

—¡Dodger!

Al verla avanzar, uno de los guardaespaldas de Dan le bloqueó el paso, pero antes de que el hombre pudiera tocarla, Tristan estaba junto a ella, y clavaba en el titán una mirada fulminante que decía mucho más que las palabras.

—Tócala y te quedas sin brazo.

Desesperada por llamar la atención de Dan antes de que éste desapareciera, Deirdre los esquivó y salió corriendo tras la silueta del antiguo boxeador.

—¡Dan, espera!

Su voz consiguió de alguna forma superar el bullicio porque el hombre se detuvo y miró hacia atrás. En el instante en que la vio, su frente se frunció en señal de momentáneo desconcierto hasta que cayó en la cuenta de quién era.

—Pero si es la pequeña DeeDee. —Una cálida sonrisa se abrió paso a través de su duro rostro mientras echaba a andar hacia ella—. ¿Qué haces por aquí, preciosa?

Deirdre extendió las manos y tomó las que el rudo hombre le ofrecía.

—Tengo que hablar contigo. Es muy urgente.

—Por supuesto, por supuesto. —Miró por encima del hombro de la joven hacia donde Tristan y Cullen se encontraban detenidos por los guardaespaldas de Dan—. ¿Están contigo esos dos tipos enormes con cara de pocos amigos?

Ante su asentimiento, el ex boxeador hizo un gesto a sus hombres.

—Está bien, chicos. Podéis soltar a esos dos. Pero echad al resto de esta chusma.

Cuando los dos guardaespaldas se movieron, Tristan y Cullen se acercaron hasta Deirdre. Dan frunció el cejo mientras miraba especulativamente a Tristan durante un momento, y a continuación se volvió hacia ella.

—Por aquí, preciosa.

El hombre atravesó el club y, cuando Deirdre fue a seguirlo, Tristan se acercó a ella y la tomó del codo.

—Sabía que era un error que entraras aquí sin mí —le susurró entre dientes—. Desde luego se te da bien buscarte problemas, ¿no?

El tono que empleó le hizo perder los estribos, y le lanzó una mirada furiosa.

—No era necesario que intervinieras. Estoy segura de que Cullen y yo habríamos tenido la situación bajo control en unos minutos.

Era totalmente mentira, pero no había razón para hacérselo saber a aquel insufrible arrogante. ¡Y pensar que había estado a punto de darle las gracias por su intervención!

—Oh, sí, claro. Estoy seguro de que permitir que golpearan a Cullen hasta dejarlo convertido en pulpa y que a ti te arrancaran el cuero cabelludo formaba parte de tu inteligente plan: hacer que se sintieran seguros antes de darles una buena tunda.

Hasta la maltrecha boca de Cullen dibujó una leve sonrisa al oírlo.

—¡Oh, cállate!

Echando humo, Deirdre se soltó de un tirón y siguió su camino. ¡Menuda cara dura! Jamás había conocido a nadie con tanta facilidad para hacerla enfadar como aquel hombre.

Al llegar a la parte trasera del edificio, Dan los condujo por un corto pasillo hasta una puerta de madera. La abrió y se hizo a un lado para permitirles entrar en su santuario. Deirdre nunca había estado en las habitaciones privadas de Dan. Suponían un contraste sorprendente con el resto del club. Las paredes estaban cubiertas por paneles de madera maciza, y una exótica alfombra persa cubría el suelo. Los muebles eran tallados y evidentemente caros, así como el escritorio situado en un extremo de la estancia; por otra parte, había gran profusión de adornos que parecían de la mejor calidad.

Tristan emitió un suave silbido por lo bajo mientras observaba aquel lugar.

—Diría que tu amigo Dodger hace algo más que aceptar apuestas de combates de boxeo —le susurró en voz baja a Deirdre.

Ella no se molestó en contestar. Sabía perfectamente que el club no era el único medio de vida de Dan, sino que se dedicaba a una línea de negocio mucho más lucrativa. Y por eso precisamente estaban allí.

Mientras Dan se adelantaba para tomar asiento detrás de su escritorio, hizo un gesto con la mano hacia un par de sillas de respaldo alto que había frente a él.

—Por favor, tomad asiento.

Al tiempo que Deirdre se sentaba en una de las sillas, Cullen se apostó junto a la puerta. Tristan por su parte, en vez de sentarse, se colocó detrás de Deirdre, con una mano apoyada en el respaldo de su silla. A pesar de lo enfadada que estaba con él, le estaba muy agradecida por su silenciosa muestra de apoyo.

—¿Te apetece tomar algo, cariño? —preguntó Dan—. ¿Algún refresco, tal vez?

—No, gracias. Eres muy amable, pero estoy bien.

Dan apoyó los codos en la mesa y posó la barbilla en sus largos dedos, mientras la estudiaba con expresión indescifrable.

—Y bien, ¿qué puedo hacer por ti, pequeña DeeDee? No te había visto desde que te casaste con aquel tipo rico hace unos años. Antes venías a visitarme todo el tiempo.

Era cierto y, por un momento, se sintió abrumada por los recuerdos de todas las veces en que se había colado allí cuando era niña para ver pelear a Dan, oculta entre las sombras, boquiabierta al contemplar cómo vencía a adversarios mucho más grandes y fornidos que él. Con sus rápidos reflejos y su cuerpo ágil, era un luchador invencible.

Y esos rápidos reflejos también lo habían convertido en una leyenda en el mundo de los carteristas y ladrones. En el campo de la delincuencia no había encontrado rival. Él era, después de todo, quien le había enseñado todo lo que sabía.

—Quiero pedirte un favor. —Se metió la mano en el bolso y sacó una vez más la miniatura de Emily, que empujó sobre la superficie pulida del escritorio para que Dan la viera—. Estoy intentando encontrar a esta chica. Se ha fugado y su familia está desesperada por encontrarla.

Dan estudió detenidamente el retrato y a continuación levantó la vista.

—¿Cómo de desesperada?

Deirdre sintió que Tristan se ponía rígido detrás de ella, pero no le hizo caso.

—Están dispuestos a pagar casi cualquier cosa por recuperarla.

—¿Y tú crees que voy a ayudarte porque…?

—Porque está aquí, en Tothill Fields.

—¿Estás segura de eso?

—Tan segura como puedo estarlo. Y hay otra cosa. Barnaby Flynt también la está buscando.

El rostro de Dan palideció y sus manos se cerraron en forma de puños sobre el escritorio.

—¿Flynt?

—Sí. No sé por qué, pero al parecer ofrece una recompensa a cualquiera que se la entregue. —Le sostuvo la mirada—. Su familia está dispuesta a doblar esa cantidad.

Dan le devolvió el retrato y negó con la cabeza.

—Lo siento, DeeDee, pero ya sabes cuál es mi política en cuanto a entrometerme en los asuntos de Flynt. No puedo permitirme llamar su atención.

—¿Y cuánto tiempo crees que vas a poder evitarlo? —lo presionó Deirdre, con unos ojos que lanzaban chispas—. ¿Cuánto tiempo crees que tardará en aparecer por tu puerta pidiendo su parte?

Dan empezó a protestar, pero Deirdre lo interrumpió:

—Me lo debes, Dodger. Acudí a ti una vez antes de ahora y tú me rechazaste, me echaste. ¿Te acuerdas?

Esa vez, el hombre se sonrojó y se removió con incomodidad en su asiento.

—Tuve que hacerlo, niña. Este club no es lugar para criar a una cría.

—¿Y era mejor que me buscara otro sitio?

El hombre guardó silencio durante un largo momento, y finalmente asintió con reticencia.

—Está bien. Encargaré el asunto a varios hombres, pero después de esto, se acabó. ¿Entendido?

—Entendido. —Guardó el retrato en su bolso—. Lo que necesito de ti es, sobre todo, que averigües por qué Barnaby la busca. Cualquier información que puedas sacar será bienvenida. Mientras, continuaré con mis pesquisas. Si trabajamos juntos, con un poco de suerte conseguiremos llegar al fondo del asunto en poco tiempo.

Dan se levantó y rodeó el escritorio.

—Si me entero de algo, te enviaré un mensaje a tu casa. Pero será mejor que no vuelvas a acercarte por aquí. Es demasiado arriesgado.

—¿Y cómo sabemos que podemos confiar en usted?

Fue Tristan quien habló, y el antiguo boxeador clavó en él la mirada.

—Conozco a DeeDee desde que era un bebé. Era amigo de su madre. Puede confiar en mí.

—Bueno, perdone que yo tenga mis dudas, pero usted y yo no nos conocemos desde hace tanto. —Tristan se cruzó de brazos y miró a Dan con expresión desafiante—. ¿Cómo sabemos que no nos engañará y le entregará a mi… a la chica a Flynt?

Dan se irguió indignado y con enfado manifiesto.

—DeeDee, ¿quién es este tipo?

Deirdre gimió para sus adentros y tendió una mano hacia el brazo de Tristan con intención de tranquilizarlo. Lo último que necesitaban era que Dan y él recurrieran a los puños. La situación ya era bastante tensa.

—Es Tristan. Lo he contratado como una especie de... bueno, de guardaespaldas.

Dan frunció el cejo y se dirigió a Tristan.

—Un poco engreído para ser un criado, ¿no? Pues te aseguro que yo nunca apuñalaría a DeeDee por la espalda. Barnaby Flynt no es amigo mío. —Se volvió entonces hacia Deirdre—. Y ahora te aconsejo que te vayas, preciosa. No es buena idea dejar el carruaje solo en estas calles demasiado tiempo. Y será mejor que salgáis por detrás. Ya ha habido bastante bronca esta noche en mi club.

Deirdre se levantó y aceptó el brazo que le ofrecía.

—Claro. Y te pido disculpas por los... contratiempos. No quería causarte problemas.

Dan la acompañó hasta la puerta, seguido por Tristan.

—No pasa nada, cariño. Cosas como ésa pasan todo el tiempo. —Dirigió una mirada mordaz por encima del hombro hacia Tristan al tiempo que le decía—: Y espero que me creas cuando digo que nunca traicionaría a mi mejor alumna.

—¿Alumna? —La voz de Tristan destilaba desdén—. ¿Y qué podría haberle enseñado usted?

Deirdre se quedó de una pieza y el miedo le resecó la boca. Dios, ésa era una de las razones por las que no había querido que Tristan entrara en el club; ahora ya no podía hacer nada para detener las palabras de Dan. Era como estar en el camino de un carro de carbón que circula sin conductor y no poder esquivar la inevitable colisión.

—Pues a robar carteras, claro. ¡Nuestra pequeña DeeDee era una de las mejores carteristas de todo Tothill Fields!

13

De vuelta en el carruaje, el silencio cayó sobre ellos nuevamente. Sin embargo, esta vez era más incómodo que el de antes de llegar al club. Tristan no había abierto la boca después de que Dan lo hiciera, y Deirdre se mostraba reticente a ser la primera en hablar.

Se mordió el labio con impaciencia preguntándose qué estaría pensando, sin dejar de mirarlo por el rabillo del ojo. ¿La rechazaría? ¡Dios, no soportaba aquella horrible tensión!

—¿Por qué?

Dos sencillas palabras pronunciadas con voz queda, pero Deirdre dio un respingo en su asiento. Tomando aire, apretó los puños sobre el regazo y se obligó a afrontar su acusadora mirada.

La expresión de Tristan era remota, desapasionada. Nadie podría imaginar el hervidero de sentimientos encontrados que bullían en su interior. Pero Deirdre lo sabía. El músculo que vibraba en su mandíbula lo traicionaba.

—¿Por qué no me lo habías contado? —añadió con tono duro.

—¿Y aún lo preguntas, después de la manera en que te has comportado con Ratón esta mañana? —Se encogió de hombros, intentando mantener una actitud indiferente—. Además, eso pertenece ya al pasado, y no es un tema de conversación que yo saque a menudo.

—Robabas a la gente, Deirdre. Creo que tenía derecho a saberlo.

—Sobrevivía, Tristan. De la única forma que sabía. No tenía

padres que me cuidaran, de modo que tenía que hacerlo yo. Por favor, no creas estar en situación de juzgar mis actos. Era robar o morir de hambre, y prefería no morirme de hambre.

—Hay hospicios, casas de la caridad...

—Sí, y está claro que nunca has estado en uno, o no sugerirías tal cosa. Son sitios mugrientos y degradantes en los que te tratan con desprecio y te hacen trabajar como un animal de la mañana a la noche. La mayoría de los niños preferirían morir antes que ir a uno de esos sitios. —Negó con la cabeza al pensar en ello—. Me niego a que me hagas sentir culpable, Tristan. Siento mucho lo que le ocurrió a tu madre, de verdad, pero yo no puedo cambiar lo que era. Sólo puedo esforzarme por ser mejor persona ahora y en el futuro.

—Deberías habérmelo contado.

—Puede. Pero ¿qué diferencia hay? Acudiste a mí porque conocía la zona. ¿Han cambiado las cosas?

Tristan no respondió, sino que se limitó a mirar por la ventana.

¡Diantres! ¿Por qué tenía que ser tan intolerante y obstinado? Después de la manera en que se había comportado con los McLean esa misma mañana, había empezado a creer que su actitud hacia los habitantes de Tothill se estaba suavizando. Debería haber sabido que no. Pero mientras una parte de ella comprendía los motivos que tenía para sentir lo que sentía, otra quería zarandearlo hasta que le castañetearan los dientes.

¿Cómo podría convencerlo?

De pronto se le ocurrió. Se dio la vuelta en su asiento y abrió el panel que separaba el interior del carruaje del pescante sobre el que iba el cochero y le susurró algo a Cullen. Tras dar instrucciones a su cochero, se sentó nuevamente y vio que Tristan la estaba mirando con suspicacia.

—¿Qué estás haciendo?

—Ha habido un ligero cambio de planes.

—¿Y eso por qué?

—Lo sabrás cuando lleguemos.

Deirdre se alisó la falda con unas manos temblorosas a su pesar, evitando en todo momento su mirada. Era perfectamente consciente de que corría un riesgo al revelarle algo más de sus orígenes, pero quería recuperar un poco de su confianza y, para ello, tenía que hacerle comprender.

—Quiero mostrarte algo.

La chabola estaba obviamente abandonada. Tenía las ventanas rotas y la zona de jardín que había delante de la construcción estaba cubierta de malas hierbas. Uno de los muros se había derrumbado hacía tiempo, y se podía oír cómo los animales nocturnos corrían a esconderse en la oscuridad tras la cochambrosa fachada.

Tristan contemplaba la escena de pie, junto al carruaje, con gesto ceñudo. Aquel lugar hacía que, en comparación, el humilde hogar de los McLean pareciera un castillo.

Dirigió una mirada a Deirdre. En la oscuridad brumosa, no podía distinguir su expresión, pero su tensión era evidente a juzgar por la rigidez de su postura. Parecía que había logrado que se pusiera de nuevo a la defensiva. No había sido su intención, pero según él lo veía, tenía todo el derecho a estar enfadado. Deirdre no había sido sincera con él. Vale, sólo había omitido cierta información, pero para él era lo mismo. Después de que le contara lo de su madre, sabía lo que pensaba de los carteristas y los ladrones callejeros, por lo que ella había evitado deliberadamente hablarle de su pasado. Se preguntaba qué más cosas le habría ocultado.

Dirigió otra mirada en su dirección. Permanecía allí de pie como una estatua, ocultando su rostro bajo la capucha de la capa.

A pesar de los desacuerdos que hubieran podido tener, había comenzado a creer que empezaba a gestarse un verdadero entendimiento entre ellos, una especie de conexión. No obstante, era desalentador descubrir que no confiaba en él lo bastante como para confiarle sus secretos, después de que él le hubiera revelado el que había sido el acontecimiento más traumático de su vida.

Desechando esos pensamientos, cruzó los brazos sobre el pecho y se volvió hacia ella.

—¿Dónde estamos? —preguntó con un atisbo de impaciencia en la voz—. ¿Por qué hemos venido?

Deirdre tardó un momento en contestar y, cuando lo hizo, su voz era apenas audible.

—Quería que vieras de dónde vengo. Yo nací aquí.

Tristan se quedó boquiabierto. Dios, ¿había nacido en aquel chamizo?

Antes de que pudiera articular palabra, Deirdre se recogió las faldas con una mano y enfiló el camino de entrada. Él la miró, y a continuación dirigió una mirada por encima del hombro a Cullen, que se había bajado del pescante para tranquilizar a los caballos. El cochero se limitó a mirarlo con expresión pétrea y acto seguido le dio la espalda.

Se había equivocado al creer que podría obtener comprensión por esa parte. Tristan cuadró los hombros y enfiló asimismo el camino de entrada. Alcanzó a Deirdre justo cuando ésta abría la puerta y atravesaba el umbral.

El interior de la estructura estaba aún peor que el exterior, si eso era posible. Un pálido rayo de luna se colaba por un agujero en la pared, pero apenas iluminaba lo que los rodeaba, y el olor a cerrado llenaba el aire. Los muebles que los chamarileros no se habían llevado ya, aparecían desparramados, rotos por el suelo lleno de suciedad.

—Mi madre murió cuando yo tenía tres años —comenzó Deirdre con voz queda, aunque resultaba chocante el eco que provocaba en el habitáculo vacío—. Cayó enferma un invierno y ya nunca se curó. No recuerdo mucho de ella. Sólo que le gustaba cantarme. Nanas sobre todo. Y que me sentía segura a su lado.

Hizo una pausa y en la oscuridad sus ojos brillaban a causa de las lágrimas.

—Siempre me ha parecido un milagro que yo lograra sobrevivir tras su muerte. Mi padre era un tirano, un borracho que se pasaba todo el tiempo en El Alegre Roger y otras tabernas, sujetando la barra en compañía de sus igualmente inútiles amigotes. Eran muchas las noches que me iba a la cama con el estómago vacío porque papá se gastaba en alcohol el poco dinero que teníamos.

El mero hecho de imaginarse a Deirdre de niña, pequeña y desvalida, bajo la responsabilidad de un padre que no se preocupaba por ella, hizo que el corazón de Tristan diera un vuelco. El suyo no había sido un padre ejemplar para él, pero al menos Tristan había tenido un techo sobre la cabeza y comida. No podía imaginarse llevando la existencia que Deirdre describía.

La estaba mirando cuando ésta se echó hacia atrás la capucha de la capa y recorrió el lugar mirando a través de las ventanas con expresión distante.

—De no haber sido por los amigos de mi madre, personas como Harry, Lilah o Dan, lo más probable es que no estuviera ahora aquí —continuó—. Ellos se ocuparon de mí cuando mi madre murió, me cuidaron lo mejor que pudieron. Sobre todo Dan.

—¿Que te cuidó? —Tristan la miró con incredulidad—. Haces que parezca una persona noble. Ese hombre te enseñó a robar.

Deirdre esbozó una media sonrisa.

—Bueno, ya sé que sus intenciones no eran del todo altruistas. Esperaba poder utilizarme, eso es así. Pero a su manera se preocupaba por mí. Creció con mi madre, y creo que puede que incluso estuviera enamorado de ella. Fuera como fuese, me tomó bajo su protección y me enseñó el «arte del tirón», como a él le gustaba llamarlo.

Estiró la mano enguantada y resiguió el borde del marco de la ventana distraídamente.

—Al principio sólo era un juego para mí, un reto. Solía mezclarme con la gente durante los combates de Dan y trataba de sacarles cosas de los bolsillos sin que se dieran cuenta. Eran cosas menudas, como un pañuelo o un guante. Fue después cuando me di cuenta de que tener unos dedos ágiles y elegir el objetivo adecuado podía significar la diferencia entre poder llevarme algo a la boca esa noche o no.

—¿Y tu padre?

Deirdre se encogió de hombros.

—Las cosas empeoraron conforme iba creciendo. A veces no lo veía durante varios días. Nunca sabía dónde estaba o con quién. Y cuando volvía, estaba de mal humor, violento. No quería ni verme. A veces traía hombres a casa. —Un escalofrío la recorrió y se abrazó a sí misma—. Hombres horribles que me miraban con lascivia y trataban de tocarme cuando papá no miraba.

Sus ojos se encontraron con los de Tristan, y el dolor que había en ellos hizo que se le formara un nudo en la garganta.

—Los hombres que había en el club de Dan esta noche no han sido los primeros que han intentado propasarse conmigo.

Al recordar la manera en que se había sentido al llegar hasta donde estaba Deirdre y verla forcejear con aquel cabrón borracho en el club, la ira y la feroz necesidad de protegerla que se habían apoderado de todo su ser, Tristan dio un paso en dirección a ella.

—Y alguno consiguió…

—No. Era demasiado rápida. Pero estoy segura de que habría sido cuestión de tiempo.

Se apartó de la ventana y regresó al centro de la habitación.

—Una mañana, cuando yo tenía unos nueve años, al despertar me di cuenta de que papá no había vuelto a casa por la noche. No era inusual en él, de modo que no le di muchas vueltas. Pero cuando pasó una semana, y otra, y él seguía sin aparecer, comprendí que no iba a volver, que estaba sola en el mundo.

Una indignación nacida de su profunda rectitud moral ardió en el pecho de Tristan.

—Te abandonó.

—Digamos que de repente me alegré mucho de las enseñanzas de Dan. Sólo eso me ayudó a no morir de hambre. —Negó con la cabeza—. Oh, Lilah y Harry hicieron cuanto pudieron, pero ellos tenían que luchar también por su propia supervivencia.

—¿Y Dan?

Ante la pregunta, Deirdre clavó la vista en el suelo.

—Acudí a él cuando me di cuenta de que papá no iba a volver. Estaba segura de que me protegería. Siempre me estaba diciendo que era como una hija para él. Pero…

Las palabras murieron en sus labios, aunque no era necesario que terminara. El dolor que traslucía su voz le bastó a Tristan para deducir el resto de la historia.

—Acababa de retirarse del boxeo y había abierto el club. Me dijo que no era lugar para una niña, y tal vez tuviera razón. Sólo sé que después de eso, me sentí muerta por dentro durante mucho tiempo.

—¿Qué hiciste entonces?

Sus mejillas enrojecieron y apartó la vista con presteza.

—Robar carteras. Hice lo que tenía que hacer para sobrevivir.

Una especie de furtiva ansiedad en su gesto le decía a Tristan que no se lo estaba contando todo, pero no quería presionarla. No cuando por fin había decidido abrirse a él.

—¿Y?

—Y por eso te he traído aquí. Quería que comprendieras el tipo de desesperación con la que vivía todos los días, la pobreza y la angustia. —Se colocó justo delante de él, con expresión grave—. No tenía a nadie en el mundo, Tristan. No le importaba a nadie. Y no era la única. Niños como Jenna o Gracie McLean se van a la cama todas las noches con frío y hambre, sólo por haber nacido en el lugar equivocado.

La comprensión golpeó a Tristan como un rayo.

—Por eso te pasas todo el tiempo ayudando a esas gentes, por eso es tan importante para ti.

Ella inclinó la cabeza a modo de confirmación.

—Sé bien lo que es sentirse solo y asustado. Y sé lo mucho que puede significar que alguien te tienda una mano, que se preocupe por ti.

—¿El vizconde?

—Sí. Nigel.

El tono de su voz se tornó cálido y afectuoso al pronunciar el nombre de su difunto esposo, y Tristan sintió un aguijonazo de algo ciertamente molesto. No podía ser… con toda seguridad no podía tratarse de…

No. Se negaba a pensar en la palabra «celos».

—¿Cómo lo conociste? —preguntó, intentando ignorar los salvajes sentimientos que le retorcían las entrañas.

—Lo creas o no, le robé la cartera. —Sonrió de una manera totalmente sincera, una mirada tan rebosante de amor, que Tristan deseó ser él el causante de semejante reacción—. Me pilló, y en vez de hacer que me arrestaran, me dio un hogar, un sitio al que pertenecer. Era el hombre más bueno y maravilloso que he conocido nunca.

—¿Y por eso te casaste con él? ¿Por agradecimiento?

Deirdre se puso rígida.

—Me casé con él porque me importaba mucho. Pero ahora no se trata de eso. Estoy intentando que entiendas algo. Y es que la gente hace cualquier cosa para sobrevivir. Robar no es lo peor a lo que puedes verte obligado. Fue una gran suerte que Nigel me encontrara a tiempo.

La visión de Deirdre con el vizconde, juntos, trastornó nuevamente a Tristan. No le costaba imaginar las arrugadas manos del anciano quitándole el camisón, tocándola y acariciándola, como él empezaba a darse cuenta de que quería hacer. Las imágenes despertaron su ira, y una vez más habló sin pensar.

—¿Suerte? Te llevó a casa y acabó con una esposa con edad para ser su nieta. En mi opinión, ese hombre se aprovechó de la situación.

Deirdre lo miró con ojos llameantes, sin pensarlo levantó la mano y lo abofeteó con toda su fuerza.

El golpe quedó amortiguado por el guante, por lo que fue más sorprendente que doloroso, pero bastó para romper el fino hilo de cordura que le quedaba a Tristan, tentándolo a hacer lo que llevaba deseando desde el momento que la viera por primera vez.

Tomándola por los codos, la atrajo hacia sí y aplastó su boca contra la de ella en la oscuridad que los envolvía.

Al contacto, todo pensamiento racional se desvaneció de su cabeza. Se sentía absolutamente consumido por su sabor, su tacto. Su esbelta curva se amoldaba a él como si hubiera sido concebida para ello, y sus labios eran tan dulces como había imaginado. Tersos y un tanto vacilantes, se abrieron bajo los suyos, dejando paso a su lengua.

A través del golpeteo de la sangre en sus oídos captó un leve gemido, y tardó un momento en darse cuenta de que Deirdre no estaba forcejeando. De hecho, lo estaba sujetando de la pechera de la camisa, apretándose contra él con una avidez tan inocente que lo dejó sin aliento.

Y que elevó su deseo hasta cotas inimaginables. Conforme seguía explorando con su lengua la cavidad de miel de su boca, posó una mano en su cintura y aún descendió un poco más, sujetando sus nalgas para atraerla más hacia su cuerpo. El suave vértice entre sus muslos descansaba justo contra la punta sobresaliente de su manifiesta excitación, y no pudo reprimir un gemido entre dientes ante el temblor que lo recorrió.

Sin embargo, fue eso precisamente lo que hizo que Deirdre recobrara el sentido. Apartó con brusquedad la boca de la de él y, de un tirón, se separó por completo, retrocediendo con pasos tambaleantes. Entonces se detuvo y lo miró con los ojos muy abiertos y llenos de aprensión.

Tristan inspiró profundamente, tratando de calmar el frenético ritmo de su corazón, y le tendió una mano con gesto suplicante. Pero ella negó con la cabeza, llevándose los dedos a los labios hinchados por los besos, como si no pudiera creer lo que había sucedido.

—Por favor —susurró, con voz desconsolada—. Por favor, no.

Y con esas palabras, salió corriendo de la chabola.

14

Deirdre no pudo contener un suspiro de alivio cuando el carruaje se detuvo por fin delante de su casa.

El trayecto desde la chabola en que había nacido había sido incómodo y tenso, y, durante el mismo, había hecho todo lo posible por evitar la mirada de Tristan. Después de lo ocurrido entre ellos, si lo miraba no podía evitar un estremecimiento al recordar su cuerpo enorme y duro apretado contra el suyo, su boca devorando la de ella. ¿Cómo podía haberse comportado con esa lascivia?

Ni siquiera sabía cómo había sucedido todo. Lo estaba mirando llena de furia por sus burlones comentarios sobre Nigel y al momento estaba entre sus brazos, besándolo.

Apretó las manos sobre el regazo. Menos mal que la había dejado estar a solas unos minutos después de salir corriendo del chamizo; eso le había permitido recobrar la compostura antes de que él regresara al carruaje. Un tiempo que le había venido muy bien para poder recuperar el control de sus confusos sentimientos. Sabía Dios lo que Cullen habría pensado de su extraño comportamiento. Seguro que se había asustado al verla con el pelo revuelto, el rostro sonrojado y los labios hinchados por el apasionado encuentro, pero su cochero se había mantenido impasible, como siempre.

Dios, aquello no podía estar sucediendo, pensó angustiada. No podía permitirse acercarse demasiado a Tristan, por muy atraída que se sintiera hacia él. Si le entregaba su corazón y después él se enteraba del papel que ella había interpretado en la muerte de su madre... No creía que pudiera enfrentarse a eso.

Cogió entonces su pequeño bolso y miró de reojo a su acompañante, aclarándose la garganta antes de hablar.

—Se me han ocurrido algunos sitios en los que podríamos preguntar mañana por si saben algo de Emily. Tendremos que madrugar lo máximo posible.

Sin esperar su respuesta ni su ayuda, abrió la portezuela y descendió. Al oírlo bajar del coche detrás de ella, se apresuró a subir los escalones que conducían a la puerta principal, ansiosa por poner una barrera de roble macizo entre ella y el molesto anhelo que aquel hombre le despertaba.

—Si quieres —le dijo por encima del hombro—, puedo pedirle a Cullen que te lleve a casa. —Sacó la llave y la metió en la cerradura, intentando controlar el temblor de su mano. Cuando la puerta se abrió, Deirdre entró sin mirar atrás—. Si me dices a qué hora quieres que vaya a recogerte, puedo...

Sus palabras murieron en sus labios al notar que una mano le impedía cerrar la puerta. Ahogando un grito de alarma, se volvió y lo vio detrás de ella.

—No tengo intención de ir a ninguna parte —dijo Tristan con una voz acerada cubierta de un velo de terciopelo. Un sonido áspero que le provocó escalofríos de sensualidad por toda la columna vertebral.

Tragó con dificultad, y pasó un momento antes de que las palabras atravesaran el nudo que se le había formado en la garganta.

—¿Qué quieres decir?

—Exactamente lo que he dicho. Me quedaré aquí. Tengo la intención de permanecer en esta casa por si Dodger Dan te envía algún mensaje esta noche.

Y diciendo eso, pasó junto a ella y entró en el vestíbulo.

¿Quería quedarse allí? ¿En su casa? ¿Con ella?

—P-pero eso es imposible.

Tristan se volvió y la miró, los brazos cruzados sobre el pecho en una actitud de total indiferencia.

—Por supuesto que no lo es. Tienes una habitación de invitados, ¿no?

—Claro que sí. Pero no le hará ningún bien a mi reputación si alguno de mis vecinos llegara a enterarse…

—Tonterías. Además, eres tú quien me ha dicho que tu reputación no te importaba demasiado, ¿recuerdas? —Se encogió de hombros descuidadamente—. Te prometo que seré discreto, y que no ocuparé mucho espacio. De hecho, si lo prefieres, puedo acurrucarme en la alfombra, delante del fuego de la salita. —Hizo una pausa, y al cabo añadió con un repentino deje de dolor en la voz—: De todas formas, no creo que pueda dormir mucho esta noche. No podré hasta saber qué le ha pasado a Emily.

¡Maldición! ¿Era realmente necesario que aquel hombre pareciera tan vulnerable cuando hablaba de su hermana? Siempre lograba que el corazón se le encogiera de lástima.

Aunque su instinto le gritaba que era un error, cedió y cerró la puerta.

—Está bien. Haré que la señora Godfrey te prepare la habitación de invitados.

La sonrisa de él bastó para acelerarle el pulso.

—Te agradezco la hospitalidad. Y te prometo que procuraré mantener las manos lejos de ti.

La mirada de complicidad que apareció en sus ojos hizo que a Deirdre le ardiera la cara, y apretó los puños a ambos lados del cuerpo.

—Sí, bueno… yo…

En ese momento, la señora Godfrey apareció en la entrada de

la salita, y Deirdre dejó escapar un suspiro de agradecimiento al verla.

—Aquí está, señora Godfrey. ¿Sería tan amable de hacer que una de las criadas prepare la habitación de invitados para lord Ellington? Pasará aquí la noche.

El ama de llaves miró boquiabierta, primero a su señora, y después a Tristan, incapaz de ocultar su asombro.

—¿Va a quedarse *aquí,* señora?

—Sí, creo que eso es lo que he dicho.

—Pero…

—Señora Godfrey, por favor…

La mujer dejó escapar un bufido de contrariedad.

—Sí, señora.

Y lanzando una mirada indignada a Tristan, se fue con paso ligero. Hasta sus rizos grises parecían haberse encrespado del disgusto que aquello le causaba.

Sintiendo una tremenda necesidad de escapar de la sofocante atmósfera que empezaba a abrumarla, Deirdre se quitó la capa y la colgó.

—Por favor, siéntase como en su casa en mi salita, milord. Tengo que ocuparme de algunas cosas antes de retirarme, pero en cuanto esté lista su habitación, la señora Godfrey lo acompañará allí.

—Por supuesto. Y, si no es demasiada molestia, me gustaría saber si podría enviar mensaje a mi mayordomo con uno de sus criados diciéndole dónde estoy; por si acaso me necesita para algo.

—Por supuesto. Enviaré a alguien de inmediato. Y ahora, si me disculpa. —Agradecida por el breve respiro, Deirdre se dispuso a subir la escalera, pero la voz de Tristan hizo que se detuviera.

—Un momento, milady.

Inspirando profundamente, Deirdre se dio la vuelta al pie de la escalera y lo miró, aferrándose con la mano al pilar donde arrancaba la escalera.

—¿Sí, milord?

Tristan atravesó el vestíbulo en dirección a ella, con una fluidez de movimientos bastante inusual en un hombre de su tamaño. No se detuvo hasta quedar justo frente a ella, y entonces le sostuvo la mirada con perturbadora intensidad.

—Parece que le debo otra disculpa —murmuró, y al hacerlo su aliento le rozó la mejilla como una suave caricia—. Mi comportamiento ha sido deplorable, y le ruego me perdone.

¿Le estaba pidiendo disculpas por haberla besado? Para su consternación le indignó darse cuenta de ello.

Pero desechó la idea.

—Está bien, milord. Tampoco puede decirse que fuera la primera vez que me besaban.

—No me has entendido bien, Deirdre. —Su nombre sonaba como un suave ronroneo en los labios de él—. Quería disculparme por mis groseros comentarios sobre tu difunto esposo. No tenía derecho a criticarlo sin siquiera conocerlo.

Entonces se inclinó sobre ella hasta que no los separaba más que un suspiro, y añadió con tono conspirador:

—¿Por qué habría de disculparme por un beso que me ha gustado tanto?

Por un momento, Deirdre se quedó de piedra, atrapada en la pasión que veía en los ojos de él. Entonces, con un gemido de angustia, deshizo el hechizo y subió corriendo la escalera.

Más de una hora después, Deirdre seguía dando vueltas por su habitación, con una inquietud que le impedía dormir.

«¿Cómo me las he arreglado para meterme en este lío?», se preguntó, deteniéndose frente al espejo a mirar su lamentable reflejo. Ella sólo había pretendido que Tristan comprendiera las circunstancias que la llevaron a ganarse la vida como una delincuente. Le parecía que lo estaba consiguiendo, que sus palabras le estaban haciendo comprender, porque juraría que había visto compasión en sus ojos.

Y entonces la había besado.

¡Había que tener agallas! Fue a sentarse en el borde de la cama, con los nervios aún de punta. Autoinvitar a pasar la noche en su casa, y después flirtear con ella con tan vergonzoso descaro. Insistía en que se quedaría hasta que Dan se pusiera en contacto con ellos, pero ¡para eso podían pasar días!

El mero hecho de imaginárselo viviendo bajo el mismo techo, durmiendo en su casa noche tras noche, bastaba para acelerarle el pulso. Trató de convencerse de que eso era debido al peligro inherente a la situación. Después de todo, cuanto más tiempo pasara con ella, más posibilidades habría de que descubriera el secreto que le ocultaba. Pero no podía negar el hirviente deseo que parecía impregnar el aire entre los dos. Y que se hacía más intenso a cada minuto que pasaba, lo que la hacía sentir cada vez más incómoda. Especialmente porque sabía que sería un gran error avanzar por ese camino.

Desafortunadamente, no parecía que Tristan pensara lo mismo. Se había cruzado con él una vez antes de retirarse a dormir, cuando la señora Godfrey le estaba mostrando su dormitorio. La ardiente mirada que le había dirigido la había obligado a agachar la cabeza antes de darle las buenas noches, y escabullirse como si el diablo en persona la persiguiera.

«Nunca debería haberlo besado», pensó para sí con gran enojo. Pero lo hecho, hecho estaba, y si ese hombre pensaba quedarse en aquella casa, tendría que ceñirse a unas normas. En primer lugar, nada de miradas ardientes, ni de besos que le dejaban el cuerpo entero palpitando de deseo para luego robarle el sueño por la noche. Tendría que comportarse como un caballero en todo momento, y ella tendría que dejarle bien claro que el que hubiera nacido en un barrio de maleantes no significaba que pudiera tratarla como a una cualquiera e intentar llevársela a la cama.

E iba a hacerlo en ese mismo momento.

Miró la pared que separaba su habitación de la de invitados. Del otro lado le llegaba el débil sonido de pasos y algún ruido ocasional de crujido de muebles. Era evidente que estaba tan despierto como ella, de modo que aquél era tan buen momento para dejarle clara su postura como cualquier otro.

Furiosa después de más de una hora de nerviosismo acumulado, se puso una bata y se aseguró de cerrársela bien antes de abrir la puerta y salir al pasillo.

La casa estaba en calma, pues todo el mundo se había retirado a dormir hacía rato. Dirigiéndose con sigilo hacia la habitación de invitados, llamó a la puerta de forma suave, pero apremiante, y a continuación abrió y entró sin esperar respuesta.

La habitación estaba en sombras, iluminada tan sólo por las llamas que ardían en la chimenea. Al principio, no veía nada. Entonces, una oscura silueta sentada en uno de los sillones de respaldo alto que había delante del hogar, se movió, levantándose y quedando envuelto por el débil resplandor de las llamas.

Deirdre se quedó literalmente sin respiración, y sus pensamientos comenzaron a girar en su cabeza sin orden ni concierto mientras Tristan avanzaba hacia ella, desnudo, a excepción de un par de pantalones de color beis que llevaba un poco sueltos sobre las caderas.

¡Dios, qué hermoso era aquel hombre! La luz de la lumbre doraba los musculosos planos de su amplio torso, confiriendo a su piel aterciopelada una pátina dorada, y los pantalones ceñidos dejaban poco a la imaginación. Dibujaban a la perfección cada milímetro de sus firmes muslos, cobijando casi amorosamente el orgulloso montículo de su hombría.

Apartando la vista del revelador bulto con dificultad, la dirigió en su lugar a los ojos violeta de Tristan. Se le veían ensombrecidos, agitados, casi negros en la oscuridad de la habitación, y su pelo de ébano estaba revuelto, como si se hubiera estado pasando las manos sin cesar.

—¿Qué ocurre, Deirdre? —preguntó con la voz llena de aprensión—. ¿Es Emily?

Deirdre no podía hablar. Era como si toda su indignación moral, motivo por el que había ido a verlo, para empezar, se hubiera desvanecido, y tuviera la lengua pegada al paladar.

—¿Deirdre?

Abrazándose a sí misma, obligó a las palabras a atravesar su paralizada garganta.

—No. No se trata de eso.

Parte de la tensión pareció escapar del cuerpo de Tristan, quien se relajó, a juzgar por la manera en que sus anchos hombros bajaron cuando exhaló un suspiro de alivio. Se frotó entonces los ojos con gesto de agotamiento, y finalmente la miró con expresión inquisitiva.

—¿Qué es entonces? ¿Ha ocurrido algo?

Ella negó con la cabeza y se humedeció los labios repentinamente secos.

—No. No ha ocurrido nada. Es sólo que... yo...

Sus palabras murieron en su garganta y se quedó mirándolo sin saber qué más decir.

Él la observó un largo momento, y, finalmente, una perezosa sonrisa brotó de sus labios. Se acercó hasta donde estaba Deirdre hasta quedar a escasos centímetros de ella, ocultando las llamas de la chimenea con su amplio torso, que le quedaba a la altura de los ojos.

—¿Me… necesitabas para algo, Deirdre?

Ella apretó los puños hasta clavarse las uñas en las palmas al oír el tono seductor de su voz. El olor especiado de su colonia bastó para embriagarla, y el poder de su hipnótica mirada la paralizó.

—N-no —consiguió decir con voz apenas audible.

—Seguro que debías de querer algo, para haber venido a verme a mi habitación a estas horas de la noche. —Y, con un movimiento inesperado, levantó una mano y enroscó en su dedo el extremo de su trenza, que le llegaba al hombro, mirándola con ojos entornados—. Puedes decírmelo.

¿Qué era lo que quería? A cada segundo que pasaba le resultaba más difícil recordarlo. Y más aún cuando él la estaba tocando.

—Yo-yo sólo quería asegurarme de que estabas cómodo.

—Oh, sí. Bastante cómodo. —Le soltó la trenza y dejó que su dedo dibujara entonces el contorno de su clavícula que asomaba justo por encima del borde de encaje de su bata—. Claro que no pondría ninguna objeción si te ofrecieras a meterme en la cama y arroparme.

Irguiendo la espalda, Deirdre ignoró el escalofrío que la caricia de Tristan le estaba provocando y retrocedió un paso con la intención de apartarse de su desconcertante cercanía.

—Vamos, milord. Estoy segura de que es perfectamente capaz de arroparse usted mismo.

—No he dicho que no pueda hacerlo. Simplemente creo que sería mucho más agradable que lo hicieras tú.

—Pues odio tener que decepcionarle, pero no tengo ninguna intención de arroparle. Sólo he venido a preguntar si tenía todo lo que necesitaba antes de irme a la cama.

—Humm.

Tristan empezó a dar vueltas a su alrededor. Entonces se detuvo junto a la puerta y se apoyó con gracia indiferente contra el marco, bloqueándole la salida.

—Interesante pregunta. ¿De verdad quieres que te conteste?

Era el colmo. Aquello había llegado ya demasiado lejos. Estaba claro que había sido un error ir a verlo, y no tenía intenciones de quedarse allí intercambiando indirectas.

Inspiró hondo y se volvió para mirarlo.

—Si no le importa hacerse a un lado, milord, me gustaría regresar a mi habitación.

—Conque ahora es «milord», ¿eh?

Tristan se inclinó hacia adelante y le cogió la barbilla con la palma de la mano, echándole la cabeza hacia atrás para poder captar su mirada. Deirdre no pudo reprimir un estremecimiento ante el excitante contacto.

—¿Qué ha pasado con Tristan?

—¿Qué ha pasado con tu promesa de mantener tus manos lejos de mí?

—¿Estás segura de que eso es lo quieres?

Teniéndolo tan cerca y con sus labios a escasos centímetros, Deirdre no estaba segura de nada. Una parte de ella deseaba arrojarle los brazos al cuello y dejarse engullir por la pasión de otro beso, pero la parte cuerda de su ser peleaba contra ese sentimiento con todas sus fuerzas.

Tratando desesperadamente de apartar de su mente la neblina que parecía haberse apoderado de sus sentidos, levantó la vista hacia él y lo miró suplicante.

—Tristan, por favor…

Esas sencillas palabras fueron un duro golpe para él. Se quedó inmóvil, el rostro convertido en una máscara impenetrable mientras la escrutaba con unos ojos que no dejaban traslucir ni uno solo de sus pensamientos. Pasó largo rato hasta que, finalmente, dejó caer la mano y se hizo a un lado, despejando la salida.

Deirdre no lo dudó. Dio media vuelta y escapó de la habitación, dejando atrás a Tristan y los poderosos sentimientos que parecía despertar en ella.

Tan pronto como la puerta se cerró tras Deirdre, Tristan regresó a su sillón junto al fuego, se dejó caer en él y se sostuvo la cabeza con las manos.

¿Qué demonios le estaba pasando? Esa misma mañana se había estado diciendo lo desaconsejable que sería involucrarse con ella. Y nada había cambiado. Pero la había besado, y no era capaz de olvidar lo apasionado que había sido el beso, la forma en que sus suaves labios se habían abierto bajo los suyos, como una flor que ofrece su néctar embriagador. Su reacción había sido tan inocente, tan ingenua, que le costaba creer que fuera una viuda experimentada.

Se pellizcó el puente de la nariz con el índice y el pulgar mientras se removía inquieto en su asiento. Estaba cansado, eso era todo. La falta de sueño y la preocupación por Emily habían podido con él, destrozando sus defensas y debilitándolo en lo que a sus sentimientos por Deirdre se refería.

Cuando momentos antes se había abierto la puerta de su habitación y la había visto de pie en el umbral, había pensado que estaba soñando, que se había quedado dormido en el sillón y estaba en mitad de alguna fantasía erótica. Cubierta con aquella bata de seda que se ceñía a cada curva, y el pelo recogido en una única trenza cayéndole por la espalda con algunos rizos sueltos a la altura de las sienes, era la viva imagen de la tentación.

Y estaba claro que se había sentido tentado. Cómo había deseado tomarla entre sus brazos y llevarla hasta la enorme cama con dosel. Gracias a Dios que había conseguido recuperar el sentido común antes de que fuera demasiado tarde.

«Debo de haberme dejado llevar por un acceso de locura al insistir en quedarme aquí con ella», pensó, mientras contemplaba las llamas bailando ante sus ojos. Era cierto que, en caso de que Dan enviara algún mensaje sobre Emily, estar allí sería una ventaja, pero no es que fuera estrictamente necesario. No tenía ni idea de por qué había insistido tanto. Lo único que sabía era que, llegado el momento, no había querido separarse de ella.

Después de todo lo que le había contado esa noche, estaba empezando a comprender verdaderamente el tipo de persona que era Deirdre. Tierna, pero decidida, cariñosa y generosa, se daba a los demás sin reservas, sin esperar nada a cambio. Había logrado salir de las cloacas para convertirse en una admirable y valiente dama, y, aunque se conocían desde hacía muy poco, tenía la sensación de que estaba empezando a confiar en ella y a respetarla más que a nadie en toda su vida.

En muchos aspectos, le recordaba mucho a su madre.

Pero esa relación nunca podría ser. Los chismorreos y los rumores que circulaban sobre ella, por muy infundados que pudieran ser, siempre serían un obstáculo para ello. Incluso tomarla como amante sería demasiado arriesgado. Si quería seguir siendo el tutor legal de Emily, tenía que evitar cualquier escándalo, y parecía que «escándalo» era el verdadero apellido de lady Rotherby.

15

Mientras caminaba por la acera, a la entrada de la madriguera de los Dedos Largos a la mañana siguiente, temprano, Deirdre se preguntó una vez más cómo podía haber creído que podría dejar que Tristan entrara en su vida sin poner en peligro su corazón y su paz de espíritu.

Se inclinaba a pensar que debía de haberse vuelto temporalmente loca, pero ahora estaba sufriendo las consecuencias.

Tras pasar la noche dando vueltas en la cama, acosada por sueños inconexos, se había despertado al amanecer más exhausta que cuando se acostó. Su acalorado encuentro con su inesperado invitado la había dejado totalmente vulnerable, y un hormigueo extremadamente incómodo le recorría todo el cuerpo. La imagen de sus cuerpos entrelazados la había atormentado durante casi toda la noche, y su pálida tez y sus ojeras eran la prueba de lo mal que había dormido.

Tristan no parecía haberse dado cuenta. Lo miró. Estaba de pie a su lado, observando el edificio abandonado que tenía delante. Resuelta a no dejarle ver lo mucho que la había afectado, se había pasado todo el tiempo de su aseo preparándose mentalmente para resistir sus poderosos encantos, todo para descubrir, al bajar de su habitación, que el seductor canalla de la noche anterior se había desvanecido. Tristan se había ocultado nuevamente tras su muralla de reserva, con la mirada remota e insondable, y Deirdre, muy a su pesar, no había logrado no sentir una profunda decepción.

—¿Quién vive aquí?

Deirdre abandonó sus reflexiones al oírlo e hizo un leve encogimiento de hombros.

—Unos amigos míos. Espero que ellos puedan ayudarnos.

Era una verdad a medias. Aunque los Dedos Largos podían ser tan hábiles como los hombres de Dan en lo que a sonsacar información se refería, se había acercado hasta allí porque estaba preocupada. Después de lo ocurrido en los últimos dos días, le resultaría tranquilizador ver cómo estaban. Y si podían darle alguna información sobre Emily, miel sobre hojuelas.

Fijando en Tristan una mirada seria, continuó.

—Tienes que prometerme que, cuando entremos, te quedarás callado y no llamarás la atención. Bastante nerviosos se van a poner ya al ver a un extraño. Como norma, los Dedos Largos suelen desconfiar de todo aquel que no conocen, de modo que cuanto más discreto seas, mejor.

Tristan enarcó una ceja.

—¿Los Dedos Largos?

Deirdre no se molestó en explicárselo. Conseguiría que se lo prometiera aunque tuviera que obligarlo a hacerlo.

—¿Su palabra de caballero, milord?

Tristan apretó la mandíbula y tras pensarlo un momento, inclinó finalmente la cabeza en un rígido gesto de asentimiento.

Agradecida, Deirdre se volvió hacia Cullen, que seguía de pie junto al carruaje.

—Espera aquí, Cullen. No tardaremos mucho.

Aguardó a que su cochero asintiera, éste lo hizo y se tocó la gorra en un gesto de deferencia hacia su señora, y entonces Deirdre giró sobre sus talones y echó a andar hacia el edificio, dejando que Tristan la siguiera.

Él la alcanzó en seguida, formando con su enorme cuerpo un

firme baluarte de protección a su espalda cuando entraron en el oscuro callejón. Tenía que admitir que se alegraba de su sólida presencia. Por muy arrogante que fuera su actitud y pese a lo mucho que eso la frustraba, no podía negar que aquel hombre hacía que se sintiera verdaderamente segura y protegida.

—¿Estás segura de que aquí vive alguien? —preguntó él, observando las ventanas cerradas con el cejo fruncido—. Parece desierto.

—Eso es lo que se pretende. —Al llegar a la última puerta, se detuvo el tiempo suficiente para dar dos toquecitos breves y, acto seguido, la empujó y entró.

Un instantáneo aluvión de saludos los inundó desde todos los rincones de la habitación mientras los chicos corrían a reunirse alrededor de ella. Deirdre sonrió ante su entusiasmo, porque le caldeaba el corazón saber que se alegraban sinceramente de verla. Su cariño y confianza eran dos de las cosas que hacían que su ingrata búsqueda valiera la pena.

—Lady R, ¿qué hace aquí?

—¿Nos ha traído algo?

—¿Ha...?

El clamor cesó de forma abrupta cuando Tristan apareció en el umbral, bloqueando con su enorme cuerpo la luz de la mañana que se colaba por la puerta abierta. Todos los chicos centraron su atención en el extraño con la boca abierta y los ojos desorbitados de miedo.

Aquello sí que era pasar desapercibido.

Entonces, un chico con el rostro lleno de pecas, soltó un silbido.

—¡Jolines! ¡Qué tío tan grande!

Ahogando la risa al ver la expresión contrariada de Tristan, Deirdre bajó la vista y se encontró a Benji pegado a sus faldas como una lapa, con una expresión de sobrecogimiento en su pequeño rostro.

—¿Quién es, milady?

—No pasa nada. Es un amigo, Benji.

El niño echó hacia atrás la cabeza y miró a Tristan con interés.

—¿Es un gigante, milady? —dijo con un hilo de voz—. Ya sabe, como el de esa historia que nos contó sobre David y Goliat.

—Claro que no, cariño. —Aunque la verdad es que bien parecía uno, pensó para sí con diversión. Tenía que agacharse para entrar por la puerta, y parecía llenar todo el espacio con su aura dominante.

Deirdre carraspeó antes de hacer las presentaciones.

—Chicos, éste es Tristan, mi nuevo... lacayo. Tristan, éstos son los Dedos Largos, la banda de carteristas con más talento que ha visto Tothill Fields.

Para su sorpresa, Benji la soltó y se acercó al hombre, que permanecía de pie, con los brazos en jarras y el cejo fruncido en un gesto bastante intimidatorio.

—Hola, señor Tristan —dijo el pequeño elevando la voz y sin mostrar ningún temor ante el enorme desconocido que se elevaba ante él—. Me llamo Benji.

Deirdre, llevada por su instinto maternal, se acercó a ellos con actitud protectora, y dirigió a Tristan una mirada suplicante. Pero no había razón para preocuparse. El rostro de él se suavizó y, agachándose para ponerse a la altura del pequeño, dijo con una sonrisa:

—Hola, Benji. Es un placer conocerte.

—¿Es amigo de milady?

—Se podría decir que sí. —Tristan la miró de reojo.

Deirdre, por su parte, se acordó de la noche anterior y agachó la cabeza, violentamente sonrojada. Tenía que ser él quien le recordara el incidente justo cuando había conseguido apartarlo de su cabeza.

Como Benji continuara conversando con su visitante, los otros chicos fueron relajándose gradualmente, aunque muchos de ellos seguían mostrando expresiones recelosas. De nuevo comenzaron a bombardear a Deirdre a preguntas, y Nat, el segundo al mando, se acercó a ella con una sonrisa.

—Íbamos a desayunar, milady. ¿Quieren acompañarnos?

—Claro, Nat. Será un placer. —Aunque Tristan y ella habían desayunado antes de salir, ninguno de ellos había comido mucho.

Mientras uno de los chicos más pequeños les preparaba un sitio para que se sentasen, ella echó un vistazo a su alrededor buscando un rostro en particular. Al no verlo de inmediato, se volvió hacia Nat con mirada inquisitiva.

—¿Dónde está Peter?

Nada más preguntarlo, la atmósfera pareció cambiar de forma brusca, llenándose de tensión, y Nat intercambió una mirada incómoda con el chico que tenía más cerca antes de contestar.

—Esto... está fuera, milady.

—¿Cuándo regresará?

—No estoy seguro, milady. A lo mejor tarda un poco.

Su evasiva respuesta la dejó bastante perpleja, pero se guardó las ganas de seguir preguntándole.

—De acuerdo. Entonces esperaré aquí hasta que vuelva, ¿te parece?

Alarmado, Nat negó con la cabeza.

—Puede que no sea buena idea, milady. A lo mejor está fuera todo el día.

Esta nueva respuesta despertó en ella suspicacias. Algo no iba bien. No era habitual que Peter dejara solos a los chicos mucho tiempo.

Con los ojos entrecerrados echó un vistazo a su alrededor, y sintió una punzada de preocupación al comprobar que Jack tampoco estaba. Aunque en ese momento lo considerase una bendición, no pudo evitar preguntarse si pasaría algo raro. ¿Les habría ocurrido algo a los dos chicos mayores de la banda de lo que no pudieran hablar los demás?

—¿Quién es Peter?

Deirdre levantó la vista y se encontró con Tristan, que se acercaba a ella acompañado por Benji. El resto de los chicos se apartaron con presteza de su camino, mientras lo miraban con desconfianza, aunque a Benji no parecía intimidarlo, a juzgar por la forma en que dejaba que el conde le cogiera la manita con la suya mucho más grande.

Deirdre sintió que el corazón le daba un vuelco al verlos. Nunca habría imaginado que a aquel hombre se le pudieran dar tan bien los niños. Tenía un verdadero don para ganarse su confianza, y lo había demostrado dos veces en dos días. Primero con Gracie McLean, y ahora con Benji. Realmente, no dejaba de sorprenderla.

—¿Quién es Peter? —repitió cuando llegó a su lado.

Pero fue Benji quien respondió.

—Es nuestro líder. Pero no está aquí ahora. Ha salido con…

—Benji —lo interrumpió Nat con brusquedad—, ¿por qué no ayudas a Davey con el desayuno?

—Vale. —El niño soltó la mano de Tristan y se alejó.

Deirdre se quedó mirándolo, tratando de ocultar su creciente preocupación. ¿Qué era lo que Benji había estado a punto de decir? ¿Con quién estaba Peter? ¿Y Jack? ¿Era posible que el líder de los Dedos Largos se hubiera dejado convencer por Jack para salir a trabajar otra vez?

Pero desechó la idea casi al instante. Peter le había prometido que no lo haría durante un tiempo, y él siempre cumplía sus promesas. No conocía a nadie que tuviera más integridad que él, a pesar de su profesión.

Al notar que alguien le sujetaba el hombro, levantó la vista y vio a Tristan que la observaba inquisitivo.

Era condenadamente observador, pensó, pero no podía contarle cuál era la razón de su inquietud. En ese momento no. Tendría que esperar para satisfacer su curiosidad. Con un encogimiento de hombros dejó que la acompañara a la mesa.

Una vez todos sentados —Tristan junto a ella—, Deirdre se volvió hacia Nat como quien no quiere la cosa, resuelta a no mostrar señal alguna de suspicacia, aunque no por eso menos decidida a sonsacarle la verdad si podía.

—No es propio de Peter estar fuera tanto tiempo, Nat. ¿Ocurre algo malo?

—¿Algo malo? —El rostro del chico era todo inocencia, pero Deirdre no se dejó engañar. Percibía el nerviosismo que se escondía tras aquella fachada—. No ocurre nada malo. Es que nos ha sorprendido verla, eso es todo. No es que no nos alegremos. ¿Verdad, chicos?

Un murmullo de asentimiento se elevó procedente del resto, pero excepto Benji, sentado al otro lado de Tristan, ninguno parecía convencido.

—Bueno —dijo ella lentamente, recorriendo con la mirada toda la mesa y deteniéndose en cada chico—, creo que si ocurriera algo malo me lo diríais, ¿verdad?

—Claro, milady —le aseguró Nat con un tono un poco arisco, pero en su voz había una nota de sinceridad que consiguió tranquilizarla un poco. A su manera, Nat era tan honorable como Peter, y no era capaz de mentir de forma convincente para salvar el pellejo. No le quedó más remedio que creer que si fuera una situación de vida o muerte, se lo habría dicho. Tendría que contentarse con eso de momento.

Lo que no significaba que fuera a rendirse. Tal vez si conseguía quedarse con Benji a solas unos minutos antes de irse pudiera sacarle algo más. Aunque era posible que se estuviera preocupando por nada.

Y, mientras, había otras cosas que requerían su atención, como la búsqueda de Emily.

—Lo cierto es que he venido por algo en concreto. Me gustaría saber si podríais ayudarme.

Nat pareció relajarse con el cambio de tema.

—Estaremos encantados de ayudar si podemos, milady. Después de todo lo que ha hecho por nosotros es lo menos que podemos hacer.

—Estoy buscando a alguien. Una chica que se ha fugado de casa y al parecer se ha refugiado en Tothill.

Por segunda vez en lo que iba de mañana, sus palabras provocaron una sorprendente reacción entre los integrantes de los Dedos Largos. Todos se quedaron inmóviles, y Miles, que acababa de meterse un bocado en la boca, se atragantó, y otro chico tuvo que darle unos golpecitos en la espalda.

Nat parpadeó sorprendido.

—¿Un-una chica?

Deirdre examinó al muchacho con sagacidad. ¿Qué demonios estaba ocurriendo? ¿Es que aquellos pilluelos sabían algo de Emily?

—Sí. Es la hermana de un amigo, y estamos muy preocupados por ella. Al parecer Barnaby Flynt también la busca.

Benji se puso a dar saltitos en su asiento para llamar su atención.

—El señor Flynt está buscando también a nuestra amiga y…

De nuevo, Nat hizo callar al pequeño.

—Benji, ya has terminado de desayunar. ¿Por qué no vas a entretenerte con tu libro?

—Vale. —El niño, al que no pareció afectar que lo echaran de allí, levantó la vista hacia el hombre que tenía a su lado—. Señor Tristan, ¿sabe usted leer?

Tristan, que había estado observando el intercambio de palabras y gestos en silencio, dio un respingo al tiempo que miraba al pequeño.

—Claro.

—¿Podría leerme un poco?

Tristan clavó la mirada en Deirdre, enarcando vigorosamente las cejas hasta que casi le rozaron la línea del nacimiento del pelo. Ella a punto estuvo de echarse a reír a carcajadas al ver su cara. A lo mejor era buena idea. Puede que los muchachos se abrieran a ella si Tristan no estaba delante.

—Me parece una idea espléndida, Tristan. —Deirdre le dirigió una dulce sonrisa—. ¿Por qué no le lees un poco a Benji mientras nosotros charlamos?

Tristan apretó los labios hasta formar una fina línea.

—Muy bien, *milady* —dijo con los dientes apretados. Era evidente que no le gustaba que lo excluyera de la conversación. Pero no mostró disgusto alguno cuando se levantó y se volvió hacia el pequeño—. Vamos a ver cuál es ese libro que quieres que te lea, Benji.

Loco de contento, el chiquillo se levantó de un salto y, agarrando a Tristan de la manga, lo arrastró hasta el extremo opuesto de la estancia.

Deirdre se quedó observando cómo se alejaban y se sentaban en un banco contra la pared, con el libro de Benji. Tristan lo manipulaba con el mismo cuidado con que había tratado al niño hasta el momento, pasando las páginas con delicadeza con sus grandes manos, como si se diera cuenta de lo importante que era para el pequeño, aunque nadie se lo hubiera dicho. Cuando vio que Benji se apoyaba contra el hombre, mirándolo con evidente adoración, Deirdre se encontró pensando si sería tan paciente con sus propios hijos.

Con un nudo en la garganta, se dio la vuelta al tiempo que se mordía el interior de la mejilla con gran consternación. ¿Cómo había llegado aquella idea a su cabeza? No era asunto suyo cómo se comportara Tristan con su futura prole. Lo más probable era que nunca lo supiera.

Pero entonces, ¿por qué no dejaba de imaginar pequeñas e inocentes caritas con los asombrosos ojos violeta de Tristan y el rizado pelo color caoba de ella?

Apartó esas ideas como pudo y se obligó a centrar su atención en los Dedos Largos. Tenía una tarea que llevar a cabo, y cada segundo que pasaba era precioso, especialmente si Emily estaba en peligro.

—Me preguntaba si vosotros habríais oído algo —continuó, observando los rostros juveniles en busca de alguna señal de engaño—. Tal vez sepáis de alguien que la haya visto u os hayan dicho por qué la busca Barnaby.

Nat rehuyó su mirada antes de contestar.

—No, milady. No me he enterado de nada. Chicos, ¿alguno de vosotros sabe algo?

La banda en pleno contestó moviendo negativamente la cabeza, pero Deirdre no los creyó ni por un momento. Sus expresiones eran de evidente incomodidad, y un buen número de ellos se removía inquieto bajo su firme mirada inquisitiva.

No lo entendía. ¿Si habían oído algo por qué no se lo decían? ¿Era el mero hecho de que Barnaby Flynt estuviera de por medio lo que los hacía guardar silencio o había algo más?

Entrelazando las manos sobre la mesa, dejó escapar un exagerado suspiro.

—De verdad esperaba que pudierais ayudarme. Estoy muy preocupada por ella. Lady Emily es de buena familia, y no está acostumbrada al tipo de vida que vosotros lleváis, chicos.

Nat la miró fijamente con los ojos como platos, sin poder dar crédito.

—¿*Lady* Emily?

—Sí. Su hermano es conde, igual que su padre antes que él, así que podéis imaginar el tipo de vida al que está acostumbrada. Las calles de Tothill no son lugar para alguien como ella, y mucho me temo que no durará mucho si no la encontramos.

Los chicos intercambiaron miradas, pero al parecer, el motivo que mantenía sus bocas selladas era más fuerte que la culpa, porque no dijeron nada.

Era evidente que por aquel camino no iban a ninguna parte. Puede que la banda no supiera nada, que ella sólo estuviera imaginando algo en su comportamiento que en realidad no existía. O puede que simplemente se mostraran tan herméticos debido a la presencia de Tristan. Sea como fuere, lo único que podía hacer era asegurarse de que todos supieran que podían acudir a ella si necesitaban su ayuda.

—Bueno, supongo que tendré que seguir buscando. Tenéis que prometerme que si os enteráis de algo, cualquier cosa, me lo diréis en seguida, ya sea de día o de noche. —Miró a Nat con los ojos entornados—. Temo por ella.

Pobre Nat. Su cara se puso como la grana, y si seguía retorciéndose de aquella manera, terminaría cayéndose del banco. Deirdre percibía el debate interno que estaba llevando a cabo el chico, como alguien que necesita desesperadamente confiar algo pero le da miedo hacerlo.

El muchacho cerró los ojos e inspiró hondo. Pero antes de que pudiese abrir la boca, la puerta de la madriguera chocó contra la pared con un estrepitoso golpe que hizo que todos dieran un respingo.

La silueta de Jack se perfilaba en la entrada, observando al grupo con su habitual insolencia; a continuación, entró, cerrando la puerta luego.

Bueno, al menos Peter y él no estaban juntos, pensó Deirdre con resignación.

—Vaya, si está aquí lady Generosidad en persona —dijo Jack con sumo desdén, contemplando a Deirdre despectivo—. ¿Ha venido a ofrecernos un poco de caridad, milady?

—Cierra el pico, Jack —lo riñó Nat, fulminando con la mirada al chico mayor.

—Ciérralo tú —le espetó Jack, colocándose delante de Deirdre con las manos en las caderas y una sonrisa burlona—. Sólo quería saludar a la dama como se merece.

Deirdre alzó la barbilla y clavó en él una mirada fría, decidida a no dejarse provocar.

—Hola, Jack.

—«Hola, Jack» —repitió el muchacho con tonillo de mofa—. Tan dulce y remilgada como siempre. —Para horror de Deirdre, se llevó la mano al miembro con gesto lascivo y le guiñó un ojo—. Si de verdad quiere ayudarme, milady, yo le diré lo que puede hacer con esa boca suya.

De pronto, se oyó un gruñido al otro extremo de la estancia, y Tristan se levantó del banco y se lanzó hacia Jack con el rostro deformado por la furia.

Poniéndose en pie, Deirdre corrió a interponerse y evitar su encolerizado ataque. Dios, había permanecido tan silencioso los últimos minutos, que ella se había olvidado de su presencia allí. Tenía que ser Jack el que despertara al tigre que dormía en su interior comportándose con más grosería que de costumbre.

Deirdre le puso una mano en el pecho y le habló con tono supuestamente apaciguador:

—No pasa nada, Tristan.

Éste le lanzó una fulminante mirada.

—Sí que pasa.

La aparición de Tristan cogió a Jack por sorpresa, y lo dejó desconcertado, pero sólo momentáneamente. Aunque receloso, en seguida recobró la compostura y miró a los dos con sumo desdén.

—¿Quién es este tipo? ¿Su amorcito?

Sin embargo, no fue Deirdre ni Tristan quien contestó, sino Benji, sacando su cabecita desde detrás del enorme cuerpo de Tristan, y mirando al chico mayor con el cejo fruncido:

—Es el señor Tristan. El lacayo de milady.

—Conque lacayo, ¿eh? Apuesto a que es algo más que eso. Le gustan los tíos grandes, ¿eh, milady?

Con un nuevo gruñido, Tristan se abrió paso rodeando a Deirdre, pero ésta lo detuvo tirándole del brazo.

—Por favor, Tristan. No es más que un chico.

—Un chico que necesita que le enseñen modales.

Jack soltó un carcajada.

—No serás el primero que lo intenta.

Tristan dio un paso más hacia él, arrastrando a Deirdre consigo.

—Alguien tiene que enseñarte a respetar a una dama.

—Yo no veo aquí a ninguna dama. Y el infierno se congelará antes de que yo respete a una mujer como ésta.

—Escúchame bien, mocoso...

—Tristan. —Deirdre le apretó más el brazo—. No me importa lo que pueda decir de mí. Déjalo estar. Es hora de irse. —Se acercó más a él y se puso de puntillas para poder susurrarle al oído—: Piensa en Emily.

Fue decir esas palabras y parte de la tensión de Tristan pareció desaparecer, aunque siguió mirando a Jack con gesto amenazador.

Deirdre se volvió entonces y miró a los muchachos que aún seguían sentados a la mesa, observando fascinados el altercado.

—Gracias por el desayuno, chicos, pero será mejor que nos vayamos. Mantened los oídos atentos por si os enteráis de algo.

Nat se sonrojó, pero asintió. Si había estado a punto de confiarle algo, el momento se había esfumado.

—Claro, milady.

Deirdre dio un apretón a Benji en el hombro y después miró a Tristan con gesto suplicante.

—Por favor, vámonos.

Lanzando una maldición, atravesó la estancia en dirección a la puerta, y Deirdre dirigió una última mirada a los muchachos, pero se apresuró a salir detrás de él. Le habría gustado quedarse para seguir preguntando, pero con la llegada de Jack la situación había pasado a ser explosiva.

Los chicos sabían algo, estaba segura. Y estaba claro que no sacaría mucho de ellos si Tristan iba con ella.

Conforme se acercaban al carruaje, echó un último vistazo al edificio por encima del hombro, mordiéndose el labio. Había sido un error llevarlo. Los Dedos Largos estaban nerviosos por algo, y la presencia de un extraño en su madriguera no había hecho más que aumentar su incomodidad.

Tendría que arreglárselas para escaparse y volver allí ella sola sin que Tristan se enterase. El problema era que, mientras él estuviera en su casa, no le resultaría fácil, y se pondría furioso si se enteraba de que había intentado excluirlo a propósito. Pero era inevitable. Sólo esperaba que no fuese en balde.

16

De vuelta en el coche y una vez en marcha, Tristan iba sentado frente a Deirdre, y no podía evitar mirarla subrepticiamente por el rabillo del ojo.

Parecía enojada, decidió, y suponía que tenía razón. Después de todo, le había pedido que se comportara lo más discretamente posible, pero, sencillamente, su naturaleza no le permitía permanecer impasible cuando faltaban el respeto a una dama. Y sin importar cuál fuera su origen, Deirdre era toda una dama. Se sentía culpable por haberlo dudado.

Apretó el puño que tenía apoyado en la rodilla. Él no quería perder los estribos, pero ver cómo aquel jovenzuelo irrespetuoso provocaba a Deirdre había desatado todo su instinto de protección, y sin darse cuenta se encontró desafiándolo.

Suponía que le debía una disculpa a Deirdre. Maldición. Al parecer, con ella estaba disculpándose constantemente. Pero nada más levantar la cabeza y abrir la boca, sus palabras lo interrumpieron.

—Lo siento —dijo. Su voz era apenas un ronco susurro, y carraspeó sin levantar la vista del suelo del coche—. El comportamiento de Jack ha sido absolutamente reprobable.

Indignado al ver que Deirdre se hacía responsable de la ponzoñosa exhibición de Jack, Tristan se inclinó hacia adelante en su asiento con la intención de que ella lo mirara y viera la sinceridad de su rostro.

—En ningún caso eres tú la responsable. A ese muchacho le hace falta mano dura y una severa disciplina.

—Oh, no. Creo que ahí radica parte del problema. En algún momento de su vida lo trataron con demasiada mano dura, y ahora me temo no poder ayudarlo. —Movió negativamente la cabeza—. Sé que parece imposible, pero el resto de los Dedos Largos pueden ser muy dulces, y todo el tiempo que he invertido en ellos ha merecido la pena.

—¿Dulce una banda de carteristas?

—Sólo se tienen los unos a los otros, Tristan, y no cuentan con ninguna otra forma de ganarse la vida. Yo hago lo que puedo, les llevo comida y mantas, pero en muchos aspectos sus vidas son mucho más difíciles de lo que nunca lo fue la mía. —Deirdre lo miró, y una sonrisa apareció en sus labios—. Y parece que le has gustado mucho a Benji.

Al pensar en aquellos ojos inocentes que lo miraban llenos de confianza, Tristan sintió que se le encogía el corazón. Tenía razón. Benji le había resultado enternecedor, y el amor que se veía que sentía por los libros le había recordado las muchas horas que había pasado él leyéndole cuentos a Emily antes de que se durmiese, cuando ella tenía la misma edad del pequeño.

—No parece afectarle demasiado la situación.

—Los demás chicos se han esforzado mucho por protegerlo de las cosas más desagradables, aunque es imposible protegerlo de todo. Al parecer, Peter lo encontró abandonado en un callejón hace unos años. Por lo que me han contado, no tendría más de dos o tres. Ellos lo acogieron y prácticamente lo criaron. Nunca habría sobrevivido de no ser por ellos.

Sus ojos, de un profundo tono verde, se inundaron de lágrimas y apartó la cabeza con brusquedad para mirar por la ventana, apretando su delicada mandíbula.

—A veces me gustaría cogerlos a todos y sacarlos de tanta pobreza y desesperación.

—Me sorprende que no lo hayas hecho ya.

—Lo he intentado más de una vez; hace tiempo, cuando los conocí —dijo apenada—. Los chicos más mayores se enfrentaron a mí con uñas y dientes, y los pequeños, como Benji, se negaron a dejar a Peter. —Se encogió de hombros—. Y como la señora Godfrey siempre me dice, no puedo llevarme a casa a todos los corderitos extraviados que se crucen en mi camino. Por cada uno de los Dedos Largos, hay cien más en las mismas circunstancias.

Deseando poder reconfortarla de alguna manera, Tristan tendió la mano y la posó encima de la de ella, apretándosela ligeramente para darle ánimos.

—Haces lo que puedes. Al menos saben que te preocupas por ellos.

—Lo único que siempre he querido ha sido ayudarlos, igual que Nigel me ayudó a mí. Darles alguna esperanza de un futuro distinto. —Se volvió y lo miró con expresión esperanzada—. ¿Sabes?, soñaba con abrir una especie de refugio, un hogar para todos esos niños que no tienen adónde ir ni a nadie que cuide de ellos. Un lugar donde puedan sentirse seguros y tratados con cariño y respeto.

—Una noble ambición.

—Pero no muy factible, me temo. En primer lugar, tendría que encontrar una casa lo suficientemente grande como para acoger a tantos niños. Y la triste realidad es que a muy pocas personas de nuestro mundo les agradaría la idea de tener un refugio para niños de la calle en el vecindario.

Tristan tuvo que admitir que tenía razón en eso y lo invadió una tremenda indignación al recordar el cochambroso edificio que aquellos chicos llamaban hogar. Pensar en una criaturita como

Benji, obligado a vivir en la miseria y la degradación de aquel barrio, le revolvía el estómago.

El delicado suspiro de Deirdre llamó de nuevo su atención.

—Lo menos que merece todo niño es un lugar donde poderse ir a la cama por la noche sin tener que preocuparse de si verá amanecer un nuevo día. Pero desgraciadamente la vida no es así. —Su mano tembló debajo de la de Tristan—. A veces siento como si tratara de levantar una diminuta ola en un inmenso mar de indiferencia. No puedo evitar preguntarme si sirve para algo lo que hago.

Tristan se impresionó al verla tan perdida y desesperanzada, tan distinta de la testaruda y decidida mujer que estaba empezando a conocer.

—¿Cómo puedes decir eso? Claro que sirve. ¿No has visto las caras de esos niños cuando has entrado en su madriguera? Se han iluminado como si fueran velas recién encendidas. Jamás en mi vida había visto tanta confianza en alguien… tanta esperanza. Tú les has dado ambas cosas, Deirdre.

Cuando ella apartó la vista sin saber qué decir, Tristan tuvo que contenerse para no tomarla entre sus brazos y ofrecerle el consuelo de sus labios. Ignoró la leve agitación de su entrepierna ante la idea y se limitó a darle otro apretón en la mano, en un intento de expresar todo lo que sentía con la calidez de su contacto.

—¿Sabes? —prosiguió luego con tono suave—, mi madre solía decir que le gustaba creer que, cada vez que hacía algo bueno por alguien, era como una oportunidad para que esa persona hiciera algo bueno para otros. Aunque ahora no puedas ver los resultados, Deirdre, no sabes cuántos de esos chicos serán de ayuda para otras personas que lo necesiten, sencillamente porque un día tú te preocupaste por ellos.

Ella levantó los ojos y se encontró con su mirada, y algo enigmático destelló en las profundidades de sus ojos verdes, algo que Tristan no pudo leer. Pero sin darle tiempo a preguntarse qué sería, el carruaje dio un abrupto e inesperado giro y se detuvo con una sacudida. Deirdre perdió el equilibrio y salió disparada hacia adelante, directa al regazo de él.

Fuera del coche se oían relinchos de caballos y un agudo parloteo nervioso, pero dentro reinaba un silencio absoluto. Tristan no era consciente más que de la esbelta figura de Deirdre entre sus brazos y de su corazón, que latía desbocado, como un pájaro atrapado dentro de su sólido pecho.

Sintió un nudo como un puño en la garganta, y tuvo que tragar varias veces para poder aclarársela y hablar con coherencia:

—¿Estás bien?

Deirdre posó una mano en su hombro, casi con vacilación, y se irguió sin mirarlo a los ojos.

—Eso… eso creo. —Ella se removió ligeramente, ajena al tormento que le estaba provocando con cada movimiento, al tiempo que se apartaba un rizo que le había caído por la frente, perlada de sudor—. Cullen, ¿qué demonios ocurre?

Después de uno o dos minutos, el cochero apareció en la puerta en respuesta a su llamada. Si se quedó sorprendido al encontrarse a su señora cómodamente sentada en el regazo de Tristan, no lo demostró. Su expresión siguió siendo tan impasible como siempre.

—Cullen, ¿qué ha ocurrido?

Éste se encogió de hombros y al momento desapareció de la vista.

Deirdre se zafó como pudo de los brazos de Tristan, y no pareció oír el leve silbido que escapó de entre sus dientes en el momento en que rozó con su cadera el preciso lugar que le estaba creando tanta incomodidad. Alisándose las faldas, Deirdre salió del coche sin esperar a que él la ayudara; ni siquiera lo miró.

Tristan no se apresuró a seguirla; tenía que esperar un poco a que la ardorosa reacción de su cuerpo a la atormentadora proximidad de Deirdre cediera un poco. Cuando lo consiguió aceptablemente salió del carruaje, Deirdre y Cullen habían logrado calmar a los asustados caballos y se encontraban de pie, juntos, observando a la muchedumbre que se había congregado a la entrada de un callejón. La creciente multitud ocupaba toda la calle, bloqueando de manera eficaz el paso a todo tipo de tráfico.

—¿Qué es todo esto? —preguntó él, guiñando los ojos en un intento de vislumbrar el origen de semejante aglomeración.

—No estamos seguros —respondió Deirdre—, pero debe de haber sido algo muy grave para ocasionar este revuelo. Algo muy gordo, o no hubiese conseguido movilizar así a los habitantes de Tothill.

En ese momento, Tristan se encontró con una cara conocida que observaba desde un margen. Deirdre debió de reconocerla al mismo tiempo, porque se adelantó un paso y empezó a agitar un brazo para llamar su atención.

—¡Lilah! ¡Lilah, aquí!

La prostituta se separó del gentío y se dirigió hacia ellos a toda prisa. Conforme se fue acercando, se hizo evidente que había estado llorando. Su pálido rostro estaba surcado de lágrimas, tenía los ojos enrojecidos y los hombros le temblaban aún con los mudos sollozos.

Deirdre ahogó un grito y tomó a su amiga por los codos.

—Dios santo, Lilah. ¿Qué ha pasado?

—Oh, Deirdre, es… es Ratón.

Tristan notó una fuerte constricción en los pulmones, temeroso al saber lo que había pasado aun sin saberlo todavía. Pero antes de que pudiera hacer nada para impedirlo, Deirdre palideció y, apartando a Lilah, echó a correr calle abajo.

«No, no, no, no, no.»

Las palabras se convirtieron en una letanía que resonaba en la mente de Deirdre a cada paso que la acercaba más y más a la entrada del callejón. Ratón estaba bien. Tenía que estarlo.

Iba apartando a la gente, sin hacer caso a las imprecaciones que le llovían conforme se abría paso hacia el centro de la muchedumbre. Ya muy cerca, entre la ondulante marea de mirones, vislumbró un par de mugrientos pies, inmóviles sobre la acera. Y un grito estrangulado escapó de su garganta:

—¡No!

Sin embargo, antes de que pudiera lanzarse sobre el hombrecillo, unos fuertes brazos la rodearon por detrás y la atrajeron hacia un amplio y fuerte torso.

—Deirdre, no —murmuró Tristan muy cerca de su oído, con voz tranquilizadora—. No creo que quieras verlo.

—Sí quiero —insistió ella, y su voz se rompió por el esfuerzo de contener las lágrimas—. Suéltame.

Mientras forcejeaba para escurrirse de los brazos de Tristan, sus ojos se fijaron en la pared que tenía enfrente, cuya deslucida fachada estaba salpicada de unas manchas de sangre de un rojo brillante.

La sangre de Ratón.

Dejó escapar un agudo grito y, soltándose del fuerte abrazo de Tristan, se apartó un poco dando tumbos entre horribles arcadas mientras se sujetaba los costados. Pobre Ratón. Oh, pobre, pobre Ratón.

El mundo empezó a dar vueltas a su alrededor y tuvo que cerrar los ojos para no desmayarse. Nunca en su vida lo había hecho y no iba a empezar entonces, aunque no pudo evitar agradecer las manos que le rodearon la cintura y la ayudaron a erguirse, sirviéndole de apoyo cuando las piernas casi se le doblaron.

Las manos de Tristan.

Incluso en el estado de aturdimiento y horror en que se hallaba, era consciente de las palabras que llegaban flotando hasta sus oídos, confusos retazos de conversaciones de los transeúntes más cercanos.

—¿Quién era?

—Creo que era ese exterminador de ratas. Sí, hombre, ese que siempre se comportaba de forma extraña, que hablaba solo…

—Estaba loco. Seguro que se ha suicidado.

—¿Con una navaja? No lo creo, amigo. ¡Lo han hecho pedazos!

¿Cómo podían hablar así?, se preguntó Deirdre, sintiendo cómo le subía la bilis a la garganta. ¿Cómo podían hablar de una forma tan insensible sobre la muerte de un pobre hombre?

Entonces se dio cuenta de que estaba en Tothill Fields. Para la gente que vivía allí, las muertes violentas eran el pan de cada día.

Inspiró hondo y trató de recuperar el control. No se derrumbaría. No podía hacerlo.

—Supongo que no serviría de nada que les dijese que soy una persona importante —dijo, sonriendo temblorosamente.

Tristan frunció el cejo y le apartó del rostro un par de mechones.

—Lo siento, Deirdre. Lo siento mucho.

—Siéntelo por Ratón —dijo ella, mirando hacia atrás por encima de su hombro en dirección a la muchedumbre aún congregada en torno al pequeño y lastimoso cadáver—. ¿Cómo ha podido alguien hacer algo así? Él no le haría daño a una mosca.

—¿Es posible que Flynt haya tenido algo que ver?

—Todo es posible. Pero ¿por qué?

—Por la misma razón por la que nosotros acudimos a él antes.

Por supuesto. Emily. Flynt había creído que Ratón sabía algo de Emily.

Deirdre se abrazó a sí misma conteniendo un escalofrío.

—Debería haberlo sabido. Debería haberme dado cuenta de que si Flynt estaba buscando a Emily, tarde o temprano había posibilidades de que diera con Ratón.

—¿Y qué podrías haber hecho tú, aunque te hubieras dado cuenta? Él huyó de nosotros, ¿recuerdas? Y fue por mi culpa.

—Aun así…

Tristan le cubrió los labios con el pulgar. Deirdre calló de inmediato y fijó la vista en él. Podía percibir la calidez de su piel como el leve roce de las alas de una mariposa.

—No —replicó con tono serio—. No permitiré que te culpes por lo que ha pasado. Tú no podrías haber hecho nada.

Ella agachó la cabeza y se mordió el labio.

—No pudo decirles nada. No sabía nada.

¿O sí?

Comenzó a revisar mentalmente la información que tenían, tratando desesperadamente de recordar lo que Ratón les había dicho el día anterior en el callejón. Recordó que había percibido algo extraño, pero había sido sólo un instante, pues había ocurrido momentos antes del altercado entre Tristan y el hombre.

«El diablo envió a sus demonios tras el ángel porque fue testigo de su pecado. […] Yo también lo vi. Pero el diablo no puede enterarse. No puede enterarse de que lo vi o vendrá a por mí y me tirará al pozo del infierno.»

¿Podría tratarse…?

Cuando levantó la mirada vio que Cullen y Lilah se dirigían hacia ellos. El cochero rodeaba con un brazo los hombros de la prostituta en un gesto protector mientras ella sollozaba en el cuello de la camisa del hombre.

Apartándose de Tristan de un tirón, Deirdre corrió hacia ellos.

—Lilah, tengo que preguntarte algo muy importante.

La mujer levantó la cabeza, pestañeando como si no viera nada, y se limpió las lágrimas con el dorso de la mano.

—Está bien.

—¿Recuerdas que ayer me hablaste de que habían apuñalado al señor Baldwin?

—Sí.

—¿Dónde encontraron su cuerpo?

Lilah arrugó la frente mientras trataba de recordar.

—No muy lejos de aquí. En el callejón que hay detrás de la casa de empeños.

Eso estaba justo en medio de la zona en la que Ratón solía hacer su trabajo. ¿Podría...? ¿Podría ser que tanto el exterminador como Emily hubieran presenciado el asesinato del prestamista a manos de Barnaby Flynt?

Era obvio que Tristan estaba pensando lo mismo, porque desde detrás de ella preguntó:

—¿Crees que Emily y Ratón podrían haber visto cómo Flynt asesinaba a ese hombre?

—Me parece muy posible. —Se volvió y lo miró—. ¿Te das cuenta de lo que esto podría significar, Tristan? Si Emily de verdad vio a Barnaby matar a un hombre, y si pudiéramos persuadirla para que le contara la historia a los agentes de Bow Street, la ley no podría seguir haciendo la vista gorda ante sus delitos. Tendrían que arrestarlo. Podríamos hacer que ese monstruo desapareciera de Tothill Fields de una vez por todas.

Tristan apretó la boca.

—Primero tenemos que encontrarla.

—Lo haremos. Está cerca. Puedo sentirlo. —Posó una mano en su brazo—. Y al menos ya sabemos que si Barnaby sigue buscándola es porque aún no la tiene.

—Pero ¿quién la tiene?

Ahí estaba el enigma, y Deirdre no sabía qué decirle. A cada segundo que pasaba, temía más y más por Emily. Los chicos de Flynt tenían que empezar a estar desesperados para haber recurrido a Ratón en busca de información. Y si lograban dar con la hermana de Tristan, sabía Dios lo que podría ocurrirle.

Deirdre se apartó un poco de los demás, con la cabeza inclinada buceando en sus confusos pensamientos. Mientras lo hacía percibió un leve sonido, una especie de lloriqueo en voz baja que provenía de detrás de una pila de basura, al fondo del callejón.

Un segundo más tarde, un perrillo con el pelaje a manchas color café se dirigió a ella cojeando sobre tres patas y arrastrando la cuarta por el suelo.

—*¡Sally!*—Deirdre se arrodilló sin preocuparse por el caro tejido de muselina de su vestido de viaje, y tomó al terrier entre sus brazos—. ¡Tristan, es *Sally*! ¡Y está herida!

Tristan se acercó a Deirdre y se inclinó un poco para poder tocar el cuerpo peludo de la perrita con gesto cariñoso, mientras examinaba sus heridas.

—Parece que está bien —dijo finalmente, sonriendo cuando *Sally* empezó a lamerle la mejilla alborozadamente con su áspera lengua en señal de agradecimiento—. Unas cuantas heridas y una pezuña lastimada, pero no se morirá.

—Gracias a Dios —dijo Deirdre con gran alivio mientras arrimaba la nariz al recio pelaje del animalito—. Pobrecilla. Lo siento mucho, tesoro. Siento mucho lo que le han hecho a tu dueño.

De pronto, un sonoro pitido resonó por toda la acera, y la multitud se dispersó de inmediato.

—Son los vigilantes —siseó Lilah, gesticulando hacia el hombre de baja estatura y cara hosca que se acercaba a toda prisa a la horrorosa escena—. Será mejor que nos vayamos.

—Tienes razón.

Deirdre se levantó con el terrier en brazos y, lanzando una última mirada en dirección al cadáver de Ratón, abrazó al animal con fiereza, sintiendo cómo la invadía una renacida determinación.

—Todo va a ir bien, *Sally* —susurró al oído de la perrita, ignorando las lágrimas que de nuevo le empañaban la vista—. Yo cuidaré de ti de ahora en adelante. Y te prometo que encontraremos a los que le han hecho esto a Ratón. —Hizo una corta pausa y luego levantó la barbilla desafiante—. Y haremos que paguen por ello.

17

—¡Lo he conseguido!

Peter no pudo ocultar una enorme sonrisa cuando Emily se puso delante de él, agitando en una mano el largo pañuelo que hasta hacía un momento colgaba de su bolsillo trasero.

Emily parecía tan orgullosa y complacida consigo misma que Peter no tuvo el valor de decirle que había sentido el tirón cuando se lo había sacado del bolsillo.

—Muy bien —la alabó el muchacho, recuperando el pañuelo—. Sigue así y te convertirás en una carterista experta en menos que canta un gallo.

A pesar del sonrojo de regocijo que tiñó de rosa sus mejillas, Emily hizo un movimiento negativo con la cabeza.

—Gracias, pero lo dudo mucho. Por mucho que practique, nunca podría aspirar a ser tan buena como tú.

—Oh, pues yo no estoy tan seguro. Con la práctica suficiente, podrías meterle la mano en el bolsillo al mismísimo Barnaby Flynt y no se enteraría.

Al oír sus palabras, Emily palideció y agachó la cabeza, ocultando así su expresión.

—Su… supongo que sí.

¡Maldición, maldición, maldición! Él no había pretendido recordarle su situación. Hasta el momento, Emily, vestida ya con las ropas de Nat, se había comportado como si aquello fuera un juego, con una actitud alegre y desenfadada.

Aunque su disfraz no habría engañado a nadie que la mirara de cerca, pensó Peter, observándola subrepticiamente. A pesar de que la camisa amplia y los pantalones de Nat ocultaban sus menudas formas, y de que la mugrienta gorra cubría sus rizos dorados, no cabía duda alguna de su sexo. Sus largas y espesas pestañas, la boca en forma de corazón y su tez cremosa la delataban.

Y precisamente por ese motivo Peter había creído que sería mejor mantenerse cerca de la madriguera, limitando el campo de entrenamiento a las calles y los callejones cercanos. Cuanta menos gente la viera, mejor, en especial, teniendo en cuenta la recompensa que ofrecía Flynt por ella.

Peter se guardó el pañuelo de nuevo en el bolsillo y le puso una mano en el hombro.

—¿Lista para regresar?

Los ojos de Emily se encontraron con los suyos, y cuadró la barbilla con un gesto testarudo que él estaba empezando a reconocer.

—Si no te importa, me gustaría practicar con el pañuelo un poco más.

Peter miró el cielo. Debía de ser cerca del mediodía, y ya llevaban fuera más de lo que él había pretendido, pero si eso podía ayudarla a olvidar lo que le había ocurrido en los últimos días, no le importaba.

—¿Por qué no? —dijo él, guiñándole un ojo—. Vamos allá.

Emily asintió y se colocó detrás de Peter, que cerró los ojos y dejó vagar la mente.

La verdad fuera dicha, lo estaba pasando mejor con Emily de lo que había esperado. Como no quería faltar a la promesa que le había hecho a lady R robando carteras de verdad, había usado a la propia Emily como víctima para mostrarle las diversas técnicas de hurto, utilizando un viejo pañuelo como objeto de la sustracción.

Ella le había prestado una total atención, al parecer fascinada por su habilidad para birlarle el pañuelo sin que ella se diera ni cuenta. Y saberse objeto de aquella admiración por parte de la chica lo hacía creerse dueño de un gran talento.

Emily no era la niña mimada y estúpida que cualquiera habría esperado que fuese, a juzgar por su origen, pensó. Después de escuchar su historia la noche anterior, le había sorprendido sentirse identificado con ella en cierta medida. No, él no era rico ni llevaba una vida privilegiada, y era más que seguro que nunca sería así. Y desde luego nunca había tenido una institutriz. Pero sí sabía lo que era sentirse ignorado y no deseado. Que él recordara, su propia madre nunca había tenido muy buena opinión de él. Claro que su madre había sido una prostituta que no tenía ni idea de quién era el padre de su hijo, y que había acabado echándolo de su casa cuando sólo tenía siete años, pero suponía que el principio era el mismo.

—¡He vuelto a hacerlo!

Al oír la exclamación triunfal de la chica, Peter dio un respingo y se volvió para mirarla. Emily sostenía una vez más el pañuelo en alto, sonriendo de oreja a oreja.

—¡Por el mismísimo diablo!

Verdaderamente se lo había quitado sin que él se diera cuenta. Cierto es que estaba distraído, pero aun así…

La tomó por los brazos y se puso a dar vueltas con ella, riendo a carcajadas.

—¡Has estado condenadamente brillante!

—Yo no diría tanto, pero es todo gracias a ti. —Lo miró de forma sugerente inclinando las pestañas hacia abajo con dulzura—. Tengo un profesor excelente.

Peter se quedó de piedra, con las manos todavía en los brazos de Emily, y la miró consternado. ¿Podría ser cierto que aquella señorita de alta cuna estuviese coqueteando con él? Se le aceleró el pulso sólo de pensarlo.

—¡Peter!

Una voz nerviosa rompió el hechizo que parecía envolverlos, y los dos levantaron la vista. Miles se acercaba corriendo, rojo y con la respiración entrecortada, lo cual no hizo sino llenar a Peter de preocupación.

—¿Qué pasa, Miles?

Jadeando por el esfuerzo, el chico se inclinó hacia adelante y apoyó las manos en las rodillas, intentando recuperar el aliento antes de poder hablar.

—Me envía Nat. Ha ocurrido algo. Necesita que vuelvas ahora mismo.

Peter no lo dudó siquiera.

—Está bien. Vamos. —Y cogiendo a Emily de la mano, echó a andar en dirección a su madriguera a paso ligero, con Miles a la zaga.

Cuando llegaron allí, Peter prácticamente daba saltos de impaciencia por lo que hubiera podido suceder. No había podido sonsacarle demasiado a Miles, que no dejaba de murmurar cosas sin sentido sobre lady R y un gigante.

Al entrar en el edificio seguido por Emily, se encontró con Nat en la puerta, que se los llevó a un rincón, lejos de los demás chicos y del murmullo de la actividad reinante.

—Lady R ha estado aquí —le dijo a Peter con rostro serio.

—¿Lady R?

—Está buscando a Emily.

Mudo, Peter miró por encima del hombro a la chica, que se había quedado detrás de él.

—¿Conoces a lady R?

—¿A quién? —preguntó ella con gesto de confusión.

—Lady Rotherby.

—No. Jamás he oído ese nombre.

—Bueno, pues según parece ella sí te conoce a ti —la informó Nat—. Ha dicho que eras la hermana de un amigo.

—Supongo que es posible que conozca a mi hermano, pero nunca le he oído hablar de ella —dijo Emily, encogiéndose de hombros—. Aunque tampoco puede decirse que hable mucho conmigo de nada.

—¿Qué le habéis dicho? —preguntó Peter a Nat, intentando ocultar la tensión.

—La he despistado como he podido. Todos lo hemos hecho. Pero para mí que no se lo ha creído. Estoy seguro de que volverá.

Emily se mordió el labio y agarró a Peter de la manga.

—Ya está. Tengo que irme de inmediato. Si sospecha que estoy aquí…

—Espera un minuto. —Peter le cubrió la mano con la suya—. Nadie va a ir a ninguna parte. Dudo mucho que vuelva esta noche, pero aun en el caso de que lo hiciera, lady R es de los buenos. No creo que te delate si le cuentas toda la historia. Ella podría ayudarnos.

—Pero yo no quiero causaros más problemas.

—No lo harás.

—Habla sólo por ti. —Jack se materializó de pronto a su lado, con la boca retorcida en una amenazadora mueca—. Yo diría que ya ha causado los suficientes.

—Vete a dar la murga a otra parte, Jack —refunfuñó Nat, fulminándolo con la mirada—. Nadie te ha preguntado.

Pero el chico lo ignoró, y se volvió hacia Peter con expresión taimada.

—Apuesto a que no se ha molestado en contarte que es la hija de un conde, ¿a que no?

—¿Un conde? —Peter dirigió una desconcertada mirada hacia Emily, que evitó sus ojos y se limitó a agachar la cabeza.

—Ya decía yo. La jovencita es una verdadera dama. —Jack dio un paso hacia ella—. ¿Verdad, *lady* Emily?

De inmediato, Peter se interpuso en su camino.

—Ya te lo he dicho, Jack. Déjala en paz.

—¿Que la deje en paz? ¿Sabes la recompensa que podríamos sacar por entregársela a su hermano? —En el rostro de Jack se dibujó una sonrisa maliciosa—. Claro que también podríamos entregársela a Flynt. No creo que tuviéramos problema para conseguir que doblara la cantidad que ofrece cuando le digamos quién es.

Peter notó que, a su lado, Emily se tensaba víctima de un terror que era casi palpable. Un sutil gemido que evidenciaba su angustia escapó de sus labios. La cólera se adueñó de Peter, que dio un empujón a Jack y lo mandó dando tumbos unos pasos hacia atrás.

—Nadie va a entregarla a nadie —gruñó—. ¿Lo has entendido?

Al ver que el otro no contestaba, sino que se limitaba a alzar el mentón con gesto hostil, Peter se inclinó sobre él y lo agarró por el cuello de la camisa, zarandeándolo, al tiempo que su voz se elevaba atronadora.

—¿Lo has entendido, Jack?

El silencio se fue apoderando de la estancia a medida que el resto de los chicos se iban dando cuenta de lo que estaba pasando. Uno a uno, dejaron lo que estaban haciendo para observar la escena con ávido interés.

Jack dirigió a todos una mirada despectiva antes de zafarse de un tirón de las manos de Peter, y se llevó la mano a la frente para realizar un saludo marcial de absoluta mofa.

—A tus órdenes, capitán.

Su voz destilaba desprecio, y en una torva caricatura de sonrisa descubrió los dientes antes de girar sobre sus talones y dirigirse airadamente a su habitual lugar junto al fuego.

¡Maldito Jack! Peter inspiró profundamente, haciendo un tremendo esfuerzo por recuperar la compostura. Se le estaba acabando la paciencia con Jack y su falta de respeto hacia los demás. Era un milagro haber aguantado tanto tiempo. Y si no dejaba de molestar a Emily…

—¡Así se habla, Peter!

La voz de Miles lo sacó de su ensimismamiento y, al levantar la vista, se encontró con que todos los demás seguían mirándolo. Hizo entonces un gesto de impaciencia con la mano.

—Está bien, chicos. Dejad de mirar boquiabiertos y volved a lo que estuvierais haciendo.

Todos obedecieron en seguida, y cuando el tranquilizador murmullo de voces y actividad se reanudó, Peter se dio la vuelta para mirar a Emily.

Ésta estaba inmóvil como una estatua, observándolo con ojos sombríos y un gesto de incertidumbre y miedo al mismo tiempo.

Incapaz de soportar su apesadumbrada expresión, se acercó a ella y le tomó las manos entre las suyas; se alarmó al comprobar lo frías que las tenía.

—No pasa nada, Emily. Nadie te va a entregar a Flynt. Te lo prometo.

—Lo siento, Peter.

—¿Por qué?

—Por no haber sido completamente franca contigo. Por no haberte dicho que mi hermano es un conde. Sé que debería haberlo hecho, pero… tenía miedo de que me trataras de otra forma, de que entonces no me quisierais aquí. No te enfades conmigo.

Su mirada suplicante le rompía el corazón.

—No estoy enfadado, y no me importa quién sea tu hermano. Como si es el mismísimo rey de Inglaterra. Tú eres una amiga, y yo nunca le doy la espalda a mis amigos.

Ella lo obsequió con una sonrisa de sincero agradecimiento; una sonrisa tan tímida y dulce que Peter se quedó sin aliento. Permaneció allí un largo momento, incapaz de romper el contacto visual entre los dos.

Hasta que alguien carraspeó cerca de ellos.

Soltando las manos de Emily y dando un paso atrás, Peter miró por encima de su hombro y vio a Nat allí esperando, con rostro expectante. El chico había permanecido tan callado, que Peter casi había olvidado que seguía allí.

—Lo siento, Peter, pero hay algo más.

—¿De qué se trata, Nat?

—Lady R ha venido con un extraño.

La noticia hizo que Peter enarcara exageradamente ambas cejas.

—¿Un extraño?

—Sí. Ha dicho que era su lacayo, pero yo no sé. Había algo en él…

—¿Qué aspecto tenía?

—Un tipo grande. Pelo negro. Lo llamó Tristan.

A Emily se le escapó un pequeño grito, y cuando Peter se dio la vuelta, vio que estaba pálida otra vez. Ella entonces avanzó un paso y tocó a Nat en el brazo.

—¿Has dicho Tristan? —Tragó con visible dificultad y, cuando volvió a hablar, lo hizo con tan sólo un hilo de voz—: Es mi hermano, Peter. ¡Mi hermano ha estado aquí!

Tristan había ido a buscarla.

Emily estaba sentada en su jergón, en el rincón más alejado de la habitación, con la espalda apoyada en la pared y los brazos alrededor de las rodillas, pensando en lo que Nat acababa de decirles.

Su hermano había estado allí, en la madriguera de los Dedos Largos. Le resultaba casi imposible de creer. Ni en sueños habría creído que Tristan iría en su busca. Como mucho, suponía que habría acudido a Bow Street, para dejar la búsqueda de su hermana fugada en las capaces manos de la justicia. Pensar que él mismo estaba rastreando las calles de Tothill por ella le provocó un extraño sentimiento de cariño, aunque también de preocupación.

Nada más oír a Nat, a Emily le había dado un vuelco el corazón. No sabía cómo habían averiguado su paradero, pero estaba convencida de que Tristan y esa lady R —quienquiera que fuese— regresarían en cualquier momento para llevársela de allí, pataleando y gritando.

Había sido Peter quien la había convencido de que tal cosa no ocurriría.

—Nat dice que no saben que estás aquí —había razonado suavemente con ella—. Al menos no con seguridad. Y aun en el caso de que vuelvan, estaremos preparados. Apostaré a uno de los chicos mayores para que haga guardia y nos avise si viene alguien. De esa manera, podrás ocultarte hasta que se vayan. Podemos hacerlo. Ya lo verás.

Luego, ella se había retirado a su rincón para pensar. No era la primera vez que se encontraba agradeciéndole mentalmente a Peter la manta que había colgado, a modo de cortina, de una viga que sobresalía junto a su jergón, para asegurarle así un poco de intimidad. Soledad y tranquilidad era lo que necesitaba para aclarar sus ideas y poder tomar una decisión. Aún no estaba segura de que quedarse allí fuera lo correcto, pero ¿qué otra cosa podía hacer? No tenía adónde ir.

Excepto regresar con su hermano.

Bajó la cabeza hasta apoyarla en las rodillas y dejó escapar un suspiro. Tenía que admitir que no sabía qué hacer. Una parte de ella ansiaba regresar a casa, escapar de la omnipresente amenaza de Barnaby Flynt que ensombrecía cada uno de sus movimientos. Se había dado cuenta de que echaba de menos, con un desgarrador anhelo, a las personas y las cosas a las que estaba acostumbrada. Las conocidas paredes de su habitación. Su charlatana doncella, Mary. Archer. Para su sorpresa, echaba de menos incluso a Tristan, con su inexpresión y su actitud de estoica reserva.

Pero ¿y si regresaba a casa y Barnaby Flynt la seguía? Si ese hombre horrible llegara a hacer daño a las personas que le importaban, nunca se lo perdonaría. Pero ¿y qué pasaba con los Dedos Largos? Había encontrado un refugio con ellos, un lugar donde la aceptaban y trataban como si sus opiniones contaran. No quería renunciar a ello tampoco. Aún no.

—Supongo que creerás que estás segura, ¿no es así?

Con un sobresalto, levantó la cabeza y se encontró a Jack de pie, a los pies de su jergón, con los brazos cruzados de modo beligerante. Se había acercado hasta allí tan silencioso como una sombra.

Emily se quedó paralizada de miedo. No estaba segura de por qué aquel chico le producía tanto temor. Sólo tendría uno o dos años más que ella, y no es que estuviera allí sola con él. Al contrario, el resto de los chicos estaban a escasos metros, al otro lado de la manta.

Pero nada de eso importaba. Seguía teniendo miedo. Le costó trabajo poder hablar sin que le temblara la voz, pero lo consiguió:

—Vete, Jack.

El chico prorrumpió en una carcajada, carente de alegría pero rebosante de amenaza.

—Que me vaya, dice. Escúchala. Ya se cree que puede darme órdenes.

Entonces se inclinó hacia ella, y la malevolencia de su mirada la dejó clavada en el sitio.

—Escúchame, *milady*. Puede que haya retrocedido ante Peter, pero eso no significa que estés segura. No te des la vuelta porque te aseguro que, si tengo oportunidad, te clavaré la navaja.

—¡Déjala en paz!

Benji apareció de la nada, y fue a colocarse delante de Emily, lanzando furiosas miradas a Jack y enarbolando su libro de cuentos a modo de escudo.

Jack frunció el cejo.

—Tú quédate al margen, mocoso.

—¡No! Vete y déjala o se lo diré a Peter.

—Ven aquí, pequeño…

Justo cuando Jack se estiraba para coger al pequeño con una amenazante expresión en el rostro, Emily dejó escapar una exclamación y fue a levantarse, pero antes de que pudiera hacer el menor movimiento, Benji echó la cabeza hacia atrás, abrió la boca y dejó escapar un agudo chillido.

Cómo no sería ese chillido que Emily hizo una mueca y se tapó los oídos con las manos. Pero surtió efecto.

Peter apareció al momento por el borde de la improvisada cortina y al ver a Jack su expresión se endureció.

—¿Qué ocurre aquí?

Jack se encogió de hombros y avanzó hacia él con paso indolente.

—Estaba charlando con lady Emily.

Peter lo detuvo, poniéndole una mano en el brazo.

—Ésta es la última vez que te digo que te apartes de ella.

—Tú eres el jefe —replicó Jack, cuyas palabras rebosaban sarcasmo.

Lanzó a Peter una desafiante mirada y a continuación miró por encima del hombro a Benji con el cejo fruncido. Cuando el niño le sacó la lengua, él apretó la mandíbula, y algo muy peligroso destelló en el fondo de sus ojos. Por último, giró sobre sus talones y desapareció tras la cortina.

La amenaza casi palpable que flotaba en el aire pareció irse con él, y Emily suspiró aliviada.

—¿Todo bien? —preguntó Peter, mirando alternativamente a Emily y a Benji.

Ella le sonrió llena de agradecimiento.

—Ahora sí. Gracias.

Peter la miró un largo momento hasta que, finalmente, hizo un abrupto gesto de asentimiento y se alejó con una última mirada por encima del hombro.

—¿De verdad estás bien?

Al oír el tono de preocupación de Benji, Emily levantó la mirada y vio que el niño estaba de pie delante de ella, mirándola con aprensión.

Emily alargó los brazos para cogerlo y, con él en el regazo, le dio un abrazo que fue tan reconfortante para ella como para él.

—Estoy bien gracias a ti. Pero debes tener cuidado con Jack, Benji. Prométeme que lo harás.

El niño resopló.

—No le tengo miedo.

Recordando la expresión del chico mayor al mirar a Benji, Emily tuvo que reprimir un escalofrío.

—Estoy segura de ello, cariño. Pero yo me sentiría mucho mejor si me lo prometieras.

Él suspiró con exagerada paciencia.

—Está bien. Te lo prometo. —Benji se volvió un poco en el regazo de Emily para poder mirarla a la cara con rostro esperanzado—. ¿Y ahora me lees un cuento, por favor?

Echándose a reír, Emily desechó la preocupación y accedió. Pero por absorta que estuviera en la lectura de la historia de los dos niños buenos y su ángel guardián, sus recelos permanecían con ella, latentes como sombras en un rincón de su mente, advirtiéndole que el peligro aún no había pasado.

18

Algo había que hacer con Deirdre.

Estirando los pies por delante de sí, Tristan se cruzó de brazos y contempló a su acompañante, que iba sentada junto a la ventana viendo pasar el paisaje con expresión vacía.

Desde que salieran de la escena del asesinato de Ratón, su preocupación por ella había ido en aumento, aunque se le antojaba difícil señalar qué era exactamente lo que lo tenía tan agitado. Desde fuera, parecía un modelo de fuerza sosegada. Incluso había reconfortado a una Lilah aún desconsolada cuando la habían dejado en El Alegre Roger. Deirdre la había abrazado y le había asegurado firmemente que el culpable de la muerte del exterminador sería detenido y castigado.

Pero las apariencias a veces son engañosas, y Tristan no tenía duda de que tras aquella máscara de sosiego hervía de agitación. Parecía que llevase tanto tiempo fingiendo fortaleza, que ocultar sus miedos y sus sentimientos más íntimos se hubiese convertido en una costumbre.

Y al observar su pálido rostro, Tristan decidió que no podía permitir que siguiera haciéndolo. Necesitaba llorar aquella muerte, aunque si dependiera de ella eso nunca sucedería. Aparte de su reacción inicial a lo ocurrido, no había tenido ocasión de desahogarse, de dejar salir la pena y la aflicción, y si continuaba conteniéndose, tarde o temprano explotaría. Y lo más probable era que sucediera en el momento más inoportuno.

No, sería mejor entonces, mientras él estaba a su lado para poder sostenerla y reconfortarla, recoger los trozos y unirlos de nuevo cuando el proceso terminara. Se lo debía por todo lo que estaba haciendo por él.

Tras dejar a una alborozada *Sally* en manos de la atónita señora Godfrey, Tristan sugirió ir juntos a su residencia aduciendo que tenía que hablar con Archer por si hubiera recibido alguna noticia. Había tomado la decisión de que su casa sería un lugar tan bueno como cualquier otro para discutir con ella el hecho de que se negara a reconocer sus sentimientos.

Cuando el carruaje se detuvo en la cochera de la parte trasera del edificio, Tristan se volvió hacia ella y alzó una ceja interrogativamente.

—¿Te gustaría entrar un momento?

Echándole una rápida mirada, Deirdre se mordió el labio con indecisión.

—Puede que no sea una buena idea. Si tus vecinos se dieran cuenta de que entro y salgo de tu casa… —Movió la cabeza a un lado y otro—. Tal vez sea mejor que espere aquí.

Sólo unos días antes habría estado totalmente de acuerdo, pero en esos momentos su necesidad de ayudarla superaba con creces su miedo a ser descubierto. Aunque tampoco podía decirse que hubiera descuidado por completo la discreción. Precisamente por eso le había indicado a Cullen que se acercara por la parte trasera, donde tendrían menos posibilidades de ser vistos.

—Dudo mucho que se den cuenta si entramos por el jardín. Y pareces cansada. Necesitas descansar y retomar fuerzas.

—Pero si tu tía se enterase…

Tristan previno sus protestas con un gesto de la mano.

—Ya me ocuparé de ello cuando ocurra. En algún momento tendré que hacerlo de todas formas. Pero mientras, me parece bastante ridículo que esperes fuera cuando estarías más cómoda dentro.

Aunque todavía un poco vacilante, finalmente asintió y le permitió que la ayudara. Ya fuera del carruaje, cuando abrió la puerta del jardín y le indicó que pasara delante de él, Tristan miró por encima del hombro a Cullen y se quedó muy sorprendido al ver que el cochero los observaba con lo que él habría jurado que era una sonrisa de aprobación. Claro que era difícil asegurarlo. El rostro curtido del hombre era bastante indescifrable, pero de lo que no cabía duda era de la clara curvatura de su implacable boca.

Movió la cabeza a un lado y a otro. Parecía que por fin se había ganado la confianza del taciturno sirviente de Deirdre. No estaba seguro de cómo ni por qué había sucedido eso, pero lo cierto era que Tristan le debía un montón de pequeños favores. Y en lo que se refería a la vizcondesa Rotherby toda ayuda era bienvenida.

Tristan escoltó a Deirdre por el sendero del jardín sosteniéndole el codo con una mano, dejaron atrás una pequeña fuente emplazada en el patio central y subieron la escalera que conducía a unas puertaventanas. Éstas daban acceso a una pequeña sala de estar agradablemente amueblada, con una gruesa alfombra color burdeos en el suelo y un vivo fuego que chisporroteaba alegremente en la chimenea de mármol. Sin embargo, Tristan no se detuvo allí, sino que salieron al pasillo, y llamó a Archer de camino.

El mayordomo se encontró con ellos en el vestíbulo, mirando con ojos como platos a su señor, sorprendido por su inesperada llegada.

—Señor, está usted en casa.

—Pero por poco tiempo. Tengo que ocuparme de unos asuntos, y quería saber si habías recibido alguna noticia de Emily.

—Me temo que no, señor.

Tristan se sintió desolado, pero se obligó a recuperar el optimismo. Tampoco podía decirse que hubiera esperado otra cosa.

—¿Alguna visita?

El mayordomo arrugó la nariz con profundo desagrado.

—Sólo una, señor. Lady Maplethorpe.

¡Maldición! De todas las personas en el mundo tenía que haber sido ella.

—¿Y qué quería esa vieja bruja?

—Según parece se enteró de la... prematura marcha de la señora Petersham. Su señoría estaba preocupada y quería discutir el asunto con usted.

De eso no le cabía duda. Sólo lady Dragón superaba en maldad a esa arpía.

Algo en su expresión debió de delatar lo alterado que estaba, porque Deirdre le apretó el brazo, llamando así su atención.

—¿Qué ocurre, Tristan?

—Lady Maplethorpe es una amiga de mi tía. Es la persona que recomendó a la última institutriz de Emily. Si se ha enterado de la marcha de la señora Petersham, es cuestión de tiempo que mi tía también lo sepa.

El hermoso rostro de Deirdre reflejó preocupación, y Tristan asintió.

—Exacto. Una vez que la tía Rue se entere, llamará a mi puerta exigiendo saber qué pasa.

—¿Y qué vas a hacer? —preguntó Deirdre, profundamente angustiada.

—No puedo hacer mucho en este momento, aparte de buscar a Emily. Y rezar por lograrlo antes de que lady Maplethorpe se lo notifique a mi tía. —Se volvió entonces hacia su sirviente—. Archer, creo que nos quedaremos en el salón de momento. Por favor, no dejes de informarme de todas las visitas que Emily o yo podamos recibir. Y pídele a Cook que prepare un té lo antes posible.

—Muy bien, señor. —El mayordomo hizo una inclinación de cabeza y se detuvo un momento—. Estoy seguro de que encontraremos a lady Emily muy pronto, señor. En nombre de todo el personal, ¿puedo decir que estaremos encantados de tenerla de nuevo entre nosotros?

—Puedes, Archer, y nadie se alegrará tanto como yo.

El sirviente asintió y se retiró.

No había hecho más que cruzar el umbral de la puerta cuando Deirdre se volvió hacia Tristan con una leve sonrisa en los labios.

—Me gusta tu Archer.

—Sí, a mí también me gusta mucho. Lleva con nosotros desde que tengo uso de razón.

—Parece que siente mucho afecto por Emily y por ti.

—Fue más padre para nosotros que nuestro propio padre. —Tristan bajó la cabeza cuando lo asaltó la familiar oleada de dolor, seguida de una furia movida por su recta moral—. Cuando pienso en toda la responsabilidad que ha tenido que soportar en los últimos ocho años… cuidando de una niña rebelde, haciéndose cargo de las obligaciones de mi padre además de las suyas propias…

Deirdre le cubrió la mano con la suya. Como siempre, hasta una inocente caricia hizo que el corazón de Tristan se disparase. Tomó aire profundamente, y procuró contenerse y tratar de centrarse en lo que Deirdre estaba diciéndole.

—Pero todo eso pertenece al pasado. Ahora tú estás aquí, y puedes cambiar y arreglar las cosas.

¿De verdad podía? A él le daba la sensación de que todo lo que había hecho desde su regreso no había servido más que para empeorar las cosas.

Desechando tales pensamientos, bajó la vista y miró a su acompañante. Ya se preocuparía de todo eso cuando por fin encontrara a Emily. Por el momento, tenía que atender otro asunto.

Con una mano, le indicó a Deirdre la sala de estar que habían atravesado momentos antes.

—¿Vamos a la sala?

Ella lo precedió hasta la estancia, donde él la acompañó hasta un mullido sofá tapizado de brocado que había cerca de la chimenea. A continuación, Tristan se dirigió al aparador, sirvió un sorbo de brandy y volvió junto a Deirdre.

—Toma. Bébetelo —le ordenó, poniéndole la copa en las frías manos—. Parece que lo necesitas.

Ella lo rechazó, negando con la cabeza.

—Oh, pero yo no bebo.

—Por favor, Deirdre. No es mucho, y te ayudará a calmarte. Has vivido una situación espantosa.

Cediendo finalmente, se bebió el contenido de la copa obedientemente y se la devolvió con una mueca de disgusto.

—Gracias.

Tristan ni siquiera se molestó en responder. Se limitó a dejar la copa a un lado y apoyó un hombro contra la repisa de la chimenea con estudiada indiferencia. Tendría que manejar la situación con delicadeza, suavemente, aunque no pensaba darle cuartel. Alguien tenía que hacerle ver que no podía seguir ocultando sus sentimientos de aquel modo.

—Siento lo de Ratón, Deirdre —dijo, mirándola fijamente.

Ella apretó la mandíbula y apartó la vista.

—Me temo que esas cosas pasan con demasiada frecuencia en Tothill.

—Pero no siempre le pasa a alguien a quien tú conozcas.

—Es una desgracia, claro, pero…

—No.

Aunque pronunciada con suavidad, la palabra tuvo en ella el impacto de un latigazo, deteniendo con gran eficacia el resto de la frase. Con un respingo, Deirdre bajó la vista a sus manos, que tenía en el regazo, con los hombros rígidos.

Tristan se arrodilló delante de ella y, poniéndole un dedo debajo de la barbilla, la obligó a levantar el rostro para mirarlo.

—No intentes fingir que todo esto no te está afectando, que su muerte no significa nada para ti. Te he visto con esas personas, ¿recuerdas? Te preocupa lo que les pase, te sientes responsable de ellos, y algo así ha tenido que resultarte devastador por fuerza.

Deirdre cerró los ojos y tomó aire temblorosamente antes de intentar apartar la cara. Pero él no la dejó. Inclinándose hacia adelante, apoyó la frente sobre la de ella, y sintió que Deirdre se quedaba totalmente inmóvil ante su cercanía. Después se esforzó por hablar con el tono más tranquilizador posible.

—Por favor, Deirdre. No tienes que ser fuerte. Ahora no. Conmigo no. Adelante. Llora si quieres hacerlo.

—No puedo —dijo ella con voz temblorosa—. Me temo que si empiezo, no podré parar. Tengo que ser valiente y seguir adelante. Por ellos.

—Ellos no están aquí ahora. Estamos sólo tú y yo, y te prometo que no se lo diré a nadie.

Ella dejó escapar un quejido ahogado y se abrazó con fuerza a Tristan, quien de pronto sintió que algo humedecía un lado de su cara. Desde el alto hueso de su pómulo hasta llegar a la comisura de su boca; algo ligeramente salado.

Deirdre estaba llorando en silencio.

Irguiéndose, Tristan le tomó la cara entre las manos, pero nada lo había preparado para el impacto que le supuso ver aquellas lágrimas silenciosas derramándose por sus mejillas. Se quedó petrificado, como si alguien le hubiera asestado un puñetazo en el estómago y lo hubiera dejado sin respiración.

—Es culpa mía —susurró ella.

—No. No lo pienses jamás.

Incapaz de evitarlo, empezó a secar con sus besos las húmedas mejillas, posando fervientemente sus labios sobre la suave piel una y otra vez, en un intento por borrar los signos de su pesar. Pero por cada lágrima que absorbía, una nueva tomaba su puesto, rompiéndole el corazón.

Había conseguido lo que quería. Ella estaba llorando la muerte de un hombre al que conocía. Pero en ese momento no pudo dejar de preguntarse si había valido la pena pagar ese precio.

—No es culpa tuya —repitió él, acariciándole la pálida curva de la mejilla con la yema del pulgar.

—Se supone que tengo que protegerlos, cuidar de ellos.

—¿Y quién te protegerá a ti? ¿Quién cuidará de ti? No puedes sentirte responsable de todos ellos.

Deirdre no respondió; se limitó a negar con la cabeza y entonces empezó a llorar realmente, sacudida por los sollozos.

Tristan no pudo soportarlo más. Se acomodó a su lado en el sofá, la sentó sobre su regazo y la rodeó con el protector círculo de sus brazos, enterrando la nariz en su cabello, que olía a fresas.

—No pasa nada, cariño —le dijo con voz ronca por la emoción, sin importarle que se le hubiera escapado ese término ajeno a su voluntad—. Adelante. Llora. Aquí estás segura. Te abrazaré todo el tiempo que necesites.

La meció entre sus brazos mientras susurraba palabras tranquilizadoras, y cuando Archer entró poco después con la bandeja del té, le hizo seña de que se fuera. El mayordomo asintió y salió de espaldas de la habitación, cerrando la puerta tras él sin hacer apenas ruido.

Y durante un largo rato, mientras la luz de la tarde daba paso a las sombras del atardecer, Tristan abrazó a Deirdre y la dejó llorar.

Finalmente, ella se removió un poco, con una vaga sensación de que una calidez estaba envolviéndola. Se sentía cómoda, segura, protegida. Hacía mucho que no se sentía así, desde mucho antes de la muerte de Nigel, y se permitió saborear la sensación unos minutos más antes de abrir los ojos y cobrar conciencia de dónde estaba.

A medida que los borrosos contornos de la habitación iban cobrando nitidez, recordó de golpe todo lo que había sucedido, y se ruborizó violentamente. Santo Dios, estaba en el regazo de Tristan. Entre los brazos de él.

Seguían en el sofá. Ella había acurrucado la cabeza contra el torso del hombre y podía oír el latido de su corazón. Un sonido rítmico y estable que al parecer había conseguido serenarla hasta el extremo de que se había quedado dormida.

Se mordió el labio profundamente consternada. Se había derrumbado por completo. Y le avergonzaba pensar que Tristan lo había presenciado. ¿Qué pensaría de ella ahora?

—¿Estás despierta?

Al oír el tono levemente divertido de Tristan, Deirdre dio un pequeño respingo y se incorporó. Sus miradas se encontraron.

—S… sí.

—Me alegro. Creo que no siento la pierna derecha.

—¡Ay, Dios! ¡Perdón!

Segura de que debía de estar roja como un tomate, Deirdre intentó levantarse del regazo de Tristan, pero éste se lo impidió sujetándole ambos brazos con ternura.

—No pasa nada, Deirdre. Sólo estaba bromeando. —Sus ojos

color violeta resplandecían de forma extraña en la semioscuridad de la habitación—. De hecho, me ha gustado mucho.

—¿Dejando a un lado la parte en que te he puesto perdido de lágrimas?

Tristan recuperó su seriedad.

—Era algo que necesitabas hacer, Deirdre. No te disculpes por ello. No es bueno guardarse ese tipo de sentimientos. Tienen que salir, porque si no, crecen y crecen en tu interior hasta que un día se desbordan.

Era cierto. Desde la muerte de Nigel había estado luchando consigo misma por ser fuerte, negándose la debilidad de sucumbir a las lágrimas, enfrentándose a la vida con un único objetivo. Si no se permitía el tiempo para llorar su muerte, no se derrumbaría. La muerte de Ratón había sido la gota que había colmado el vaso, y el frágil hilo que la había estado sosteniendo en pie se había roto.

Pero ya había pasado todo. Tenía que admitir que se sentía como si se hubiera quitado un peso de encima. Aunque eso no reducía lo embarazoso de haber perdido el control.

Consciente todo el tiempo de aquellos sólidos muslos debajo de ella, consiguió soltarse de los brazos de Tristan y se levantó, alisándose los pliegues de la falda en un intento de no mirarlo a los ojos.

—Te lo agradezco.

—Siempre es un placer ayudar a una damisela en apuros.

Deirdre miró a su alrededor y, con gran inquietud, se dio cuenta de que estaba oscureciendo.

—¿Cuánto tiempo he estado durmiendo?

—Yo diría que un par de horas.

—¿Un par de horas? —repitió ella con un agudo chillido, al tiempo que se daba la vuelta para mirarlo, olvidando la timidez que había sentido tan sólo unos segundos antes—. ¿Por qué me has dejado dormir tanto rato? Tenemos cosas que hacer. Tenemos que encontrar a Emily, y Cullen debe de estar preguntándose…

—Deirdre, cálmate. No pasa nada. Cullen está con los sirvientes, tomando té y comiendo algunas de las deliciosas tartaletas de frambuesa de Cook. Y, para serte sincero, yo también me he quedado traspuesto. —Tristan le sostuvo la mirada con expresión impenetrable—. Supongo que me sentía… cómodo.

Su mirada la dejó sin aliento, y Deirdre tuvo que apartar la vista en un intento por distraerse de la turbadora sensación. Al hacerlo, le llamó la atención un retrato colgado sobre el aparador situado en el extremo más alejado de la estancia. Había algo en él que la atraía como un imán.

Atravesó la habitación y echó la cabeza hacia atrás, estudiándolo con suma curiosidad.

—¿Es tu padre?

Tristan, que se había levantado para encender la lámpara colocada sobre una mesa cercana, pareció quedarse unos segundos inmóvil, y cuando respondió, su tono sonó cauteloso, tenso:

—Sí.

Deirdre buscó el parecido. Lo cierto era que los ojos del difunto conde eran castaños mientras que los de su hijo tenían el mismo tono violeta que los de su madre, pero ambos poseían el mismo cabello oscuro y, no cabía duda que compartían una estatura y constitución similares, así como las facciones aristocráticas y la actitud de seguridad en sí mismos. Sin embargo, había una dureza en los ojos del anterior conde que no estaba presente en los de Tristan, una gélida severidad que le provocó un escalofrío.

Deirdre clavó su mirada en Tristan cuando éste se acercó a ella.

—¿Y dijiste que no te llevabas bien con él?

Tristan movió negativamente la cabeza y tensó la mandíbula.

—No se llevaba bien nada más que con mi madre. Creo que ella fue lo único que amó en su vida. Pero a sus ojos, yo nunca hacía nada bien. Era un absoluto fracaso como hijo y como heredero, y procuraba que no me olvidara de ello ni un solo momento. —Se encogió de hombros—. Supongo que ha demostrado que tenía razón.

—No digas eso. Has vuelto a casa. Has aceptado tus responsabilidades, y estoy segura de que lo estás haciendo lo mejor que puedes dadas las circunstancias.

—Pero no es suficiente. Nada de lo que he hecho ha sido lo suficientemente bueno.

Tristan giró sobre sus talones y cruzó la estancia hasta colocarse delante de la chimenea, con la cabeza inclinada, como perdido en absorta contemplación. Y de pronto, como si acabara de tomar una decisión, se volvió y miró a Deirdre por encima de su hombro.

—Ayer me preguntaste qué había estado haciendo desde que mi padre me echara de Londres —comenzó—. Lo cierto es que durante los primeros años me comporté como el despilfarrador disoluto que una vez me acusó de ser. Vagué por toda Inglaterra, nunca me quedaba demasiado tiempo en el mismo lugar, tratando de ahogar el dolor por la muerte de mi madre en alcohol y todo tipo de imprudentes distracciones.

Hizo una pausa y se frotó la nuca con una mano incómodo.

—Hasta que un día, hace unos cuatro años, me encontré con un amigo de infancia en una taberna de Brighton. Nos sentamos a compartir unas cervezas y algunas anécdotas y hablando con él me di cuenta de que mi vida no tenía ningún sentido. Allí estaba él, de mi misma edad, casado y con un niño en camino, y había conseguido amasar una pequeña fortuna mediante varias buenas inversiones.

Sus ojos llamearon con fiereza cuando se encontró con los de Deirdre.

—En aquel mismo momento, decidí que yo también iba a hacer algo positivo, que le demostraría a mi padre que se equivocaba conmigo, que yo sí valía para algo.

Al percibir el tono de dolor de su voz, Deirdre avanzó un paso hacia él, deseosa de tocarlo, pero insegura de cuál sería la reacción de él si lo hiciera.

—¿Y qué hiciste?

—Tenía un poco de dinero que había heredado a la muerte de mi madre. No era mucho. Lo justo para invertir una pequeña cantidad en una de las operaciones comerciales en las que participaba mi amigo, una empresa marítima. Cuál no sería mi sorpresa cuando descubrí que tenía una buena cabeza para los negocios, y, aunque aún me queda mucho para ser rico, en este tiempo he conseguido reunir una buena cantidad. —Tristan apretó el puño—. Soñaba con el día en que pudiera regresar a Londres y enseñarle a mi padre en lo que me había convertido. Pero no tuve ocasión. Cuando su abogado se puso por fin en contacto conmigo, fue para informarme de su muerte. Me quedé de piedra. A mí siempre me había parecido un hombre de poder sobrenatural, indomable, y me sentí… estafado. Me había sido negada la oportunidad de oírle decir que se había equivocado conmigo.

Por debajo de su angustiada expresión, Deirdre creyó ver al joven que había sido una vez, desesperado por recibir la aprobación de su padre a pesar de actuar de forma contraria a la que él quería, y sintió una gran pena.

—¿Y Emily?

Tristan apartó la vista.

—No sabes cuántas veces pensé en ella en esos años; cuántas veces cogí papel y pluma con la intención de escribirle, para terminar siempre rompiendo la carta y tirándola a la papelera. Sencillamente, no encontraba las palabras. ¿Qué podía decirle? ¿Siento haberte abandonado? ¿Siento no haber podido salvar a nuestra madre? Nada de lo que se me ocurría me parecía adecuado, así que lo dejé estar. Me pareció lo mejor.

—¿Y desde tu regreso a casa? —lo instó a seguir Deirdre.

Tristan se volvió para mirar el fuego y apoyó las manos en la repisa de la chimenea, con la espalda rígida. Apretando tan fuerte que se le habían puesto los nudillos blancos, visibles incluso a distancia.

—He tratado de hacerlo lo mejor posible, pero parece que todo lo hago mal, no importa lo que sea. —Se pasó los dedos por el pelo, alborotándoselo sin darse cuenta—. Le ofrezco lo mejor de todo. Contrato a las institutrices más cualificadas para que reciba una buena educación, y ella las echa a todas con sus travesuras impulsivas y temerarias. No sé qué más puedo hacer.

Deirdre se humedeció los labios e inspiró hondo con la intención de darse ánimo. Puede que se estuviera metiendo donde no la llamaban, pero no podía evitar preguntar…

—Tristan, ¿has intentado hablar con Emily de todo esto, preguntarle qué siente ella?

La expresión confusa de él lo decía todo. Dios.

—¿Has pasado algo de tiempo con ella desde tu regreso? No sé. Un pícnic o tal vez un paseo en coche por el parque. ¿Te has sentado a cenar con ella por las noches?

Un músculo vibró en la mandíbula de Tristan, que esquivó su mirada.

—He estado muy atareado ocupándome de todo lo que mi padre dejó sin hacer, intentando recuperar sus pérdidas. No… ha habido tiempo.

—¿Quieres decir que no lo has hecho?

Un velo de silencio cayó sobre ellos, hasta que finalmente Tristan inclinó la cabeza a modo de rígido asentimiento.

—No he tenido tiempo —repitió.

—Oh, Tristan. —Deirdre posó la mano suavemente en su brazo—. No tengo ninguna experiencia en estos asuntos, pero yo diría que tu hermana está tratando de decirte algo. Ella no quiere esas cosas caras que le compras ni a todas esas recatadas institutrices. Ella te quiere a ti. Ha estado tratando de llamar tu atención y tú no la has escuchado.

—Sí la he escuchado. Pero no quería entender lo que me decía. —Tristan se apartó entonces de la chimenea y se dejó caer en el sofá con un áspero gemido, frotándose los ojos con las manos—. Duele demasiado.

—¿Qué es lo que duele?

—Verla, hablar con ella. —Su voz sonaba desgarrada, llena de angustia, como si tuviera que obligar a las palabras a salir por su constreñida garganta—. Se parece tanto a mi madre… Estar con Emily sólo me recuerda que soy el fracaso que mi padre me acusaba de ser, que es culpa mía que mi madre no esté aquí.

—Estoy segura de que eso no es verdad. —Deirdre se sentó a su lado, decidida a que la escuchara—. Tú me has dicho que no debía sentirme responsable por la muerte de Ratón, y esto es lo mismo. No puedes culparte por lo que le ocurrió a tu madre.

—Sí puedo y lo hago. —La miró entonces con ojos llameantes—. Nuestras situaciones no son equiparables, Deirdre. Yo estaba allí cuando mi madre fue atacada y no pude salvarla. Y ahora, debido a mi propia negligencia, he perdido también a mi hermana. ¿A quién más se puede culpar?

Deirdre no sabía qué decir. La desolación que veía en él era casi tangible; flotaba en el aire entre los dos como una nube de tormenta, y no sabía qué podía hacer para apartarla.

—Tristan, has cometido errores con Emily, es cierto. Pero pueden rectificarse. Tienes que creer que aún no es demasiado tarde. Yo sé que la quieres. Lo que ocurre es que no has sabido demostrárselo. Pero cuando la tengas de nuevo contigo…

—Tal vez no merezca tenerla conmigo.

Sus palabras eran afiladas, llenas de desprecio hacia sí mismo, y le dolió ver la resignación que había en sus ojos.

—¿Qué quieres decir?

—Exactamente lo que he dicho. Tal vez no merezca tenerla conmigo. Hasta el momento no he sido un buen tutor. Cuando la encuentre, puede que sea mejor, después de todo, enviarla con la tía Rue. Es lo que lady Dragón ha querido desde el primer momento. ¿Y por qué no? Según parece, sabía de lo que hablaba. No estoy capacitado para cuidar de nadie, mucho menos de una sensible jovencita.

Deirdre se dio cuenta de que Tristan realmente creía lo que estaba diciendo y trató desesperadamente de buscar la forma de hacerle ver que se equivocaba. Él había llegado a convencerse de que su hermana estaría mejor con una tía remilgada y nada cariñosa que con su propio hermano.

—Tristan, por favor. No tomes decisiones apresuradas. Espera primero a encontrarla antes de decidir qué es lo mejor. Pero tengo que decirte que yo no puedo creer que esté mejor lejos de ti. Eres su hermano, la única familia cercana que le queda. Y te necesita.

Tristan esbozó una amarga semisonrisa.

—No es bueno que nadie me necesite, Deirdre. Parece que tengo la fea costumbre de decepcionar a las personas que más quiero.

—Pero…

—No. Ya basta. —Su rostro se volvió impenetrable. Deirdre pudo ver cómo levantaba de nuevo el muro que ella creía que había desaparecido para siempre entre los dos—. Es hora de poner punto final a esta conversación. Obviamente, tú ves las cosas de manera distinta, pero en realidad no me conoces, Deirdre. No conoces al verdadero Tristan. Si así fuese, estarías de acuerdo conmigo en que cuanto más lejos esté Emily de mí, mejor.

Entonces se levantó y se acercó a la puerta con decisión, diciéndole por encima del hombro de camino.

—Como has dicho, tenemos cosas que hacer. Iré a avisar a Cullen de que estamos listos para salir.

Y se fue de la sala dejándola a ella dentro, mirando con el corazón roto cómo se alejaba.

19

Más tarde, esa misma noche, Deirdre estaba sentada frente a su tocador, cepillándose el pelo despacio, en actitud meditativa mientras repasaba en su mente los acontecimientos del día.

Entre la preocupación por la banda de los Dedos Largos y el asesinato de Ratón, había sido un día horroroso. Pero lo que ocupaba sus pensamientos más que cualquier otra cosa era la reiterada negativa de Tristan a dejarse ayudar.

Después de haber puesto final a su conversación de manera tan abrupta unas horas antes, había optado por ocultarse tras su habitual escudo de estoica reserva, y tratarla con una fría formalidad que a ella le había dado ganas de gritar de pura frustración. De regreso a su casa, cada intento de sacar el tema de Emily había sido cortado con firmeza, tras lo cual, ella había terminado rindiéndose, dejándolo a solas con sus cavilaciones.

«¿Qué podría hacer yo?», se preguntó, dejando el cepillo con un suspiro. ¿Cómo podría hacerle ver lo equivocado que estaba? Puede que pensara que había dejado ver muy poco de sí mismo, pero tanto si lo sabía como si no, sus palabras habían sido extremadamente reveladoras. Desde el asesinato de su madre, se había pasado la vida entera temeroso de que alguien pudiera acercarse demasiado a él, seguro de que no merecía el amor ni la confianza de los demás porque al final les fallaría. De la misma manera que le había fallado a su madre. E igual que consideraba que le había fallado a Emily.

Una sobrecogedora tristeza se apoderó de ella al recordar su mirada de angustia mientras le hablaba de la posibilidad de renunciar a su hermana. Deirdre no tenía dudas de que eso lo destrozaría, pero sabía que estaba dispuesto a llevarlo adelante a pesar de sus esfuerzos por convencerlo de lo contrario.

Maldito fuera por ser el hombre más testarudo que había conocido. Él podía dar consuelo, sí, pero no recibirlo; decía que no era bueno guardarse las preocupaciones para uno mismo, pero él lo hacía tanto como ella.

Se acercó hasta la ventana y miró hacia afuera, a la noche que se extendía ante sus ojos. Nunca antes se había sentido impotente. No era propio de ella quedarse tranquilamente sentada viendo cómo otros sufrían, pero mientras Tristan se empeñara en apartarla de sí, no había nada que ella pudiera hacer.

¡Maldito fuera el difunto lord Ellington! ¡Y maldito Barnaby Flynt! Los dos tenían que rendir muchas cuentas.

En ese momento, el reloj del pasillo dio la medianoche, y Deirdre miró la cama con ojos anhelantes. ¡Si pudiera sumergirse por unas horas en el dulce olvido del sueño! Sin embargo, sabía a ciencia cierta que, aunque se tumbara, no haría más que dar vueltas.

Tal vez fuera una buena oportunidad para salir de la casa a hurtadillas, regresar a la madriguera de los Dedos Largos y ver si podía averiguar qué estaba sucediendo allí. Pero nada más ocurrírsele la idea, se oyó el eco de un trueno en la distancia, y la desechó. Las noches de septiembre en Londres podían ser muy frías y la idea de aventurarse en la húmeda oscuridad no le resultaba nada atrayente.

No podría decir cuánto tiempo llevaba allí de pie, mirando sin ver hacia afuera, a los alrededores del vecindario, pero acababa de caer la primera gota de lluvia sobre el cristal de la ventana cuando se percató del extraño ruido que venía del otro lado de la pared.

La pared que compartían su habitación y la de invitados.

Era un sonido débil al principio, como una queja a media voz que le hizo aguzar el oído y acercarse, esforzarse por escucharlo por encima del ruido de la lluvia. Al cabo de uno o dos segundos, sin embargo, el volumen aumentó, dando paso a un sonido claro y definido.

Se trataba del inconfundible gemido de alguien inmerso en una terrible pesadilla, pero casi al mismo tiempo se oyó un fuerte golpe seco, seguido de un alarmante estrépito.

¡Dios santo! ¡Tristan!

Sin detenerse a pensar ni molestarse siquiera en coger la bata que tenía a los pies de la cama, echó a correr hacia el pasillo asustada, con el corazón martilleándole en el pecho. No llamó a la puerta, sino que la abrió y entró.

Le costó un poco acostumbrarse a la oscuridad. Aún ardía un fuego moderado en la chimenea, y las sombras poblaban la habitación. Sin embargo, gradualmente, las cosas empezaron a cobrar nitidez, y Deirdre pudo distinguir la agitada figura que no dejaba de dar vueltas entre las sábanas de la cama con dosel situada junto a la pared más alejada.

Al dar un paso al frente, se dio cuenta de la fuente del estrépito que había oído. Los trozos del jarrón de porcelana que había sobre la mesilla de noche junto a la cama estaban desparramados por el suelo de madera pulida, sin duda a consecuencia de un golpe que Tristan le habría dado inconscientemente con un brazo.

Aunque a él el ruido no lo había despertado. Seguía profundamente inmerso en algún terrible sueño, respiraba entrecortadamente y se oían unos murmullos incoherentes en el silencio de la estancia.

—¡No! ¡Por favor, no! ¡Emily!

Deirdre no pudo contener las lágrimas al oír sus desgarrados gritos de angustia. Ni siquiera durmiendo parecía librarse del tormento que lo acompañaba cuando estaba despierto.

Bueno, no podía quedarse allí sin hacer nada. Tenía que ayudarlo. Pero ¿cómo? ¿Debería intentar despertarlo?

Se detuvo un momento, indecisa, preguntándose si debería llamar a la señora Godfrey para pedirle ayuda. A decir verdad, era sorprendente que ninguno de los sirvientes hubiera oído el ruido y hubiera subido a investigar la causa.

Entonces Tristan soltó otro gemido y, desechando cualquier otro pensamiento, Deirdre se acercó al borde de la cama y lo miró con profunda preocupación.

Estaba tumbado de espaldas, con las sábanas azules de seda enredadas alrededor de su estrecha cintura, y el torso ancho y bronceado reluciente de sudor. Mientras lo miraba, Tristan golpeó la almohada con la cabeza, apretando los dientes mientras se debatía con los demonios que lo torturaban en sueños.

¿Santo Dios, es que no había sufrido ya bastante? No podía soportar verlo de aquella manera.

Vaciló sólo una fracción de segundo antes de adelantar las manos e intentar calmarlo, y las posó suavemente en sus fuertes hombros.

—Tristan. Tristan, ¿puedes oírme? Soy Deirdre —dijo ella con lo que esperaba que fuera un tono suave y tranquilizador—. Despierta. Estás soñando.

Resurgiendo de lo que le parecía que eran las entrañas del mismísimo infierno, Tristan cobró conciencia del tacto de unas manos que se aferraban a sus brazos, una voz que murmuraba palabras incoherentes. Al ver la imagen de unos siniestros ojos oscuros y una cara marcada por una cicatriz, la emprendió a golpes, con el objetivo de poner fin a aquello.

Incorporándose de golpe, se lanzó hacia adelante como una bala, aferró por las muñecas a la persona que lo sujetaba y la tiró sobre la cama con un hábil movimiento, echándose encima y apretando la espada del culpable contra el colchón con todo el peso de su cuerpo.

—¡Tristan, por favor! ¡Soy yo!

La frenética exclamación pareció cobrar sentido en su cabeza y, abriéndose paso por entre la bruma que nublaba su mente, se encontró mirando a una aterrorizada Deirdre.

Resoplando atónito, retrocedió y le soltó las muñecas como si le quemaran.

—Dios, Deirdre. ¿Estás bien?

—S… sí. Creo que sí.

Pero su voz no parecía muy segura y Tristan sintió que la cara le ardía de vergüenza. Sacó las piernas por el borde de la cama y se sentó, dándole la espalda.

—Te juro que no sabía que eras tú. Yo… ¿Estaba teniendo una pesadilla?

Tristan notó que ella se movía, y, un segundo después, una mano le recorría la espina dorsal en una caricia vacilante que lo hizo estremecer.

—Así es. Por eso he venido corriendo. Te he oído —explicó Deirdre.

Él hizo una mueca de disgusto.

—Te pido disculpas. No pretendía perturbar tu descanso.

—No lo has hecho. Ni siquiera me había acostado. —Dejó pasar un segundo de silencio antes de volver a hablar—. Gritabas el nombre de Emily. ¿Estabas soñando con ella?

Maldición. Lo último que quería era tener que revivir las horrorosas visiones que lo atormentaban en sueños, pero había algo en la voz de Deirdre, una cualidad serena y comprensiva que lo invitaba a confiar en ella, a compartir su carga, y él no fue capaz de resistirse.

—Estaba de nuevo en el callejón de Tothill Fields —empezó a contarle con voz áspera, pasándose una mano por el pelo empapado de sudor—. Con mi madre y el bastardo que la asesinó. Éste se reía mientras apretaba un cuchillo contra la garganta de ella y me desafiaba a salvarla. —Tragó saliva con un movimiento convulso—. Yo quería correr hacia ella, arrebatarle el cuchillo a aquel demonio y clavárselo a él en las entrañas, pero era como si estuviera paralizado. Por mucho que lo intentaba, no podía moverme. Lo siguiente era que estaba contemplando el cuerpo tirado de mi madre en el suelo, sus ojos sin vida clavados en mí. —Hizo una pausa e inclinó la cabeza antes de continuar, como si le estuvieran arrancando las palabras—. Entonces su rostro se convirtió en el de Emily.

—Oh, Tristan.

Para absoluto desconcierto de éste, los esbeltos brazos de Deirdre le rodearon el cuerpo desde atrás. Él se quedó inmóvil, incapaz de respirar cuando sintió que ella posaba su satinada mejilla contra su espalda.

—Cuánto lo siento —añadió.

Era tan agradable que lo tocara, que lo reconfortara. Con suma cautela, levantó una mano y, cubriendo con ella la que Deirdre tenía sobre su pecho, la apretó contra su desbocado corazón.

—Lo único en lo que puedo pensar cuando me voy a la cama es en ella. No dejo de preguntarme si tendrá frío, o hambre o miedo; si Barnaby Flynt la habrá encontrado. —Cerró los ojos para reprimir la oleada de dolor—. No sé qué haría si la perdiera, Deirdre.

—Eso no ocurrirá.

Al hablar, su cálido aliento le rozó el omóplato, una corriente de aire leve como una pluma que hizo que la anatomía de él reaccionara de la forma más predecible a pesar de su decidida voluntad. Era muy consciente de que, aparte de la sábana oportunamente enredada alrededor de sus caderas, estaba desnudo, algo de lo que Deirdre no se había percatado aún.

—No estás solo, Tristan —continuó diciendo ella—, y encontraremos a Emily juntos. Sé que lo haremos.

Él dejó escapar el aire entrecortadamente. Deirdre sonaba muy segura de lo que decía, y que el cielo se derrumbara sobre él si parte de sí mismo no lo creía también. ¿Por qué parecía incapaz de mantener a aquella mujer a distancia? Cada vez que lograba apartarla un poco, ella se las arreglaba para derribar sus defensas y acercarse a él de nuevo. Y con muy poco esfuerzo.

Después de lo que le había contado horas antes, tenía que admitir que se sentía particularmente vulnerable en lo que a ella concernía. Nunca antes había estado tan cerca de revelar sus miedos más secretos. Al volver a la casa de Deirdre, había tenido que excusarse y refugiarse en su habitación para poder reflexionar en soledad; necesitaba alejarse de ella para recuperar el control.

Pero control era lo último que poseía en ese momento. De hecho, estaba empezando a pensar que lo había abandonado para siempre.

Liberándose de sus brazos, Tristan se volvió y la miró. En el instante en que lo hizo, se dio cuenta de que había sido un error. Con la vista levantada hacia él, sus sedosos rizos caoba que caían en cascada sobre sus hombros y sus esbeltas curvas que se perfilaban sutilmente bajo el camisón de encaje blanco, estaba exquisita. La imagen misma de la tentación.

Tristan apretó los dientes para contener el deseo que se había desatado en su interior y subió las sábanas un poco más, tratando desesperadamente de pensar en una forma de echarla de allí antes de que fuera demasiado tarde.

—Te agradezco la ayuda, Deirdre, pero ya estoy bien, y creo que es hora de que vuelvas a tu habitación.

Ella debió de percibir algo en su tono, porque se puso repentinamente rígida y frunció el cejo.

—¿Por qué? ¿Qué ocurre?

—Nada.

—No te creo. Por el amor de Dios, Tristan, si prácticamente me estás gruñendo. ¿Qué te pasa?

Ésa fue la gota que colmó el vaso. Poniéndose en pie, se volvió hasta colocarse delante de ella, sin intentar disimular la creciente erección que se ocultaba bajo la sábana.

—Está bien. ¿Quieres saber qué es lo que me pasa? Pues la verdad es que si te quedas en esta habitación un minuto más, me temo que tendré que volver a besarte. Y esta vez no puedo garantizarte que vaya a detenerme en un beso.

Deirdre se quedó mirando boquiabierta la evidencia, y estupefacta, se llevó una temblorosa mano a la garganta.

El silencio se hizo entre ellos durante lo que pareció una eternidad. Cuando por fin Deirdre recuperó el habla, lo hizo con un hilo de voz, pero Tristan oyó sus palabras con la misma claridad que si las hubiera gritado:

—Puede que yo no quiera que lo hagas.

Tristan sabía perfectamente lo que le estaba diciendo. Lo sabía, pero no se atrevía a creer que fuera cierto. La imperiosa necesidad de tomarla entre sus brazos y perderse en ella, olvidar su preocupación por Emily mientras se hundía en su suave cuerpo era muy fuerte. Pero tenía que asegurarse de que ella también lo deseaba.

Acercándose, le cogió la barbilla con la mano y la obligó a mirarlo a los ojos, deseando que fuera sincera con él.

—¿Estás segura, Deirdre? —la instó con voz ronca—. Tienes que estar muy, muy segura.

Ella dejó escapar un tembloroso suspiro y asintió lentamente.

—Estoy más segura de lo que lo he estado jamás en toda mi vida.

La deseaba demasiado para cuestionarse su decisión. Y sin darle oportunidad a que cambiara de opinión, se inclinó hacia adelante y capturó su boca con la suya.

Fue como volver a casa, tal como él había sabido que sería. Y para su absoluta delicia, ella respondió tras sólo un segundo de vacilación, abriendo sus dulces labios bajo los suyos. Tristan se dedicó a recorrer su exuberante contorno, saboreó su dulce sabor antes de emitir un gemido a media voz e introducir por entero su lengua en la tibia cavidad.

Ella lo aceptó con avidez, haciendo que su lengua explorara a su vez, enredándose con la de él en una sensual danza que hizo que su corazón bombeara sangre a toda velocidad por sus venas. Cuando Tristan logró apartarse lo justo para tomar aire, la deseaba tanto que la sensación le provocaba vértigo.

¿Por qué había querido luchar contra algo así?, se preguntó desmayadamente mientras apoyaba la frente contra la de ella un momento. Todo parecía inconsecuente. Al infierno con la sociedad y su maldita tía. Y al diablo con sus sentimientos respecto al anterior marido de Deirdre. ¡Si no la hacía suya se volvería loco!

Deirdre, por su parte, se sentía como si flotase a la deriva en un mar de sensaciones que nunca antes había experimentado. Mientras, Tristan volvía la cabeza para depositar un suave beso en la curva de su cuello, y pasar a continuación a mordisquearle de manera juguetona el lóbulo de la oreja. En esos momentos, Deirdre se olvidó de todas las razones por las que no debería estar haciendo aquello. Estaba segura de que cuando se enterase de los secretos que le estaba ocultando —y el menor era el verdadero motivo de su matrimonio con Nigel— la odiaría. Pero aunque sólo fuera a compartir con él una noche, pensaba aferrarse a la oportunidad con ambas manos. Al menos por una vez en la vida, quería saber lo que se sentía al hacer el amor con…

Desechó el pensamiento antes de darle forma final.

Con un último roce de su lengua sobre la sien de ella, Tristan se apartó repentinamente y retrocedió un paso. Deirdre dejó escapar una exclamación de protesta y alargó las manos en gesto suplicante, temerosa de que él hubiera cambiado de opinión y ya no la deseara. Pero Tristan se adelantó a sus palabras acariciándole suavemente los labios con un dedo.

Entonces, y sin quitarle la vista del rostro en ningún momento, soltó la sábana que lo cubría y la dejó caer al suelo en un montón de pliegues de seda.

Un suave gemido ahogado escapó de la garganta de ella mientras dejaba vagar su ávida mirada por su cuerpo desnudo. Era perfecto, como la estatua de algún dios griego. La luz del fuego lanzaba destellos sobre la firme musculatura de su torso, sus hombros y sus brazos, bañándolo en un resplandor casi sobrenatural. Sin embargo, no se veía capaz de mirar demasiado tiempo lo que sobresalía del nido de rizos, en el vértice donde se unían sus sólidos muslos. La visión le hacía perder la cabeza.

Aparentemente complacido por su reacción un tanto aturdida, una sensual sonrisa apareció en los labios de Tristan mientras se acercaba a la cama con sus habituales movimientos fluidos y elegantes. La tomó por la cintura y, levantándola del lecho, la estrechó entre sus brazos, haciendo que sus cuerpos se acercaran el uno al otro hasta que no quedó ni un centímetro de espacio entre ambos.

Deirdre soltó un suspiro arrebatado al sentir aquel cuerpo duro y fuerte perfectamente amoldado al suyo. Era como si estuvieran hechos el uno para el otro, dos mitades de un todo que en ese momento volvía a estar completo.

Dejándose llevar por la pasión, Deirdre cerró los ojos despacio mientras Tristan exploraba entre sus rizos de color caoba, y le echaba suavemente la cabeza hacia atrás para acceder mejor a la cremosa piel de su garganta y al rectángulo donde latía su pulso. Deirdre notó cómo le arañaba un poco con los dientes la zona, y a continuación lamía el mismo punto con la lengua, y no pudo contener un estremecimiento.

—Dios mío, Deirdre —dijo él con voz ronca, la boca pegada a su piel—. He soñado con esto desde que nos conocimos.

Por toda respuesta, ella dejó escapar un gemido entrecortado. Aferrándose a sus brazos en busca de apoyo mientras él continuaba dejando un ardiente reguero de salvajes besos en el hueco de su clavícula, Deirdre se sumergió en un estado de gozosa excitación, consciente sólo del placer que Tristan le estaba haciendo sentir. Ni siquiera se dio cuenta cuándo le empezó a manipular los botones de su camisón con sus ágiles dedos hasta que éste cayó de sus hombros, deslizándose más allá de sus caderas y terminando hecho un montón de batista y encaje blanco como la espuma a sus pies, dejándola cubierta sólo con la camisola.

El corazón de Deirdre dio un vuelco. La vulnerabilidad que sintió de repente le impidió concentrarse en la euforia que le provocaban las caricias de Tristan. Pero antes de que pudiese protestar, Tristan cubrió sus labios de nuevo en un devastador intercambio que apartó de su mente cualquier pensamiento que hubiera podido albergar sobre la posibilidad de detener lo que estaba pasando.

Sujetándole las redondeadas nalgas con las palmas, presionó para acercar sus caderas a las de ella, haciéndole imposible ignorar la existencia de su duro miembro. Tristan se acomodó contra el umbral femenino, que respondió humedeciéndose y palpitando de forma inesperada.

—¿Sientes eso, Deirdre? —murmuró él entre besos, resiguiendo el perfil de sus labios con la lengua—. Ahí es donde quiero estar. Dentro, muy dentro de ti, tanto que no sepa cómo salir.

Ella dejó escapar un leve gemido cuando las manos de Tristan empezaron a ascender por sus costados hasta que sus pulgares le rozaron la parte inferior de los pechos. Al mismo tiempo, bajó la cabeza para deleitarse con sus firmes y redondeadas formas, allí donde asomaban sus pezones, justo por encima del bajo escote de la camisola. Éstos se erizaron en respuesta, destacando de forma evidente bajo el tejido transparente de la prenda, y cuando Tristan le bajó los tirantes por los brazos y la desnudó hasta la cintura, Deirdre no lo detuvo.

Con ojos entornados, lo miró cuando levantó la cabeza, y él la contempló a su vez con una intensa mirada. Se quedó callado durante tanto tiempo, que ella empezó a ponerse nerviosa. ¿Ocurría algo malo? ¿No lo estaba complaciendo?

Justo cuando estaba a punto de apartarse de él y cubrirse llena de vergüenza, Tristan habló con una voz que distaba mucho de ser firme.

—Dios, sabía que serías hermosa, pero nunca imaginé cuánto.

Inclinándose sobre ella se metió uno de los rosados pezones en su abrasadora boca.

El éxtasis recorrió las venas de la mujer, que se arqueó, sujetando la nuca de él con los dedos enredados en su cabello negro azabache. Pasando de un seno al otro, Tristan empleó labios y lengua para succionar y acariciar cada pezón, hasta que éstos estuvieron hinchados y doloridos.

Entonces, con un rápido movimiento, le quitó la camisola del todo y, tomándola entre sus brazos, la acostó en la cama. Él se tumbó a continuación sobre ella, apoyando un codo a cada uno de sus costados.

Deirdre no se había sentido tan expuesta y vulnerable en la vida.

Un rayo estalló afuera, iluminando la habitación un minuto, hasta tal punto que casi pareció que era pleno día. Cuando Tristan bajó la vista y contempló a la mujer que tenía debajo, vio un leve destello de temor en sus ojos verdes, y el corazón le dio un vuelco.

Alargó la mano para retirarle un rizo de la cara y se lo sujetó detrás de la oreja momentos antes de seguir con la yema del dedo el sendero de pecas que tenía sobre el puente de la nariz. Lo último que quería era asustarla, pero tenía que admitir que no comprendía su inseguridad. Era viuda, y por lo tanto experimentada. ¿De qué tenía miedo?

—¿Estás bien, cariño? —preguntó—. ¿Quieres que pare?

Al oír sus palabras, la tensión desapareció de la expresión de Deirdre y alargó una mano hacia su torso con la palma abierta.

—No. Por favor. Estoy bien.

Gracias a Dios.

Acariciando con la mano la cara interna del sedoso muslo femenino, Tristan dejó que sus ojos se llenaran del precioso tesoro que tenía delante. Con su piel lechosa resplandeciente a la luz del fuego y su pelo caoba suelto sobre la almohada, Deirdre estaba verdaderamente cautivadora. Esbelta y delicada, poseía la flexible elegancia de un sauce, junto con unas curvas redondeadas aunque no excesivamente amplias. Sus exuberantes pechos se adaptaban a la perfección al tamaño de sus palmas, y estaban coronados por dos suculentos pezones rosados que le hacían la boca agua.

Todavía sonrosados y húmedos de sus previas caricias, ahora lo tentaban de nuevo y Tristan no pudo evitar bajar la cabeza y juguetear delicadamente con su lengua sobre el pico erecto, arrancando un ansioso grito de Deirdre.

El triángulo de vello que cubría el vértice de sus muslos fue lo siguiente a lo que dedicó él su atención. Deslizándose por su cuerpo hacia abajo, le pasó la mano por los rizos de color caoba y notó que ella se quedaba quieta ante el contacto. Era casi como si estuviera conteniendo el aliento, aguardando su próximo movimiento.

Pero no tuvo que esperar mucho, porque con el pulgar, Tristan separó los húmedos pliegues femeninos y hundió un dedo en el resbaladizo canal, comprobando que estuviera preparada. Una grata humedad le dio la bienvenida, y ella apretó la cabeza sobre la almohada, alzando al tiempo las caderas hacia él.

Decididamente, estaba preparada, pero había algo que Tristan necesitaba saber antes de que las cosas fueran más allá. Por mucho que se esforzara, no lograba desterrar las imágenes de Deirdre bajo el difunto vizconde como ahora estaba con él, dejándose amar de la misma manera en que lo estaba haciendo Tristan. La imagen se le antojaba antinatural, y aunque sabía que no tenía derecho a estar celoso, lo estaba, más allá de lo que jamás podría haber imaginado.

Sin dejar de acariciar la húmeda carne con pericia, se alzó lo suficiente como para mirarla, deseando captar su mirada para poder ver la verdad en sus ojos.

—Dime que tu marido nunca te hizo sentir así —gruñó con tono imperativo—. Dímelo.

Ella ahogó un trémulo gemido cuando él la penetró con su dedo aún más profundamente, y abrió los ojos tratando de enfocar su rostro antes de decirle:

—No, Tristan. Nadie me ha hecho sentir así jamás. Sólo tú.

Le bastó con aquello. Sintiendo una oleada de satisfacción puramente masculina, se movió un poco hasta colocarse en el centro, a la entrada de su aterciopelado pasaje. Flexionó un poco las caderas y se coló dentro de una embestida.

Al instante sintió que había atravesado una barrera natural que no debería haber estado allí.

Aturdido y confuso, con el grito de dolor de Deirdre resonando todavía en sus oídos, Tristan se quedó inmóvil y levantó la cabeza, apenas capaz de comprender la importancia de lo que acababa de descubrir entre la neblina del deseo.

¡La viuda en realidad era virgen!

Aún bajo el impacto de la íntima invasión de Tristan, Deirdre yacía inmóvil, dándose tiempo a acostumbrarse a la sensación del enorme y rígido miembro en su interior. Sin embargo, conforme cedía gradualmente la inicial quemazón, se fue dando cuenta de la cara de sorpresa de Tristan y el pánico se apoderó de ella.

¡No podía retroceder! ¡No en esos momentos! Temerosa de que fuera a hacer eso precisamente, lo sujetó por los hombros y enlazó las piernas alrededor de sus tensas caderas, elevando la pelvis de una forma que hizo que él se hundiera aún más en su estrecho canal vaginal.

—No te detengas —le suplicó, clavándole las uñas en la espalda—. Por favor, no te detengas.

Cuando ella empezó a moverse sinuosamente debajo de él, Tristan apretó los ojos y un áspero gemido se abrió paso a través de su garganta y sus dientes apretados. Por un segundo, Deirdre tuvo la seguridad de que iba a ignorar su súplica, pero entonces, sujetándole las caderas con firmeza pero con ternura, siguió penetrándola despacio, imponiendo un ritmo regular que pronto hizo que ella olvidara el anterior dolor y elevase las caderas para ir a su encuentro.

Fue un acoplamiento perfecto, muy distinto de cualquier cosa que ella pudiera haber imaginado. La sensación de tenerlo moviéndose dentro de ella, formando parte de ella, era maravillosa. Pero a medida que la salvaje y excitante embestida continuaba, empezó a sentir que algo se aceleraba dentro de su vientre, llevándola más y más arriba, a un lugar desconocido.

Cuando alcanzó la cumbre, dejó escapar un grito de placer al mismo tiempo que Tristan se quedaba rígido sobre ella, exhalaba un ronco gemido y pronunciaba su nombre. A Deirdre le pareció una bendición oírlo en sus labios en aquel momento. Su simiente brotó de él dentro de la cavidad femenina, y luego Tristan se desplomó sobre ella, su pecho subiendo y bajando mientras sucesivos escalofríos recorrían su poderoso cuerpo.

Deirdre supo que nunca volvería a ser la misma. No tenía sentido seguir negándoselo.

Se había enamorado de él.

20

En la calma posterior a la tormenta de pasión que habían compartido, los dos yacían todavía unidos, esperando a que bajara la temperatura de sus cuerpos y sus corazones recobrasen el ritmo normal.

Tristan fue el primero en recuperarse. Separándose con sumo cuidado, se dejó caer de espaldas junto a ella y, rodeándole los hombros con un brazo, la atrajo más hacia sí.

—¿Por qué?

La pregunta susurrada en su oído la cogió por sorpresa y Deirdre levantó la cabeza para mirarlo.

—¿Qué?

—¿Por qué no me lo dijiste?

No parecía enfadado, y su expresión no revelaba nada, pero ella sintió que, de todas formas, se le secaba la boca de aprensión.

—¿Quieres decir que por qué no te dije que no había hecho esto nunca?

Él asintió.

Ella intentó un encogimiento de hombros de pretendida indiferencia aunque no tuvo mucho éxito.

—No lo sé. Supongo que al principio pensé que no me creerías. Y después…

—¿Después?

—Tenía miedo de que si lo sabías dejarías de desearme.

—Eso es una tontería.

—¿De veras? —Apartándose de él de golpe, se sentó y le dirigió una fulminante mirada de acusación—. Por un momento, cuando te has dado cuenta, has estado a punto de apartarte de mí, ¿no es así?

—Pero no porque no te deseara. Te deseaba más que respirar —dijo él, pellizcándose el puente de la nariz—. Por el amor de Dios, Deirdre, has estado casada. Me ha sorprendido mucho darme cuenta de que eras virgen. Creo que mi vacilación puede considerarse algo natural dadas las circunstancias.

Ella desvió la mirada, bajó la cabeza y tiró de las sábanas hacia arriba para cubrirse mejor.

—Puede.

Lo oyó moverse detrás de ella y, a continuación, una mano se posó en su hombro con dulzura.

—No es que no me alegre, pero ¿cómo pudo Rotherby estar casado contigo y no hacerte el amor? ¿Era impotente?

Ella se dio la vuelta y lo vio apoyado contra el cabecero, mirándola con expectación, aguardando sus palabras. La sábana había resbalado un poco por sus estrechas caderas y apenas le cubría esa parte de su anatomía que tanto placer le había dado poco antes. Deirdre sintió que las mejillas le ardían.

—No. Al menos eso creo. Supongo que con su edad era posible, pero nunca lo mencionó. Claro que ése no es un tema del que un caballero quiera hablar...

—Deirdre, estás divagando.

Lo sabía, pero el tema en sí la incomodaba. La idea de estar con Nigel como había estado con Tristan se le hacía impensable.

Entonces cerró los ojos e inspiró hondo antes de continuar:

—Nigel y yo nunca tuvimos este tipo de relación. Él era como un padre para mí y a mí me consideraba como una hija.

—Entonces, ¿por qué os casasteis? ¿Fue por los rumores?

—En parte. Nigel estaba al tanto de las especulaciones que circulaban entre los miembros de la alta sociedad, que ya eran bastante desagradables cuando yo era una niña. Pero a medida que fui creciendo, el contenido de los rumores fue empeorando. Alcanzó cotas realmente despiadadas y groseras. Él quería protegerme y decidió que el matrimonio sería la mejor manera de hacerlo. Yo era muy joven, sólo tenía diecisiete, pero al menos, siendo su esposa, me aseguraría cierto respeto, aunque sólo fuera de cara a la galería. —Apretó las sábanas con los dedos—. Y después estaba la cuestión de la herencia. La primera esposa de Nigel y su hija habían muerto en un naufragio varios años antes de que yo apareciera. Él era el último de su línea de descendencia, y no había familiares varones que pudieran hacerse cargo del título. Una hija adoptada tiene pocos derechos ante la corte inglesa, de modo que, a su muerte, todo se habría perdido.

—Y se casó contigo para asegurarse de que no te faltara nada.

—Sí.

Tristan guardó silencio un largo momento, el cejo fruncido mientras consideraba las implicaciones de lo que ella acababa de contarle. Cuando por fin habló de nuevo, sus palabras denotaban respeto, aunque de mala gana.

—Debió de ser un gran hombre.

—Lo era. —Deirdre sonrió con nostalgia al recordar a su difunto esposo—. No se lo puse fácil durante los primeros años que viví aquí. Me mostraba hosca y difícil, pero él no se rindió. Por primera vez en mi vida, supe lo que era el amor incondicional. Y siempre le estaré agradecida por ello.

Sus ojos se humedecieron. Convertirse en viuda a los diecinueve años no era algo para lo que se hubiera preparado, y para ella, el año transcurrido desde que Nigel había muerto había sido muy difícil. A veces le había parecido que lo único que la mantenía con vida era su trabajo para la gente de Tothill.

Y entonces había conocido a Tristan y todo había cambiado. En tan sólo dos días, ese hombre había conseguido llegar hasta donde nadie antes había llegado. Ni siquiera el vizconde.

Había hecho que se enamorase de él.

No estaba segura de cuándo había sucedido exactamente. Tal vez al presenciar su amabilidad hacia Lilah, o cómo se había comportado con Benji y Gracie, con ternura y paciencia. O puede que cuando fue a rescatarla en el club de Dan, o incluso la noche anterior, cuando la había abrazado mientras ella lloraba.

Pero no importaba mucho cuándo hubiera sucedido; el resultado era el mismo. Había entregado su corazón al hombre tierno y cariñoso que él trataba de ocultar tras una arisca fachada, y mucho se temía que se llevaría su corazón consigo cuando saliera de su vida.

Porque de que iba a salir no tenía ninguna duda. Sólo era cuestión de tiempo que encontraran a Emily. No era tan ingenua como para creer que lo que había ocurrido entre ellos esa noche hubiese significado para él tanto como para ella. Era evidente que era un amante experto y que había estado con muchas mujeres a lo largo de los años. Mientras para ella el mundo se había vuelto del revés, tenía que recordar que para él el acto que habían compartido no habría sido más que un momento agradable, una forma de distraerse de los demonios que lo atormentaban.

Y probablemente fuera mejor así, decidió, mordiéndose el labio. Aun en el caso de que por algún milagro Tristan correspondiera a sus sentimientos, la vida en común sería imposible. Ella estaría constantemente preocupada por si él descubría los secretos que le ocultaba y si la odiaría por ello.

—Aun así deberías habérmelo dicho.

Sus palabras la arrancaron de sus reflexiones, y cuando levantó la cabeza se encontró con la severa mirada de Tristan.

—¿Cómo dices?

—Tenía derecho a saber que eras virgen, Deirdre. Podría haber sido… ¡Maldita sea! —Se pasó la mano por el rostro—. Podría haberme tomado más tiempo, haber sido más suave, haberlo hecho más fácil y mejor para ti.

—¿Podría haber sido mejor? —Deirdre estaba atónita—. ¡No creo que hubiera sobrevivido!

Cuando Tristan le dirigió una mirada dubitativa, ella se inclinó y le puso una mano en la mejilla, sintiendo la barba incipiente contra la palma. Costaba trabajo creer que aquel hombre pudiera dudar de algo, especialmente de su habilidad para complacer a una mujer, pero el sentimiento estaba allí, en el fondo de sus ojos violeta.

—Tristan, te lo juro. No habría cambiado nada —dijo ella totalmente en serio—. Ha sido perfecto, incluso más de lo que pudiera haber imaginado.

El alivio suavizó las facciones de él, y una sensual sonrisa apareció en sus labios. Alargó la mano y, enlazando sus dedos con los de ella, la acercó hacia él.

—En ese caso, supongo que no podré convencerte para que me des otra oportunidad de mejorar mi actuación, ¿verdad?

Un escalofrío la recorrió cuando sintió la caricia en la cara interna de la muñeca.

«Aprovecha cada segundo que estés con él, porque puede que mañana ya no esté aquí», le susurró una voz interior.

—Qué idea tan maravillosa —dijo ella, besándole el mentón y, deslizando a continuación su mano libre por debajo de las sábanas, lo acarició con atrevimiento, deleitándose con la larga y cálida vara que tenía entre los dedos. Era como acero envuelto en terciopelo—. Yo iba a sugerir lo mismo.

Él soltó una exclamación de sorpresa y se removió bajo su contacto. A Deirdre le pareció que su tamaño se ensanchaba y se alargaba con las atenciones de ella. La agarró por las caderas y la colocó encima de él, a horcajadas, rozando con la punta de su miembro el húmedo umbral de su cuerpo.

—Soy tu humilde siervo, milady —dijo él con un gruñido, y se enterró en ella, momentos antes de llevarla nuevamente al paraíso.

Mucho después de que Deirdre se quedara dormida entre sus brazos, Tristan permanecía tumbado en la cama, mirando el techo, tratando de buscarle sentido a la maraña en que se había convertido su vida.

Todo le resultaba confuso, y parecía que, cuanto más se esforzaba por buscar la solución, más lo eludían las respuestas. Entre el miedo que sentía por Emily y sus embrollados sentimientos por Deirdre, era un milagro que no se hubiera vuelto ya tarumba.

Al mirar la cabeza de rizos caoba que reposaba tan confiadamente en su hombro, no pudo ignorar el agudo pinchazo de dolor que sintió en el corazón. Aunque lo que había ocurrido entre ellos no había sido planeado, no lo lamentaba. Había sido la experiencia más intensa de su vida. Había habido otras mujeres, claro, pero ni una sola de ellas le había llegado al corazón como Deirdre.

Y cuando se había dado cuenta de que era virgen… bueno, se había quedado atónito. No es que se quejara. Saber que él había sido el primero que le había proporcionado ese tipo de placer lo llenaba de satisfacción, por no mencionar la primitiva sensación de posesión que había experimentado y que le resultaba vagamente desconcertante. Nunca antes se había mostrado posesivo con una mujer, pero Deirdre estaba demostrando que era la excepción a la regla.

Y en más de un aspecto.

Si ella hubiera sido la dura e insensible cazafortunas que él había creído al principio, eso habría facilitado mucho las cosas. Podría haberle pagado para que lo ayudara a encontrar a su hermana, neutralizándola así como amenaza para sus defensas largo tiempo activas.

En cambio, viendo como era, Deirdre había ido derribando sus murallas poco a poco con su testaruda determinación, su alma cariñosa y su voluntad de ayudar a las personas. Verla con las gentes de Tothill Fields había sido toda una revelación. A través de ella, estaba aprendiendo a no juzgarlos a todos como al hombre que había asesinado a su madre. Era algo que sabía desde hacía mucho, pero conocer a Lilah, a los McLean, incluso a los Dedos Largos, le había abierto los ojos, y la generosidad de Deirdre le había revelado lo satisfactorio que podía ser ayudar a aquellos que son menos afortunados.

En muchos sentidos, era demasiado desinteresada.

La abrazó con más fuerza y enterró la nariz en su cabello con aroma a fresas. La verdad era que aquella mujer necesitaba un vigilante, o continuaría dándose a los demás hasta consumirse como una vela y que no quedara nada de ella. Lo que hacía tenía que pasarle factura sin duda alguna, tanto física como emocionalmente, en especial por la implicación personal que tenía con sus protegidos. Todos y cada uno de ellos eran muy importantes para ella. Si hasta había hecho un hueco en su corazón para Emily. Buscar a su hermana se había convertido en algo tan perentorio para ella como para él.

Lo que conducía a otro dilema.

Emily.

Apretó la mandíbula al recordar la conversación que había mantenido horas antes con Deirdre. Tenía razón. Desde que había vuelto, se había pasado el tiempo evitando a su hermana, ignorando inconscientemente sus súplicas de atención porque hablar con ella le recordaba demasiado lo que había perdido. Mirándolo en perspectiva, se daba cuenta de que Emily había tratado de poner voz a su frustración e infelicidad en más de una ocasión, pero él le había dado unas cariñosas palmaditas en la cabeza y la había despachado como si sus sentimientos no contaran para nada. No era de extrañar que se hubiera fugado. A todos los efectos, él no la había tratado de una manera muy distinta que su padre.

Dios, no quería creer que Emily pudiese estar mejor con su tía, pero ¿a qué otra conclusión podía llegar si no? Por su culpa, ahora estaba sola en las calles, era posible que hubiera presenciado un asesinato y la perseguía un hombre que, según parecía, era la encarnación del mismísimo demonio.

Sin importar lo que Deirdre dijera, Tristan sabía que él era el responsable de todo, y eso lo estaba destrozando.

Debió de transmitirle parte de su inquietud a Deirdre, porque ésta se removió a su lado, y él le acarició la sedosa curva del hombro en un intento de tranquilizarla. Tenía que intentar sacar todo aquello de su cabeza y dormir un poco, o de lo contrario al día siguiente estaría exhausto y no sería de ayuda para nadie. Claro que eso era más fácil de decir que de hacer.

Muy pronto tendría que tomar algunas decisiones clave. No sólo respecto a Emily, sino también a la mujer que tenía entre los brazos. Se había convertido en alguien muy importante para él en muy poco tiempo, y aunque no estaba seguro de lo que sentía exactamente por ella o qué iba a hacer al respecto, mucho se temía que cuando todo hubiera terminado, no fuese capaz de dejarla ir.

21

Alguien estaba llorando.

Emily rodó sobre el jergón que ocupaba en la madriguera de los Dedos Largos y aguzó el oído, tratando de averiguar de dónde provenía el sonido.

No tenía ni idea de cuándo habían empezado los sollozos. Supuso que llevaría tiempo oyéndolos en su subconsciente, pero había estado demasiado absorta en su torbellino emocional como para darse cuenta. Llevaba horas dando vueltas en el jergón hasta que, finalmente, había llegado a la conclusión de que no podría dormir.

Fue entonces cuando el leve gimoteo caló en su mente.

Emily se sentó y levantó una esquina de la cortina para echar un vistazo a la habitación, intentando ver algo en la oscuridad. Alguien había dejado una vela encendida encima de la mesa, pero su tenue luz apenas conseguía dispersar las sombras o mostrar a la víctima de tal aflicción.

Incapaz de contener la curiosidad un segundo más, Emily se puso en pie y se acercó con todo sigilo a la mesa para coger la vela. Manteniéndola en alto, describió un lento círculo para orientarse. Por un momento, lo único que se oyó fue la respiración profunda y regular de los chicos dormidos; estaba empezando a creer que lo había imaginado todo cuando los sollozos empezaron de nuevo.

Provenían de la oscuridad, de algún punto a lo largo de la pared que tenía enfrente, se dirigió hacia allí siguiendo el sonido. A pesar de llevar la vela en la mano, casi tropezó con la fuente del llanto antes de ver quién era.

Se trataba de Benji.

Estaba sentado en su jergón, abrazándose las rodillas dobladas, con la cabeza enterrada entre los brazos y los delgados hombros sacudiéndose por la fuerza de los sollozos.

Emily se preocupó. Dejó la vela en el suelo y, tras arrodillarse al lado del pequeño, le tendió los brazos y lo estrechó contra su pecho.

—Benji, cariño, ¿qué te ocurre? ¿Por qué lloras?

El niño no respondió; se limitó a negar con la cabeza mientras le rodeaba el cuello con sus bracitos.

—Por favor, Benji. No puedo ayudarte si no me dices lo que te pasa.

Levantando la cabeza, el niño la miró con los ojos inundados de lágrimas. Se lo veía ojeroso, y parecía muy triste a la pálida luz.

—Es mi libro, señorita Ángel. Alguien me lo ha roto.

Ella miró por encima del hombro del pequeño, y apenas pudo contener un grito de indignación al ver el libro totalmente destrozado. La cubierta del preciado tesoro de Benji estaba partida en dos, le habían arrancado las páginas y las habían esparcido por toda la superficie del jergón. No tenía arreglo, y Emily sintió que se le partía el corazón. Aquel libro lo era todo para el niño que tenía en sus brazos, el único rayo de luz en su desdichada vida, y alguien lo había destrozado.

¿Quién podía haber hecho algo así?

Pero antes de que acabara de formular la pregunta, supo la respuesta.

Jack.

Un vistazo en dirección al jergón del chico mayor bastó para saber que no estaba equivocada. Al parecer, Jack ni siquiera se había acostado. El lecho estaba vacío. Lo más probable era que estuviera observando desde cerca, deleitándose con el resultado de su malvada acción.

—Me he despertado y lo he encontrado así, roto. —Benji hipó y se restregó los ojos con el mugriento puño—. Nunca volveré a tener nada tan bonito.

—Tonterías —susurró ella, tomándolo por los hombros para obligarlo a mirarla a los ojos—. En cuanto llegue a casa, te prometo que te compraré montones y montones de libros. Todos los que quieras.

El niño la miró con los ojos como platos.

—¿De verdad?

—De verdad. —Entonces Emily se levantó, se sacudió las calzas y cuadró los hombros. No tenía intención de dejar que Jack se saliera con la suya. Se aseguraría de que pagara.

»No te preocupes, Benji. Tú espera aquí. Yo me ocuparé de todo.

Sin esperar a que el niño respondiera, se dio la vuelta y se dirigió a la puerta de la madriguera con paso silencioso, pero resuelto. Estaba relativamente segura de saber dónde se escondía aquel demonio y estaba decidida a echarle la reprimenda de su vida.

Con cuidado de no despertar a los demás, abrió la puerta y se deslizó hacia el callejón. Hacía poco que había cesado la tormenta que había estallado aquella tarde; los adoquines mojados y algún que otro relámpago en la distancia daban fe de ello. Abrazándose a sí misma para protegerse del frío nocturno, miró a derecha e izquierda, buscando en la oscuridad alguna señal de movimiento entre las cajas y los barriles que se alineaban a lo largo del callejón.

—¿Me estabas buscando, princesa?

El insolente tono sonó a su espalda, y Emily se volvió en redondo, con el corazón en la garganta. Al principio no veía nada más que una vaga forma, pero después de un segundo o dos, sus ojos se acostumbraron y confirmó que en efecto era Jack, apoyado en la pared del edificio. Tenía las manos metidas en los bolsillos y la estaba mirando, aunque era difícil ver su expresión en la penumbra.

El miedo que ese chico le había inspirado desde el momento en que lo conoció, le cerró la garganta amenazando con ahogarla, pero Emily inspiró hondo e hizo acopio de todo su valor. Se negaba a dejarse intimidar.

—Sí, así es, te estaba buscando. —Orgullosa de la frialdad que había conseguido imprimir a su voz, se acercó hasta ponerse cara a cara con él, y puso los brazos en jarras—. ¿Cómo has podido?

—¿Cómo he podido qué?

—Ser tan cruel. —Al pensar en la carita de Benji, la ira prendió una vez más en ella, aplastando todo el miedo que pudiera sentir—. Sabías lo mucho que ese libro significaba para Benji, y aun así se lo has destrozado. Has arrancado todas las páginas.

—No sé de qué me estás hablando.

Pero sí lo sabía. Emily podía verlo en la curvatura de sus labios y en sus malvados ojos.

—No te creo. —Inclinándose hacia adelante, le clavó un dedo en el pecho y, con sumo desprecio, dijo—: Sólo es un niño. ¿Tan cobarde eres que tienes que atormentar a un niño pequeño?

Jack se puso rígido, y Emily se preguntó si era muy inteligente enfrentarse a él estando allí sola. El odio que emanaba del chico le hizo recuperar la cautela.

Demasiado tarde.

—Supón que atormento a alguien de mi tamaño, ¿vale? ¿Qué tal te parecería esto? —De pronto, se lanzó sobre ella y le agarró la muñeca con saña—. ¿Alguien como… tú?

Emily trató de zafarse, pero él la sujetaba con fuerza.

—Suéltame.

—Oh, venga ya, encanto. ¿Crees que no sé por qué le gustas tanto a Peter? Lo has estado haciendo con él, ¿verdad? Vaya, vaya, debajo de todas esas buenas maneras tuyas no eres más que una putita.

—Para.

Tan rápido que casi no se dio cuenta, Jack la empujó hacia adelante, contra la pared del edificio, atrapándola entre la fría piedra de éste y el calor de su cuerpo.

—Me detendré cuando yo quiera.

Y a continuación, le presionó la garganta con un brazo para inmovilizarla, mientras su otra mano descendía despacio por la parte delantera del cuerpo de Emily, haciendo que se estremeciera de asco.

—Y ahora mismo —continuó—, quiero lo que le has estado dando a Peter.

Con un veloz e inesperado movimiento, agarró la pechera de la camisa prestada que Emily llevaba y se la abrió con todas sus fuerzas. Los botones saltaron y volaron en todas direcciones, dejándola paralizada de terror.

Ella empezó a forcejear, a darle patadas y puñetazos, pero los golpes no parecían surtir efecto. De hecho, como demostraban sus suaves carcajadas, Jack parecía divertirse al ver sus vanos intentos de liberarse. El brazo que le presionaba la garganta evitaba que a Emily le entrara oxígeno en los pulmones, y mientras trataba de respirar, empezó a nublársele la vista y los objetos comenzaron a volverse borrosos. Lo único que veía era la cara de él, una máscara de maldad que se cernía sobre ella.

Entonces, abruptamente, desapareció. Tragando aire desesperadamente, se apartó de la pared dando tumbos, buscando con la mirada entre las sombras, hasta que vio dos figuras enzarzadas en una feroz pelea a escasa distancia.

Tras unos tensos minutos, la más alta de las dos formas consiguió enviar a la otra sobre una pila de cajas junto a la otra pared del callejón. Emily se acercó y vio que su rescatador era Peter. Estaba de pie, con la mandíbula apretada, mirando con ojos brillantes a Jack tumbado en el suelo.

—Ya está bien —gruñó con un tono que no dejaba lugar a dudas sobre la furia que sentía—. Te has pasado. Recoge tus cosas y vete.

Al ver que Jack no respondía sino que se limitaba a levantarse y a quedarse de pie un tanto vacilante, Peter avanzó hacia él con los puños apretados a ambos lados de su cuerpo.

—Ahora, Jack —insistió.

—Ya me voy —le aseguró el otro, devolviéndole la furibunda mirada.

Miró a Emily con resentimiento antes de continuar.

—De todas formas, estoy harto de este sitio. Pero no olvidaré esto. Nada de esto.

Con sus palabras resonando en el silencio de la noche, se volvió y, con paso tranquilo, se perdió en la oscuridad.

Tan pronto como el chico hubo desaparecido, Peter pareció relajarse un poco, y entonces se volvió hacia Emily y posó las manos en sus hombros.

—¿Estás bien? ¿Te ha hecho daño?

¿Estaba bien? No estaba segura. Ahora que había pasado todo, tenía que admitir que se sentía un poco temblorosa, y cuando trató de hablar, lo único que surgió de su garganta fue un trémulo gemido.

—Oh, Peter.

Éste la rodeó con sus brazos en un abrazo tranquilizador, al tiempo que soltaba un suspiro mientras reposaba la barbilla en la cabeza de Emily.

—Lo siento mucho, Emily. Debería haber echado a ese canalla de aquí hace tiempo.

Se estaba tan caliente y confortable junto a él que Emily esperó un segundo a que la calidez de su abrazo penetrara en ella antes de hablar:

—¿Y por qué no lo hiciste?

—¿Por qué no hice qué?

—Echarlo.

—No lo sé. Supongo que me daba lástima. Nunca he dado la espalda a nadie que necesitara ayuda, y sé que Jack ha tenido una vida difícil. —Peter se puso tenso y Emily lo notó—. Pero esta noche ha ido demasiado lejos. Lo que ha hecho…

—¿Sabes lo del libro de Benji?

—Me ha despertado y me lo ha dicho. Por eso he sabido que estabas aquí fuera. Pero no es a eso a lo que me refiero. Jack podía haberte…

Se detuvo antes de acabar la frase, incapaz de seguir, y Emily se apartó levemente de él para hacer que la mirara a los ojos.

—Estoy bien gracias a ti.

Él esbozó una leve sonrisa que se desvaneció casi de inmediato al darse cuenta de que Emily estaba temblando cerrándose como podía los retazos de tela de la camisa rota.

—Vamos dentro a ver si encontramos otra camisa. Te estás quedando congelada, Ángel.

Sus palabras le provocaron un escalofrío de sorpresa. Emily se detuvo un momento y le tocó el brazo.

—¿Por qué me has llamado así?

—¿Cómo?

—Ángel.

Él se encogió de hombros, esquivando su mirada.

—Supongo que se lo he oído decir a Benji tantas veces que se me ha pegado. —Sonrió levemente—. Además, a mí me pareces uno.

El cumplido casi tímido la caldeó por dentro y por fuera. Pero cuando la invitó a entrar en la madriguera posando una mano en su espalda, Emily no pudo evitar preguntarse si sería la última vez que verían a Jack Barlow, o si cumpliría su promesa de volver y hacérselo pagar.

22

Una súbita conmoción hizo que Tristan se incorporase de golpe en la cama a la mañana siguiente.

Aturdido y desorientado después de tan pocas horas de sueño, parpadeó para protegerse de la luz que se filtraba a través de las cortinas, y miró a Deirdre, que estaba contemplando el techo como si esperara que se derrumbara sobre ellos de un momento a otro.

—¿Qué demonios...? —preguntó.

Como el ruido aumentara en intensidad, ella saltó de la cama de inmediato y corrió hacia la puerta, cogiendo el camisón y poniéndoselo de camino. Tristan se detuvo lo justo para recoger un par de calzas del respaldo de un mullido sillón y ponérselas a su vez antes de unirse a Deirdre en el pasillo.

—Te he dicho que milady aún está dormida. —Era la señora Godfrey, con una voz que destilaba disgusto resonando en el vestíbulo—. Ha pasado varios días malos, ya lo creo, y no quiero molestarla a esta hora de la mañana por alguien como tú. ¡Y ahora fuera de aquí!

Se oyó un gemido canino procedente de *Sally*, y sus pezuñas arañando el suelo de madera antes de que una segunda voz apareciera en escena, una voz vagamente familiar.

—¡No lo entiende! ¡Tengo que verla! Tengo un mensaje para ella muy importante.

Tristan llegó junto a Deirdre en el rellano de la escalera y miró por encima de la barandilla. Por un momento, lo único que logró ver fue la recia figura del ama de llaves que ocupaba toda la entrada, bloqueando eficazmente el paso de quienquiera que intentara pasar. Pero cuando ésta se movió ligeramente, se hizo visible la pequeña forma que estaba al otro lado, en los escalones de entrada a la casa.

Deirdre pareció reconocerla al mismo tiempo que él.

—¿Jenna? —Con expresión de preocupación, Deirdre bajó la escalera seguida por Tristan—. Está bien, señora Godfrey, puede dejarla pasar. La conozco.

La mujer asintió con rigidez y se hizo a un lado para que la chica entrara en el vestíbulo. Jenna miró ceñuda al ama de llaves y a la perra, que no dejaba de ladrar ni un momento, antes de entrar y dirigirse a Deirdre.

—Dodger Dan me envía, milady. Tiene que verla de inmediato.

Tristan sintió resurgir la esperanza. Y, según parecía, Deirdre también, a juzgar por la cara llena de alegría con que lo miró.

—¡Debe de tener noticias de Emily!

Pero antes de que Tristan tuviera oportunidad de decir nada, Deirdre devolvió su atención a la niña.

—¿Dónde está?

—Quiere que vaya a El Alegre Roger, milady.

—Muy bien. Nos vestiremos y estaremos allí en unos minutos.

Y sin esperar a Tristan, echó a correr escaleras arriba.

Él se dio la vuelta para subir tras ella, pero al hacerlo se dio cuenta de que la señora Godfrey estaba mirando su torso desnudo con ojos de sorpresa, y no pudo evitar hacerle una guasona reverencia. Ella rezongó con altanería antes de coger en brazos a *Sally*, recién bañada y cepillada, y se alejó de allí.

Guiñándole un ojo a Jenna, continuó su camino hacia la escalera.

Deirdre había regresado a la habitación de él y estaba de pie en medio de la misma con las manos en las caderas, recorriendo el suelo con la vista con gesto contrariado.

—¿Dónde estará? —mascullaba, golpeando el suelo agitadamente con la punta del pie.

Casi seguro de lo que estaba buscando, Tristan sacó la camisola de debajo de la cama y se la tendió.

—¿Sabes?, creo que a tu ama de llaves no le gusto mucho.

Ella se sonrojó y cogió la prenda interior, evitando a toda costa mirarlo a los ojos.

—No es que no le gustes. Es sólo que es…

—¿Demasiado protectora en lo que a ti respecta? —terminó él, cruzándose de brazos.

—Sí. Bueno, yo… —Deirdre se sonrojó aún más, y se dirigió a la puerta a toda prisa—. Voy a vestirme. Nos vemos abajo, ¿de acuerdo?

—Espera, Deirdre.

Tristan no podía dejar que se fuera así. No hasta saber con seguridad que no lamentaba lo que había ocurrido entre ellos la noche anterior. Si así fuera, no se veía capaz de poder soportarlo.

Deirdre se detuvo con la mano ya en el picaporte, y él se acercó a ella, buscando ansiosamente su mirada.

—¿Estás bien de verdad, Deirdre? Anoche no te hice daño ni…

—¡Oh, no! —dijo ella, volviéndose hacia él para mirarlo con toda sinceridad—. Estoy bien. De verdad. —Se detuvo y bajó la cabeza—. Fue perfecto. Todo.

Tristan le cogió la barbilla con la mano y le levantó la cara para darle un rápido beso en los labios.

—Me alegro. Espero que eso signifique que no tienes inconveniente en repetirlo.

Tristan tuvo que contener una carcajada al ver la expresión de sorpresa de Deirdre. Su boca se movió como si fuera a decir algo, pero no logró articular ningún sonido. Finalmente, hizo un gesto de asentimiento con aire de impotencia y se escabulló por la puerta.

Nada más cerrarse tras ella, Tristan sonrió contento. Estaba claro que su suerte estaba cambiando. Era muy posible que estuvieran a punto de encontrar a Emily, y, si no había entendido mal, la noche anterior sólo había sido la primera de las muchas que disfrutaría con Deirdre.

¿Realmente estaba bien?

Deirdre se lo preguntaba mientras Tristan la ayudaba a bajar del coche delante de El Alegre Roger poco después.

La verdad es que estaba un poco cansada y dolorida en lugares que antes no sabía ni que existían, pero en general suponía que, para ser la primera vez, no había salido tan mal parada. Con la excepción de su corazón, claro.

Ver a Jenna en el vestíbulo esa mañana la había hecho reafirmarse en su convicción de que su tiempo con Tristan podía terminar de manera muy abrupta. No era que no se alegrara de encontrar a Emily, pero la idea de despedirse del hombre que le había hecho el amor la noche anterior, aquel de quien se había enamorado, era, como poco, devastadora.

Desechando la súbita melancolía que se estaba apoderando de ella, miró a Jenna mientras ésta bajaba de un salto del coche para unirse a ellos.

—Quédate aquí con Cullen, Jenna —le dijo Deirdre, dándole un cariñoso apretón en el hombro—. Volveremos en seguida.

La niña hizo una mueca de disgusto.

—Oh, pero yo también quiero ir. Quiero ayudar. Dan dijo que podría.

—¡Jenna McLean, no vas a poner el pie en una taberna! ¿Me has entendido? Tu madre nunca me lo perdonaría si se enterara de que te he dejado.

—Pero...

Deirdre le lanzó una severa mirada que la hizo callar de inmediato.

—No hay nada que discutir. Te agradezco que quieras ayudar y te prometo que encontraremos la manera de que lo hagas, pero por ahora espera aquí. Y si no te portas bien, Cullen tiene permiso para llevarte a casa.

Gruñendo entre dientes, Jenna se cruzó de brazos y se apoyó en el carruaje con expresión hosca.

Con una mirada al cochero, que asintió a modo de respuesta, Deirdre hizo un gesto a Tristan y lo precedió en la entrada de la taberna.

Harry los recibió dentro, con una bandeja llena de platos y vasos sucios.

—Está allí al fondo —dijo el tabernero antes de encaminarse hacia la barra, haciendo un gesto brusco con la cabeza en dirección a una solitaria figura sentada en el rincón más alejado.

Deirdre inspiró hondo y echó a andar con Tristan pisándole los talones. A cada paso su esperanza y expectación aumentaban. Aquello podía ser el final por el que tanto había rezado. La búsqueda de Emily podía estar a punto de terminar.

Dan se levantó al verla acercarse, y le indicó la silla que tenía enfrente con una ligera inclinación de cabeza.

—Buenos días, DeeDee. Has llegado antes de lo que esperaba.

Tratando de contener la perentoria necesidad que sentía de agarrar al boxeador por las solapas y zarandearlo hasta que le dijera todo lo que sabía, mantuvo controladas sus desbocadas emociones y se sentó en la silla que le ofrecía.

—Como comprenderás, estaba ansiosa por saber algo cuanto antes. ¿Has encontrado a Emily?

Dan miró a Tristan, que permanecía en pie.

—Lo siento, pero me temo que no.

Sus palabras fueron como un jarro de agua fría. A su lado, Deirdre notó que Tristan se ponía rígido, como si estuviera absorbiendo el golpe. Dios, estaban tan seguros…

—Sin embargo —continuó Dan—, tengo algo que pensé que podría interesaros. —Se metió la mano en el bolsillo y sacó un objeto que mostró a Deirdre con gesto expectante.

Deirdre captó el destello del oro y se inclinó para examinar lo que Dan tenía en la palma.

—¿Un medallón?

—Uno de mis hombres se lo sacó a un golfillo callejero que admitió habérselo robado a una joven que cuadraba con la descripción de la chica que estáis buscando.

Ella tomó la delicada pieza de orfebrería de la mano de Dan, estudiando con renovado interés la inscripción que había en el medallón en forma de corazón.

—Para mi esposa, Victoria, con amor. —Lo giró en su mano y lo levantó en dirección a Tristan—. ¿Lo reconoces?

Él cogió el colgante y sus ojos se iluminaron cuando su mirada se cruzó con la de Deirdre.

—Sí. Era de mi madre. Mi padre debió de dárselo a Emily.

Ella miró a Dan de nuevo.

—¿Y el golfillo se fijó hacia dónde iba? ¿Vio…?

El boxeador la interrumpió negando con la cabeza.

—Lo he interrogado a fondo. No tiene idea de dónde está. Lo

único que hizo fue robarle la bolsa. No prestó ninguna atención a lo que ella hacía después.

Los dedos de Tristan se cerraron sobre el colgante con tanta fuerza que Deirdre podía ver sus nudillos blancos.

—Entonces, ¿de qué nos puede servir? —preguntó Tristan.

Dan lo observó con detenimiento.

—Pensé que a su familia le gustaría recuperarlo. Y quería que supierais que uno de los hombres que tengo siguiendo a los chicos de Flynt ha venido a verme esta mañana para decirme que ha averiguado por qué Barnaby está buscando a vuestra amiguita. —Miró a Deirdre—. Según parece, ella lo vio deshacerse de un tipo. Alguien que lo había estafado.

A Deirdre la sangre se le heló en las venas. De modo que estaba en lo cierto. La hermana de Tristan había presenciado el último crimen de Barnaby.

Dan enlazó los dedos debajo de la barbilla y, con los codos apoyados en la mesa, continuó:

—Lo que se dice es que aún la está buscando, así que al menos sabéis que no está en su poder.

Un pequeño consuelo. Pero seguían sin saber dónde se escondía, y sólo era cuestión de tiempo que la suerte de la chica se terminara y los hombres de Flynt dieran con ella.

—Siento que mis noticias no sean mejores —dijo el boxeador con seriedad—. Sé que esperabais más.

Deirdre suspiró.

—Estás haciendo lo que puedes, Dan, y te lo agradezco. Más de lo que imaginas.

A continuación miró a Tristan, que se había apartado un poco y estaba de pie, observando el colgante que tenía en la mano. Un músculo vibraba en su mandíbula y líneas de tensión se dibujaban en torno a su boca.

Lo único que quería era correr a abrazarlo y calmar su miedo y preocupación con su cariño, pero las palabras de Dan llamaron su atención.

—Te prometo que mantendré a mis hombres vigilando, Dee-Dee. En cuanto me entere de algo, enviaré a Jenna a informarte.

Eso le recordó otro asunto que quería tratar con él.

—Por cierto. No sé si apruebo que involucres a Jenna en tus… actividades. Bastante difícil le resulta no meterse en líos últimamente. ¿No te habrás…?

—¿Aprovechado de sus talentos? —El boxeador negó con la cabeza—. No. Su madre me armaría una buena. Me enteré de que su familia tenía dificultades y decidí ayudar pagándole a Jenna por hacerme los recados. —Al ver que Deirdre fruncía el cejo, hizo un gesto con la mano como quitándole importancia—. Nada peligroso, te lo aseguro. Sólo enviar mensajes y cosas así.

Aquello la apaciguó un poco.

—Es muy amable por tu parte.

Él se encogió de hombros.

—No es nada. Me gusta mucho esa chica, la verdad. Lleva unos dos meses viniendo por el club, colándose a hurtadillas para ver los combates. Me recuerda a otra niña que conocí hace tiempo.

Ambos se sostuvieron la mirada, los ojos llenos de recuerdos compartidos.

—Cuidarás de ella, ¿verdad? —preguntó Deirdre finalmente, con gesto serio.

—Claro que sí. Y te prometo que lo haré mejor de lo que lo hice contigo.

Sus palabras la desarmaron, pero antes de que pudiera recuperar la compostura para continuar la conversación, Tristan dijo, desde la espalda de ambos.

—Hablando de Jenna, creo que le has dicho que esperase fuera.

Deirdre miró en dirección a la entrada, y ahogó un gemido cuando vio a la niña de pie dentro de la taberna, hablando con un contrariado Harry.

—Ay, Dios, creía que Cullen la estaba vigilando.

—Me parece que Cullen está algo distraído —dijo Tristan, señalando con la cabeza hacia los ventanales de la taberna, donde se veía el carruaje de los Rotherby aparcado junto a la acera.

El cochero de Deirdre había sido acorralado contra uno de los costados del coche por una Lilah con ganas de coquetear, y él pobre tenía el rostro rojo como un tomate y se rascaba la cabeza con evidente consternación ante lo que fuera que la prostituta le estuviera diciendo.

Deirdre se levantó con un suspiro exasperado.

—Supongo que tendré que ir a rescatarlo. Si me disculpáis, en seguida vuelvo.

Antes de alejarse miró a Tristan, y algo en los ojos de éste le recordaron el antagonismo que había surgido entre Dan y él en el club la noche en que se conocieron. Por un segundo se preguntó si dejarlos a solas era una buena idea, pero una exclamación de Jenna apartó esa idea de su mente, y corrió hacia la puerta.

Tristan la vio atravesar la estancia en dirección a la chica y el tabernero, y volvió a bajar la vista hacia el colgante que tenía en la mano. Tocarlo, tener en sus manos algo que una vez había pertenecido a su madre, debería hacer que se sintiera mejor. Pero en vez de eso, le hizo pensar en todas las cosas que había hecho mal. Con lo esperanzado que estaba un momento antes, tan seguro de que pronto iba a recuperar a Emily. Ahora lo único que sentía era un curioso vacío que parecía hacerse más grande cada vez que respiraba.

—¿Así que te hospedas con DeeDee?

Tristan levantó la vista al oír la pregunta de Dan, captando la desaprobación que había en los ojos del hombre.

—¿Cómo lo sabes?

—Tengo mis métodos. —El boxeador se cruzó de brazos e inclinó hacia abajo las comisuras de la boca en una fea mueca—. Sólo quiero que sepas que te estaré vigilando. No pienso dejar que nadie se aproveche de DeeDee. Es como una hija para mí, y tengo intenciones de cuidar de ella.

Tristan sintió un ataque de ira movido por un sentimiento de rectitud moral que lo llevó a defender a Deirdre.

—Sí. No lo hiciste muy mal la primera vez. Dejaste que una niña se buscara la vida sola en las calles. A eso lo llamo yo ser todo un protector.

Las mejillas de Dan enrojecieron, y su actitud beligerante pareció distenderse, dejándolo sorprendentemente vulnerable.

—¿Te lo ha contado ella?

—Sí.

El boxeador dejó escapar el aire con brusquedad y se frotó la cara con la mano.

—Me equivoqué, y lo admito. Sólo pensaba en mí mismo, en mi negocio, y no tenía tiempo para una niña. Traté de convencerme de que alguien se ocuparía de ella. Lilah, o alguno de los orfanatos de la ciudad. Pero cuando me enteré de que no fue así, ya era demasiado tarde.

—¿A qué te refieres con que era demasiado tarde?

—Eso le corresponde a DeeDee decidir si quiere contártelo, pero te diré esto. —El rostro de Dan se endureció—. No la decepcionaré otra vez. Esta vez me aseguraré de que se ocupen bien de ella.

Tristan ladeó la cabeza y estudió al boxeador con un nuevo respeto. Parecía que el hombre hablaba en serio.

—Pues ya somos dos. Y conseguiremos más si unimos nuestros esfuerzos que si actuamos como enemigos.

—¿Qué es lo que quieres decir?

Tristan se sentó en la silla que había dejado libre Deirdre y se inclinó hacia adelante, sosteniendo la mirada del otro hombre.

—Digo que Deirdre me importa, y mucho. Y cualquiera que intente hacerle daño tendrá que vérselas conmigo.

El boxeador se quedó mirándolo fijamente en silencio durante unos segundos antes de sonreír.

—Bueno, parece que los dos queremos lo mismo. —Golpeó la mesa llena de marcas con el puño—. Y tienes razón, deberíamos unir esfuerzos. No me gustaría que DeeDee terminara en manos de ese Flynt otra vez por culpa de esto.

El corazón de Tristan dio un vuelco. ¿En manos de Flynt *otra vez?* Era la segunda ocasión que alguien aludía a la relación que Deirdre había tenido en el pasado con ese gánster, pero antes de que se le ocurriera una manera sutil de sacarle algo al hombre, la mujer reapareció a su lado.

—Bueno, parece que lo he solucionado por el momento —dijo alegremente—. Lilah se ha comprometido a ayudar a Cullen a echarle un ojo a Jenna, de modo que podemos volver a nuestro asunto de cómo dar con Emily.

Algo en la forma en que mantenía esquiva la mirada, le decía a Tristan que su oportuna interrupción había sido algo más que una coincidencia, pero no quiso decir nada, y se limitó a ofrecerle la silla para que se sentara, con la mirada fija en Dan.

¿Qué tipo de pasado podía haber compartido Deirdre con ese Flynt, y por qué no le había hablado de ello?

Sólo podía rezar para que, fueran cuales fuesen los secretos que aún guardaba, no se interpusieran entre ellos.

23

Durante los siguientes días continuaron sin tener noticias de Emily. Aun contando con Dan y sus hombres rastreando las calles de Tothill, la búsqueda parecía haber llegado a un punto muerto. Deirdre temía no poder seguir evitando por mucho más tiempo que Tristan acudiera a las autoridades.

Suponía que no podía culparlo, pensó mientras bajaba la escalera una mañana, tres días después de su visita a El Alegre Roger. Con sus métodos no habían llegado a ninguna parte. Cada tarde se aventuraban en el barrio para seguir preguntando, pero no servía de nada.

Aunque trataba de ocultarlo, Tristan estaba empezando a perder la esperanza. Deirdre lo conocía ya lo suficiente como para ver que, debajo de su fachada reservada, se ocultaban el miedo y la desesperación. Cuando estaban en casa, daba vueltas y más vueltas, como un animal enjaulado, moviendo la cabeza a un lado y a otro y murmurando para sí. No descansaba por las noches, que pasaba debatiéndose en las garras de una pesadilla tras otra.

Deirdre lo sabía de primera mano.

Desde el día en que hicieron el amor por primera vez, no habían vuelto a dormir en habitaciones separadas. Era casi como si entre los dos existiera la tácita decisión de que tenían que aprovechar todos los momentos que tuvieran disponibles. El amor que sentía hacia él crecía a cada hora que pasaba, y al despertar esa mañana en la cama y encontrarla vacía, la sensación de pérdida había sido tal, que tenía la impresión de que le hubieran arrancado una parte vital de sí misma. Le había dado miedo pensar en ese momento, que sin duda llegaría, más adelante, en que tendría que seguir viviendo sin él.

En medio de sus amargas reflexiones, se encontró con la señora Godfrey al pie de la escalera. No pudo evitar sonreír al ver a una juguetona *Sally* trotando detrás del ama de llaves. El pequeño terrier se había convertido en la sombra de la mujer y, aunque la señora Godfrey inicialmente había refunfuñado al encargársele el cuidado del animal, parecía que la adoración era mutua.

—Buenos días —dijo Deirdre, inclinándose para acariciar la cabeza de *Sally*—. ¿Ha visto a lord Ellington por casualidad?

—Está en el saloncito, señora. Dodger Dan está aquí, y creo que están discutiendo el próximo paso a dar en la investigación.

Deirdre se sintió vagamente perpleja. Desde su encuentro con el boxeador en El Alegre Roger algo había cambiado en la relación de ambos hombres. Habían desarrollado un vínculo sorprendente después de su inicial antipatía.

Cada mañana de los últimos días, Dan se había dejado caer por la casa para ponerlos al corriente de la búsqueda. Y una vez que los dos empezaban a hablar, Deirdre se sentía excluida. Por suerte, había tenido oportunidad de hablar con Dan a solas y advertirle que Tristan no sabía nada de su pasado con Barnaby. Después de lo que había oído al regresar a la mesa aquel día en la taberna, sabía que el boxeador había estado a punto de decírselo.

Dejó escapar un suspiro.

—Supongo que los dejaré hablar entonces. ¿Podría llevarles una bandeja con té y unas pastas?

La señora Godfrey asintió sin ocultar su desaprobación. La expresión que siempre adoptaba cuando mencionaban a su invitado. Aunque Deirdre y Tristan habían tratado de ser discretos en lo que a sus actividades nocturnas se refería, era obvio que el ama de llaves sabía lo que estaba pasando.

Hasta el momento, Deirdre había considerado mejor no darle importancia, pero esta vez no pudo contenerse:

—Señora Godfrey, lord Ellington es un buen hombre. No tiene intención de hacer daño a nadie. Lo único que quiere es encontrar a su hermana.

El ama de llaves parpadeó sorprendida y apartó la mirada.

—Me doy cuenta, señora, pero no puedo evitar preocuparme. No me gustaría que se aprovechara de usted.

—No lo está haciendo. Entre nosotros no ha pasado nada que yo no quisiera que pasara. —Dirigió a su ama de llaves una mirada suplicante—. Por favor, intente recordarlo y concederle el beneficio de la duda.

La señora Godfrey guardó silencio unos minutos mientras la contemplaba detenidamente, y al fin dejó escapar un profundo suspiro.

—Lo intentaré, señora.

Ya se estaba dando la vuelta para marcharse cuando unos fuertes golpes en la puerta de la calle la detuvieron en seco.

—Yo iré —dijo Deirdre, haciéndole un gesto con la mano—. ¿Por qué no se adelanta y va preparando el té?

El ama de llaves asintió y continuó hacia la cocina mientras Deirdre atravesaba el vestíbulo en dirección a la puerta.

La identidad del visitante la dejó boquiabierta.

—¿Jenna? ¿Qué estás haciendo aquí?

La niña no respondió, sino que pasó junto a ella hasta el centro del vestíbulo. Tenía las mejillas rojas y estaba jadeando, como si hubiera llegado hasta allí corriendo.

Preocupada, Deirdre cerró la puerta y le rodeó los hombros con un brazo.

—Jenna, ¿estás buscando a Dan?

Ella negó con la cabeza.

—He venido a hablar con usted, milady. He estado preguntando, ya sabe, por su amiga. Me dijo que podía ayudar, ¿recuerda?

Deirdre no quería saber lo que pensaba de que Jenna la «ayudara» de esa manera. Con Flynt involucrado en el asunto, el riesgo potencial acechaba detrás de cada esquina. Pero la pequeña estaba tan ansiosa por decirle a Deirdre lo que sabía, que ésta fue incapaz de reñirla.

—Claro que lo recuerdo.

—Pues resulta que esta mañana he ido a la tahona, y he estado hablando con la vendedora de naranjas que se pone en la esquina. Me ha dicho que no había visto a ninguna chica por ahí, pero sí se había dado cuenta de que había un nuevo chico en la banda de los Dedos Largos.

La mención de la banda de carteristas llamó la atención de Deirdre de inmediato. Había estado tan ocupada los últimos días que se había olvidado de sus sospechas respecto a ellos.

—¿Un chico?

Jenna asintió.

—A algunos de los Dedos Largos les gusta ir a verla para ver si se le cae alguna naranja. Dice que pasaron por allí hace uno o dos días y que ese chico nuevo iba con ellos. Me ha dicho que se había fijado en él de inmediato porque tenía los ojos más extraños que había visto en su vida. Casi morados.

¿Un chico con unos extraños ojos morados? ¿Podría ser…?

El pulso se le aceleró, y miró en dirección al salón. ¿Debería decírselo a Tristan?

Pero en cuanto se le ocurrió descartó la idea. Tenía claro que su presencia era negativa para conseguir información de los Dedos Largos, y no quería darle infundadas esperanzas. En cualquier caso, alguien tenía que hacer una visita a los chicos, y ése era tan buen momento como cualquier otro.

Jenna estaba bailoteando a su alrededor, con los ojos brillantes.

—¿He ayudado?

—Ya lo creo que lo has hecho.

Deirdre sonrió, y se acercó al perchero para coger su capa, cuando su ama de llaves apareció al fondo del pasillo con una bandeja.

—Señora Godfrey, me marcho. Si lord Ellington pregunta dónde estoy, dígale que he tenido que salir a hacer unos recados y que volveré pronto.

—¿Le pido a Cullen que traiga el coche a la puerta?

Deirdre se mordió el labio. Probablemente sería un error. Dan no era el único al que el conde se había ganado. Su cochero también parecía haber caído bajo su embrujo, y Cullen probablemente se negaría a llevarla hasta que se lo comunicara a Tristan.

—No, no hace falta. —Cogió a Jenna del brazo y la guió hacia la puerta—. Hace un día espléndido. Iré dando un paseo.

—¿Un paseo? Pero señora…

—No me pasará nada. No te preocupes. No tardaré.

Ignorando deliberadamente la mirada de preocupación de su ama de llaves, Deirdre le dedicó una sonrisa alentadora y salió por la puerta seguida por Jenna. Sólo esperaba poder cumplir con su cometido antes de que Tristan se percatara de su ausencia.

Peter estaba sentado a la mesa, con la barbilla apoyada en la mano y mirando cómo se reía Emily con algunos de los chicos en el otro extremo de la habitación.

Llevaba con ellos una semana, y ya se le había olvidado cómo era la vida antes de que ella apareciera. A pesar de lo inseguro de su situación, había demostrado ser una chica sorprendentemente valiente, de naturaleza alegre, que sabía cómo elevar el ánimo de los demás. Participaba en las actividades de los Dedos Largos, colaboraba en las tareas diarias y ayudaba a que los más pequeños, especialmente Benji, se mantuvieran ocupados y no se metieran en líos.

También salía con Peter a seguir practicando la técnica del tirón. Después de varias veces, había demostrado ser bastante buena, aunque aún no lo había intentado con un objetivo real. Para ella, la experiencia era un juego, y Peter se mostraba reticente a dejar que fuese más allá. Dudaba que nunca tuviese que poner en práctica lo que había aprendido, igual que pensaba que no estaría con ellos mucho más tiempo.

La idea de perderla lo afectaba más de lo que había esperado. Desde que su madre lo echara a la calle, hacía años, había tratado de mantener las distancias con la gente, pero por alguna razón Emily había conseguido hacerse un hueco en su interior. Verdaderamente, parecía ser el ángel que Benji creía que era.

Se sonrojó al recordar que la otra noche la había llamado así sin darse cuenta. No era propio de él soñar despierto. Se había quedado tan impresionado por lo que había estado a punto de pasar que había hablado sin pensar.

Y eso le recordó a Jack.

Se puso en pie y, tenso, se acercó a la chimenea, de espaldas a la habitación. Siempre había sabido que Jack era capaz de muchas cosas, pero nunca se le había ocurrido que pudiera hacer lo que había estado a punto de hacerle a Emily la otra noche. Si se hubiera salido con la suya, habría sido culpa de Peter.

Apretó los puños lleno de frustración. No había duda de que había hecho lo correcto echándolo, y debería haberlo hecho tiempo atrás, pero por otra parte, sabía mejor que nadie que aquello no podía darse por terminado. Jack Barlow no era de los que olvidan un desaire. Volvería. La pregunta era cuándo. Y cómo se vengaría.

En ese momento, el ruido de la puerta de la madriguera al abrirse lo arrancó de sus pensamientos. Todos los ojos volaron en aquella dirección.

La figura de lady Rotherby llenó la abertura, y su perspicaz mirada escrutó la habitación. Iba acompañada por una chiquilla de cabello oscuro que a Peter le resultó vagamente familiar.

Todos a una, los chicos cerraron filas en torno a Emily, formando una pared delante de ella en un intento por ocultarla a la vista, pero demasiado tarde. Los ojos de la vizcondesa ya habían reparado en la chica, y la había reconocido a pesar de su atuendo de chico. Una amplia sonrisa apareció en sus labios mientras atravesaba la estancia y se detenía a escasos pasos del grupo.

—Emily —dijo con suavidad—. No te imaginas lo feliz que me hace haberte encontrado.

Durante varios segundos, nadie habló. Todo el mundo parecía haberse quedado de piedra. Entonces Emily movió desesperadamente la cabeza a un lado y a otro al tiempo que retrocedía un paso, con expresión aterrorizada.

La chica morena, que se había mantenido cerca de la puerta en todo momento, empezó a dar saltos de alegría.

—Le dije que estaba aquí.

—Jenna, calla —dijo lady Rotherby por encima del hombro antes de tender una mano suplicante a Emily—. Por favor, no temas. No estoy aquí para hacerte daño. Soy una amiga.

—Ha venido para llevarme con Tristan.

—Bueno, sí, pero…

—¡Pues no me iré! ¡No volveré!

Antes de que la vizcondesa pudiera responder a la vehemente

declaración de Emily, se oyeron una serie de fuertes pasos procedentes del callejón, y Miles entró por la puerta abierta, jadeando.

—¡Peter, es lady R! Está… —Al darse cuenta de la escena que se estaba desarrollando, se detuvo en seco, y su última palabra escapó de sus labios como un chillido—: aquí.

—Ya lo veo —gruñó Peter, con los brazos en jarras. Debería haber sabido mejor que nadie que poner a Miles a montar guardia no era lo mejor.

El chico pecoso se sonrojó con expresión culpable.

—Lo siento, pero es que ha llegado en un coche de punto en vez de en su carruaje, de no ser así, la habría reconocido antes.

Bueno. De nada servía ya. Habían sido descubiertos, y lo único que podían hacer era esperar y ver qué se proponía hacer lady Rotherby.

—Por favor.

Lo dijo muy suavemente, con apenas un susurro, pero resonó como un grito en la atestada habitación. Todas las cabezas se volvieron hacia Emily, que era quien había hablado y estaba de pie, abrazándose a sí misma, con la barbilla levantada en actitud desafiante a pesar de la humedad que brillaba en sus ojos.

—Por favor, váyase —continuó con voz ligeramente temblorosa—. Váyase y déjeme en paz.

Lady Rotherby negó con la cabeza.

—Oh, Emily, no puedo. Tu hermano se merece saber que estás bien. Está muy preocupado por ti.

—No la creo. Mi hermano nunca se ha preocupado por mí. ¿Por qué iba a empezar a hacerlo ahora?

—Eso no es verdad. Le importas, cariño. Y si regresas y le das una oportunidad, tú misma podrás comprobarlo.

—Ya tuvo su oportunidad. Traté de decirle lo que sentía, pero él no me escuchó.

La disposición de su mandíbula era de hostilidad, un gesto que Peter ya reconocía aunque sólo la conociera desde hacía poco. No iba a ceder fácilmente.

—Quiero quedarme con los Dedos Largos. Soy más feliz aquí de lo que jamás lo he sido con Tristan.

—¿Y qué me dices de Barnaby Flynt?

Peter dio un respingo. ¿La vizcondesa sabía que Flynt buscaba a Emily?

Como si hubiera leído la mente de Peter, la bella lady Rotherby asintió.

—Sí, he oído que te está buscando, y yo sé por qué. —Se abrió camino entre los chicos que la protegían y le tocó el brazo con ternura—. Lo creas o no, conozco un poco a Barnaby. Sé lo peligroso que es, y sé que no se rendirá. No puedes esconderte para siempre. Si te quedas aquí, tarde o temprano te encontrará.

Emily se mordió el labio.

—¿Y si vuelvo a casa, cómo sé que no me seguirá hasta allí y hará daño a la gente que quiero? Usted no vio lo que le hizo a aquel pobre hombre. No podría soportar que le hiciera algo así a otra persona.

Lady Rotherby se inclinó para mirar a Emily a los ojos, con resolución.

—Tu hermano no dejará que eso ocurra. Si vienes conmigo, las dos hablaremos con él. Acudiremos a las autoridades y arrestarán a Barnaby, y no podrá volver a hacer daño a nadie.

—No sé.

Con expresión confundida, suplicante, Emily miró a Peter como pidiéndole consejo.

Él no sabía qué hacer. Aunque en parte deseaba que Emily se quedara para ser una más de la banda, desde el principio sabía que ella no pertenecía a aquel lugar. Ni a él. Ella era la hija de un conde y él el hijo de una prostituta. Ella estaba destinada a llevar una vida de riquezas y privilegios, mientras que Peter jamás podría aspirar a tener nada mejor que lo que ya tenía.

El lugar de un ángel no estaba entre una banda de ladrones.

Incapaz de ignorar su mirada suplicante, se acercó a ella y le cogió la mano, dándole un cariñoso apretón.

—Puedes confiar en lady R, Em. Si te dice que tu hermano puede ocuparse de esto, es que puede. Ella ha sido una amiga para todos nosotros, y yo le confiaría mi vida.

Emily aún parecía dudar y lo contempló detenidamente, como si tratara de calibrar la veracidad de sus palabras. Él guardó silencio, deseando poder insuflarle ánimos. Tenía que decidirlo ella. Él no podía hacerlo por mucho que lo deseara.

Emily sentía como si todo su mundo girara sin control. Después de una semana con los Dedos Largos, había empezado a bajar la guardia, a creerse a salvo. Y ahora allí estaba, obligada a tomar una decisión para la que no estaba preparada. Por un lado, los Dedos Largos habían llegado a significar mucho para ella. Cada uno de ellos se había hecho un hueco en su corazón, y no sabía cómo abandonarlos.

Pero al mismo tiempo, Tristan era el único familiar cercano que le quedaba. En lo más profundo de su ser, debajo de las muchas capas de dolor y rabia, Emily quería creer que su hermano lamentaba sinceramente lo ocurrido, que era posible que las cosas cambiaran entre ellos.

Una imagen pasó como una exhalación por su mente. Un recuerdo de una tarde de hacía mucho tiempo, cuando Tristan la había llevado a dar un paseo por el parque. Ella no debía de tener más de tres o cuatro años, y su hermano la llevaba sobre los hombros, sujetándola con tanta firmeza que no había tenido ningún miedo de caerse. Aunque lo habría negado en voz alta, echaba de menos esa sensación. La convicción de que, pasase lo que pasara, su adorado hermano mayor siempre estaría ahí para ella.

Al cabo de un momento, levantó la vista hacia la vizcondesa.

—¿De verdad Tristan está preocupado por mí?

—Oh, cariño, ha estado revolviendo todo Tothill Fields buscándote. —Lady Rotherby sonrió para darle ánimos—. Tu hermano es un buen hombre, Emily. Me doy cuenta de que las cosas han sido difíciles, pero no se podrán resolver hasta que regreses.

Emily soltó la mano de Peter y se apartó un poco, para poder reflexionar sobre todo aquello. Tenía que admitir que sería agradable volver a su confortable cama, y tener el estómago lleno y ropa limpia. Y poder dormirse sin tener que preocuparse de Barnaby Flynt le quitaría un gran peso de encima.

Sin embargo, no podía alejarse de sus nuevos amigos como si nada, después de lo que habían hecho por ella. Su mirada regresó a Peter; buscó en su rostro alguna señal de sus sentimientos. Pero su expresión era inescrutable.

—¿Quieres a tu hermano, Emily?

La pregunta de lady Rotherby la pilló desprevenida. De nuevo se encontró recordando aquel día en el parque, las risas y el cariño del momento, y sintió que se emocionaba.

—Yo... supongo que sí —contestó lentamente.

—Entonces dale otra oportunidad. Sé que no lo lamentarás.

Algo en el amable rostro y en la cálida sonrisa de la mujer la atraía, hacía que quisiera confiar en ella a pesar de todo.

—¿Podría venir a visitar a los Dedos Largos siempre que quisiera?

La vizcondesa miró al grupo reunido a su alrededor.

—Eso dependerá de tu hermano, pero no veo por qué no.

Bueno, no era un sí, pero tampoco era un no. Emily suspiró y cerró los ojos. Ahora que la habían encontrado, no tenía demasiadas alternativas. Pero tal vez pudiese negociar una última concesión.

—Está bien. Volveré a casa. Le daré una oportunidad a mi hermano.

Hizo una pausa. Sabía que sólo estaba posponiendo lo inevitable, pero necesitaba tiempo. Tiempo para resignarse a lo que había de suceder; para decidir qué demonios iba a decirle a Tristan cuando lo viera.

—Pero aún no.

La expresión complacida de lady Rotherby se desvaneció al instante.

—No lo entiendo.

—Quiero quedarme un poco más con los Dedos Largos —explicó Emily, posando la mirada en las caras que tanto había llegado a querer—. Algunos de los chicos no están aquí ahora. Nat, Benji… no quisiera irme sin decirles adiós.

Era verdad. Nat y Davey se habían llevado a Benji esa mañana con ellos y aún no habían vuelto.

No, no podía irse sin decirle adiós a Benji. Se preguntaba cómo reaccionaría el pequeño cuando se lo dijera. En los últimos días, desde que Jack destrozara su precioso libro, no había dejado de seguirla a todas partes, cogiéndole la mano como si la necesitara para andar. ¿Cómo sobreviviría ahora sin ella?

—Por favor —le imploró a la vizcondesa—. Sólo pido unas horas más.

La mujer suspiró.

—Emily, comprendo cómo te sientes. Pero aunque yo te deje aquí, debes saber que, en cuanto le diga a tu hermano dónde estás, vendrá para llevarte a casa.

—Entonces no se lo diga.

—Cariño, tengo que hacerlo. No puedo ocultárselo.

—No tendrá que hacerlo para siempre. Sólo un poco más. Por favor, ¿me promete que lo hará?

—Emily…

—Por favor…

Lady Rotherby vaciló un largo momento, en sus ojos podía verse el torbellino emocional en que estaba inmersa. Hasta que, por fin, asintió aunque con reticencia.

—Muy bien. No me gusta nada, pero te lo prometo. Le ocultaré la verdad unas horas más. Y a cambio necesito que me prometas una cosa. Que te quedarás aquí y no irás a ninguna parte.

Emily asintió.

—Lo prometo.

Eso no pareció satisfacer a la vizcondesa, que se volvió hacia Peter, enarcando las cejas.

—¿Peter?

Éste se cruzó de brazos e inclinó la cabeza.

—Le prometo que se quedará aquí hasta que venga a por ella.

—Está bien. Tu hermano y yo volveremos esta tarde, y espero encontrarte.

Para sorpresa de Emily, la mujer la envolvió en un cálido y perfumado abrazo.

—Debo de estar loca. Cuando Tristan se entere de esto… Bueno, sólo espero estar haciendo lo correcto.

Y no era la única.

Emily retrocedió y observó las expresiones de los chicos. Por mucho que intentaran parecer despreocupados, su consternación era evidente. Todos excepto Peter, que evitaba mirarla a los ojos fijando la vista en el suelo, con las manos hundidas en los bolsillos.

¿Cómo demonios iba a poder decir adiós?

24

Deirdre no podía creer que se hubiera dejado convencer por Emily para seguir manteniendo su paradero en secreto.

Claro que sólo iban a ser unas horas más, pensó mientras subía los escalones de su casa acompañada por Jenna. Pero Tristan lo había pasado tan mal con la desaparición de su hermana que le parecía cruel seguir ocultándoselo más de lo necesario. Sin embargo, una mirada a aquellos ojos color violeta, tan parecidos a los del hombre al que amaba, y no había sido capaz de negarse a la súplica de la chica. Pero por culpable que se sintiera, le había hecho una promesa, y tenía intención de cumplirla. También confiaba en que Peter cumpliría la suya y se ocuparía de que Emily no fuera a ninguna parte.

Gracias a Dios que había podido convencerla para que volviera a casa. Por un momento no había estado muy segura de poder lograrlo. Era evidente que Emily se preocupaba por su hermano, pero se sentía muy dolida, y de ahí que se mostrara cauta. Deirdre suponía que no podía culpar a la chica por su reticencia a abandonar su seguro refugio. Era evidente que con los Dedos Largos había encontrado un hogar, un lugar donde se sentía querida y necesitada. Dependería de Tristan demostrarle que también él la quería y la necesitaba.

Deirdre sólo esperaba poder convencer a ese testarudo hombre de que no enviase a su hermana con su tía.

—Y ahora recuerda —le dijo a Jenna conforme se acercaban a la puerta—. Ni una palabra de los Dedos Largos ni de que hemos encontrado a Emily. Hemos salido a tomar el aire y ya está. ¿Entendido?

—Sí, milady.

—Buena chica.

Sonriendo con aprobación, Deirdre empujó la puerta y entró. La señora Godfrey salió a su encuentro de inmediato.

—Oh, señora, aquí está. Nos preguntábamos adónde habría ido. Ha tardado tanto que…

—¿Dónde demonios estabas?

La pregunta prácticamente sonó como un rugido que hizo callar al ama de llaves y que Jenna se escondiera detrás de Deirdre. Ésta dio un pequeño respingo, y se llevó la mano a la garganta al tiempo que veía a Tristan, en la entrada del salón y con expresión de pocos amigos.

—Oh, Tristan —consiguió decir ella con voz agradable, lo más despreocupada posible—. Me has asustado.

—Bueno, pues ya somos dos. —Él se le acercó, seguido por un hosco Cullen que parecía tan enfadado como Tristan—. ¿Te das cuenta de que llevas fuera casi tres horas?

Ay, Dios. ¿Tanto tiempo había estado fuera? Miró hacia el reloj de pared y se quedó atónita al ver que era casi mediodía. Supuso que con la emoción de haber encontrado a Emily, había perdido la noción del tiempo.

—Pero seguro que la señora Godfrey te ha dicho que había salido —dijo ella con intención de suavizar el ambiente.

—Sí, pero no sabía adónde habías ido. No te molestaste en llevarte a Cullen contigo, y yo creía que tú nunca ibas a ninguna parte sin él. ¿Te das cuenta de lo peligroso que puede ser andar sola por esta ciudad?

El cochero se cruzó de brazos y la miró frunciendo el cejo con desaprobación por encima del hombro de Tristan. Hasta la señora

Godfrey parecía enfadada con ella. Dios, ¿es que se había vuelto contra ella todo el personal de su casa?

—Estaba perfectamente —explicó con calma—. Sólo he ido a hacer unos recados, y Jenna estaba conmigo.

Tristan resopló.

—Como si eso te hubiera servido de algo en caso de producirse una situación de peligro.

Jenna asomó la cabecita por un lado de Deirdre y le lanzó una mirada fulminante.

—Yo puedo ser muy útil. Ya he sido útil. Yo le he…

—Jenna, querida —la interrumpió Deirdre con presteza—, ¿por qué no vas con la señora Godfrey a la cocina a tomar un poco de té con galletas?

—Pero…

—Vamos. No pasa nada.

Tras vacilar un segundo, la niña se fue con el ama de llaves, aunque sin dejar de lanzar furiosas miradas a Tristan por encima del hombro hasta que las dos se perdieron de vista.

Deirdre suspiró aliviada. Jenna había estado a punto, sin embargo aún no se había librado. Sabía que Tristan no había terminado con ella.

Agarrándola de la muñeca, la acercó más a él, entornando los ojos con gesto de advertencia.

—Te lo preguntaré una vez más, ¿dónde has estado?

—Ya te lo he dicho. —Deirdre se encogió de hombros, pero evitó su escrutadora mirada—. Tenía que hacer unos recados y…

—Está bien.

Girando sobre los talones, Tristan la arrastró hacia el salón, con paso resuelto. Deirdre estaba tan sorprendida que al principio no pudo hacer más que dejarse llevar. Pero tras un segundo empezó a forcejear, a arrastrar los pies y a tratar de zafarse.

—¿Qué demonios te has creído? ¡Tristan, detente ahora mismo! ¡Suéltame! —Deirdre miró a Cullen suplicándole ayuda desesperadamente, pero éste no hizo nada. El cochero se limitó a observarlos con un extraño brillo en los ojos.

¿Es que todo el mundo se había vuelto loco?

A pesar de los denodados esfuerzos de Deirdre por soltarse, Tristan consiguió finalmente meterla en el salón y cerró la puerta de un portazo. Mientras Deirdre recuperaba el equilibrio, echó el pestillo y se apoyó contra la puerta, contemplándola con intensa determinación.

—No vuelvas a hacerlo jamás —dijo con voz deliberadamente baja—. No salgas de esta casa sin decir adónde vas o sin llevarte a Cullen.

Deirdre sintió un arrebato de cólera.

—¡Cómo te atreves a darme órdenes! Llevo mucho tiempo arreglándomelas yo sola, y no necesito…

—Estaba preocupado.

Deirdre se detuvo, insegura de haber oído bien.

—¿Cómo dices?

—Estaba preocupado, Deirdre. No tenía ni idea de dónde estabas, y como tardabas tanto… —Tristan movió negativamente la cabeza, con expresión atormentada—. No sé lo que haría si te ocurriera algo.

La indignación de Deirdre se desvaneció. ¿Cómo podía enfadarse con él viendo lo desconsolado que se sentía? El corazón se le derritió.

Se dirigió hacia él y le rodeó el cuello con los brazos, dejando que su cabeza reposara en su hombro.

—Lo siento, Tristan. No quería preocuparte. De verdad que no sabía que fuese a tardar tanto.

Tras un segundo, sintió que el hombre la rodeaba con sus fuertes brazos y apoyaba la mejilla en su pelo al tiempo que dejaba escapar un suspiro de alivio.

—No quería parecer un déspota. Sé que estás acostumbrada a hacer lo que te apetece. Pero por favor, trata de recordar que hay mucha gente que se preocupa por ti y que no quiere que te hagan daño. —Le levantó la barbilla buscando su mirada—. Entre los que me incluyo.

Deirdre se quedó sin respiración. Ningún hombre la había mirado de aquella manera antes. Como si fuera lo más importante en el mundo para él.

Incapaz de resistirse, hundió los dedos entre los rizos que se le formaban en la nuca y lo atrajo hacia ella para darle un apasionado beso.

Y no hizo falta más. Se incendiaron como siempre ocurría cuando sus labios se tocaban. Apretándose contra él, Deirdre se deleitó con la solidez de su enorme cuerpo, aspiró aquel aroma especiado tan suyo.

A medida que su beso se intensificaba y sus lenguas danzaban entrelazadas en un voraz cortejo, Tristan la tomó en sus brazos para llevarla hasta el sofá, y la posó sobre los mullidos cojines. A continuación se tumbó sobre ella, pero cuando empezó a desabrocharse la camisa, ella lo detuvo y lo obligó a mirarla a los ojos.

—Deja que yo lo haga —murmuró.

Sin aguardar a obtener su aprobación, empezó a desabrocharle los botones con suma destreza. Después, con un rápido movimiento, le bajó la prenda por los brazos, desnudando su amplio torso para su gozosa contemplación.

Dios, qué hermoso era, pensó, al tiempo que depositaba un beso justo debajo de su clavícula. Saboreó con la punta de la lengua su sabor ligeramente salado, y Tristan se estremeció al contacto, llenándola de una embriagadora sensación de poder.

Él quiso tocarla, pero ella lo evitó, empujándole los hombros con las manos.

—Deirdre... —comenzó a protestar, pero ella lo silenció poniéndole un dedo en los labios.

—Chis —susurró, resiguiendo el contorno de su boca de una forma tan seductora que Tristan no pudo evitar gemir—. Déjame hacerlo a mí. Por favor.

Él se relajó contra los cojines, y Deirdre se inclinó hacia adelante sustituyendo el dedo por sus labios, saboreándolo intensamente mientras la palma de su mano descendía por el vientre plano y firme. Notó que Tristan se tensaba cuando dejó que su palma se demorara juguetonamente en la cintura de sus calzas, un momento antes de zambullirse en su interior y asir su miembro grueso y duro.

—Dios, Deirdre.

La respiración de él se aceleró mientras ella seguía explorando la piel tirante del glande, y cuando por fin le bajó las calzas por las caderas y se agachó para introducírselo en la aterciopelada tibieza de su boca, Tristan perdió todo control.

Agarrándola por los hombros, la echó hacia atrás para que se levantara y devoró ansiosamente sus labios, al tiempo que sus manos buscaban por debajo de la ropa la redondez de sus senos. Ella dejó escapar un gemido ahogado al sentir sus palmas rodeándolos y cómo le estimulaba los pezones ya turgentes entre el pulgar y el índice. Acto seguido le bajó el vestido por los brazos liberando así sus pechos para su deleite.

Se introdujo un pezón en la boca y empezó a succionar con suavidad mientras ella se acomodaba bien entre los muslos de él y frotaba su humedad interior contra el miembro erguido de él, meciendo las caderas con un excitante ritmo. Tristan sólo necesitó unos pocos segundos para apartar las capas de prendas interiores y poder introducirse en ella.

La sensación de tenerlo en su interior, llenándola, bastó para que Deirdre dejara escapar un trémulo gemido. Entonces se elevó un poco y empezó a deslizarse arriba y abajo por la enhiesta vara mientras él alzaba las caderas a su encuentro. La placentera fricción le hizo sentir vértigo, y con los ojos cerrados y la cabeza echada hacia atrás, cabalgó sobre él hasta alcanzar una devastadora culminación.

Emily estaba preocupada por Peter.

Mordiéndose el labio, lo contempló sentado junto al fuego, de espaldas a ella, mirando con gran concentración las llamas. Desde que lady Rotherby abandonara la madriguera, se había mostrado extrañamente retraído. No le había deseado que todo le fuera bien como los demás, ni la había ayudado a recoger sus pocas cosas, y no podía evitar preguntarse si lo habría ofendido de alguna manera.

La mera posibilidad la llenaba de angustia. Se levantó entonces de la mesa y se acercó a él casi con timidez.

—¿Peter? —comenzó con tono vacilante—. ¿Estás enfadado conmigo?

Peter dio un pequeño brinco al oír la pregunta, pero no la miró.

—¿Enfadado? No. ¿Por qué habría de estarlo?

—No lo sé. Has estado muy callado desde que se fue lady Rotherby. Supongo que quería saber si pensabas que había tomado la decisión equivocada.

—De hecho, estaba pensando que habías tomado la decisión correcta.

—¡Oh!

Peter se volvió entonces para mirarla.

—Estarás mejor lejos de aquí.

—¿Lejos de aquí? —Se dejó caer en la silla que había junto a él—. ¿Qué quieres decir? —A medida que los segundos pasaban sin que él dijera nada, Emily cayó por fin en la cuenta—. *¿Quieres* que me vaya?

—No es que quiera que te vayas, pero esto es demasiado peligroso, Em. Con Flynt buscándote y después de lo de Jack... —Movió la cabeza a ambos lados—. Si te quedas aquí, no sé si podré protegerte. Estarás más segura con tu hermano.

El corazón de Emily dio un vuelco y, bajando la cabeza, clavó su vista en las manos plegadas en el regazo, incapaz de mirarlo a él. ¡Peter ya no quería que se quedara allí con ellos!

—No lo entiendo.

El chico se encogió de hombros.

—Por lo que ha dicho lady R, parece que tu hermano te echa mucho de menos. A mí me parece que si a tu familia le importas lo bastante como para no abandonarte, tú tampoco deberías abandonarlos a ellos.

—¿Y qué pasa contigo y el resto de los Dedos Largos? Creía que había encontrado una familia aquí con vosotros.

Peter se sonrojó y esquivó su mirada.

—Éste no es tu sitio.

Sus palabras le dolieron como nada antes le había dolido. Reclinándose en su asiento, Emily buscó desesperadamente algo que decir, intentando dejar a un lado el dolor que le desgarraba el corazón.

—Entiendo.

—Em, por favor. No quería que sonara así.

Peter parecía totalmente desconsolado y le tendió una mano, pero ella no se la cogió. En lugar de eso se levantó, y se colocó de espaldas a él, para que no viera que estaba llorando.

—Tienes razón —dijo con voz ahogada—. Había olvidado que en realidad no soy una de vosotros.

—Em…

—Tonta de mí, pero esperaba que me echarías un poco de menos.

Emily lo notó acercarse, lo oyó inspirar profundamente antes de hablar.

Sin embargo, antes de que pudiera pronunciar una sola palabra, la puerta de la madriguera se abrió con gran estrépito. Se hizo un súbito silencio y todos los ojos se volvieron hacia la amenazadora figura que llenaba el hueco de entrada. Emily se quedó helada al reconocerlo.

—Hola, Quick.

Toby escupió en el suelo y entró con paso tranquilo en la madriguera; los brazos en jarras, los ojos entornados hasta el punto de que no eran más que dos ranuras de malvada expresión.

—Así que aquí es donde te has estado escondiendo, ¿eh?

Los Dedos Largos se pusieron en pie para hacer frente al intruso, con diversos grados de aprensión e ira, mientras Peter se colocaba delante de Emily en actitud protectora.

—Largo de aquí, Toby —gruñó Peter entre dientes, apretando los puños a ambos lados de su cuerpo.

—Me parece que no. Tienes algo que nosotros queremos, y no tenemos intenciones de irnos de aquí sin ello.

Emily sintió que la cabeza le daba vueltas, y agarró la manga de Peter al ver cómo ese «nosotros» se materializaba en la entrada de la madriguera. El grupo estaba integrado por algunos de los rufianes que trabajaban para Flynt, todos tan grandes como Toby y más que dispuestos a pelear.

Pero fue el último en entrar quien hizo que las rodillas se le doblaran. Jack Barlow tenía metidos los pulgares en los bolsillos de las calzas y sonreía con insolencia.

—Hola, Peter. He vuelto y he traído a unos amigos.

Peter se puso rígido.

—¡Maldito traidor!

—¿Traidor? Eso es herir mis sentimientos. Sólo me he cambiado de bando. No te puedes imaginar lo agradecido que se mostró el señor Flynt cuando aparecí en su puerta y le dije que sabía dónde te escondías. —La mirada de Jack se desplazó a Emily—. Y cuando le dije que la chica que estaba buscando era la hija de un conde... bueno, se le ocurrió un nuevo plan. Seguro que su hermano estará dispuesto a pagar un buen dinero para recuperarla sana y salva, ¿no crees?

Peter dejó escapar un salvaje sonido gutural y se abalanzó hacia él en actitud amenazadora, pero Jack levantó una mano para detenerlo.

—Yo que tú no lo haría.

En ese momento, alguien metió de malos modos a Nat y a Davey en la estancia, ambos cayeron al suelo, en un caos de brazos y piernas. Cerrando la comitiva iba Sam, el compañero de Toby, sujetando por el cuello de la camisa a un Benji que no dejaba de retorcerse y de dar patadas.

Peter se quedó inmóvil.

—Éste es el trato —dijo Jack con tono resuelto—. Tú nos entregas a la chica ahora, o dejo que Toby destripe a tu amiguito aquí mismo, delante de todos.

Peter miró hacia atrás, a Emily, y su expresión era tan desesperada que el corazón le dio un vuelco. Le estaban pidiendo que tomara una terrible decisión, y ella no podía dejar que lo hiciera. Benji era como un hermano para él, y no permitiría que se viera obligado a elegir entre ella y el niño.

Cuando Jack dio un paso en dirección a Benji, Emily salió de detrás de Peter y dio un grito que lo detuvo en seco.

—¡No! ¡No le hagas daño! ¡Iré contigo!

—¡Emily, no! —protestó Peter, agarrándola del brazo para retenerla, pero ella se zafó.

—Tengo que hacerlo —susurró con voz ronca—. Lo sabes. No puedo dejar que le hagan daño a Benji.

Y así, antes de que Peter pudiera hacer nada por evitarlo, avanzó y dejó que Toby la cogiera, sonriendo como un loco.

—Bien. Y ahora sólo nos queda una cosa pendiente. —Jack hizo un gesto hacia Peter—. Sujetadlo.

Antes de que nadie se diera cuenta de lo que pasaba, dos de los chicos de Toby se lanzaron sobre Peter y lo agarraron fuertemente de los brazos.

—Creo que te debo una, amigo.

Y sin previo aviso, Jack le clavó el puño en el estómago. Peter dejó escapar un gemido de dolor y se dobló por la cintura, tratando de coger aire.

El resto de los Dedos Largos empezaron a moverse con inquietud, pero no podían hacer nada mientras Sam sujetara a Benji. Totalmente desesperada, Emily forcejeó entre las manos de Toby.

—¡Vale ya! ¡Déjalo en paz! —gritó.

Pero Jack la ignoró. Agarró a Peter por el pelo e hizo que se irguiera.

—Aún no he acabado contigo. Antes de que lo haya hecho, lamentarás haberme hecho enfadar.

Tomó impulso y le dio otro puñetazo, esta vez en la nariz. Peter empezó a sangrar, mientras Emily sollozaba.

—Quiero que me prestes atención —dijo Jack con aspereza, inclinándose sobre él hasta que su cara quedó a escasos centímetros de la de él—. El señor Flynt tiene un trabajo para ti, y si quieres volver a ver con vida a tu palomita, será mejor que hagas lo que te digo.

25

Tristan se despertó con la dulce y ya familiar conciencia del cuerpo de Deirdre acurrucado junto al suyo.

Seguían en el sofá, espalda contra pecho, su suave trasero apretado contra su miembro. Como solía pasarle a menudo últimamente, se maravilló de lo bien que ambos encajaban, y se dio cuenta de que en algún momento de la semana transcurrida desde que se conocieran, había llegado a una conclusión que hasta entonces no había admitido, ni siquiera para sí mismo.

Sería imposible decirle adiós cuando aquello terminara. Se había convertido en una parte demasiado importante de él. Aunque aún no estaba preparado para ponerle un nombre a sus sentimientos, ahí estaban, creciendo e intensificándose cada día que pasaba.

No se podía imaginar ya la vida sin ella. Y ésa era una de las razones por las que había reaccionado como lo había hecho al descubrir que Deirdre no estaba en la casa esa mañana. Lo aterraba la sola idea de que hubiera podido sucederle algo, y desde que Dan se fuera, no había dejado de dar vueltas por el salón hecho un manojo de nervios, aguardando su regreso. Gracias a Dios que había vuelto. ¡Estaba a punto de volverse loco!

Dejando escapar el aire contenido, le aplastó un poco los rizos alborotados. No pudo evitar una suave carcajada cuando éstos volvieron a levantarse en cuanto él apartó la mano. Ahora comprendía por qué normalmente llevaba el pelo recogido. Cuando se lo soltaba, sus mechones se convertían en una masa de rizos rebeldes que volaban en todas direcciones, vivaces e impredecibles.

Como ella.

Y pensar que hubo un tiempo en que pensaba que era remilgada y desapasionada. Aún podía ver en su mente el aspecto que tenía el día en que se conocieron, fría e inalcanzable. Si entonces hubiera sabido lo que ahora sabía, no la habría juzgado con tanta dureza. Lo cierto era que su reserva era sólo fachada, un muro tras el que ocultarse precisamente porque sentía demasiado las cosas.

Y si había algo con lo que Tristan podía identificarse era con la capacidad de levantar muros. Él había pasado toda su vida escondido detrás del suyo, temeroso de que alguien se le acercara o se preocupara demasiado por él. En vez de enfrentarse a sus demonios, había huido, convencido de que su padre tenía razón cuando le decía que era un absoluto fracaso. Sin embargo, escuchar a Deirdre asegurándole no sólo que no era cierto, sino que era todo lo contrario, estaba haciendo que empezara a creer que su padre estaba equivocado.

Maldita fuera su tía, pensó con determinación. Tendría que acostumbrarse a la presencia de Deirdre en su vida. Y en cuanto al resto de la sociedad, nunca le había importado mucho lo que pensaran. Tenía que haber una forma de quedarse con Deirdre sin tener que renunciar a Emily. Tenía que haberla.

De pronto, unos tremendos golpes retumbaron por todo el vestíbulo y Deirdre se incorporó súbitamente en sus brazos, despertándose casi al instante.

—¿Qué es eso? —susurró.

Él se encogió de hombros y le rozó la mejilla con los nudillos.

—No lo sé. Parece como si alguien estuviera intentando echar abajo la puerta de entrada.

Al ver que los golpes continuaban, cada vez más fuertes e insistentes, Deirdre lo miró con los ojos muy abiertos.

—Creo que será mejor que vayamos a ver qué pasa. Parece algo urgente.

Los dos se levantaron y se recompusieron la ropa rápidamente dándose un último beso. Tristan la invitó a salir ella primero posando la mano en su cintura, y los dos llegaron al vestíbulo justo cuando la señora Godfrey abría la puerta.

Un chico de unos catorce o quince años entró tambaleándose. Era alto y delgado, de pelo largo y rubio. Tristan no lo conocía, pero su maltrecha cara llamó su atención de inmediato. Con un ojo amoratado y tan hinchado que apenas podía abrirlo, y el labio inferior partido y sin dejar de sangrar, parecía haber recibido una tunda de uno de los boxeadores de Dodger Dan.

El ama de llaves dejó escapar un sordo chillido y Deirdre ahogó un grito mientras corría a auxiliar al muchacho que se tambaleaba delante de ellos.

—¡Peter! ¿Qué diablos ha pasado?

¿Peter? Tristan se cruzó de brazos mientras estudiaba al chico con abierta curiosidad. ¿Aquel chico era el líder de los Dedos Largos?

Peter tomó aire varias veces y se agarró al brazo de Deirdre. Sus primeras palabras bastaron para que Tristan experimentase un súbito e inequívoco terror.

—¡Lady R, es Emily! ¡Barnaby Flynt tiene a Emily!

Deirdre sintió como si le hubieran sacado toda la sangre de las venas y se quedó mirando a Peter sin dar crédito.

—No entiendo. ¿Cómo...?

—Fue Jack.

Las palabras sonaron como arrastradas, entre sus malheridos labios.

—No se lo he dicho antes, pero lo eché de la madriguera hace unos días. Sabía que trataría de vengarse, pero nunca imaginé... —La miró con evidente desconsuelo—. Fue a ver a Flynt y se lo contó todo. Incluso le dijo que el hermano de Emily era conde. Sus chicos aparecieron esta tarde, se la han llevado y yo... no he podido impedirlo.

«¡No!», pensó Deirdre desesperada. ¡La peor de las pesadillas se había hecho realidad!

Aterrorizada e incapaz de mirar a Tristan, se volvió hacia el ama de llaves.

—Señora Godfrey, necesito agua tibia y paños limpios para sus heridas. Rápido.

Esperó a que la mujer se hubiera ido antes de volverse hacia Peter.

—¿Y los demás? ¿Están todos bien?

—Están bien. Benji un poco magullado, pero está bien. Hice que Nat los sacara de allí y se los llevara a El Alegre Roger para que Lilah se ocupe de ellos.

—¿Qué está pasando aquí?

El corazón de Deirdre dio un vuelco cuando vio que Tristan se acercaba, echando chispas por los ojos. El momento de rendir cuentas había llegado antes de lo esperado.

—¿Conoces a mi hermana? —le preguntó al chico, con tono gélido.

Peter no se acobardó, cosa que le honraba, sino que se irguió tanto como pudo y miró a Tristan a los ojos.

—Sí, milord. La conozco. Lleva en nuestra madriguera una semana, escondiéndose de Barnaby.

—Yo estuve en vuestra madriguera hace unos días. ¿Cómo no me…?

—No estábamos allí. Emily y yo, quiero decir. No nos enteramos de que habían estado hasta que regresamos.

Tristan lo miró con los ojos entornados.

—Y a pesar de saber que la estaba buscando, seguisteis ocultándola.

Peter asintió, aunque con reticencia.

—Ella me lo pidió, milord.

Un músculo tembló en la mandíbula de Tristan al tiempo que cogía al chico por el cuello de la camisa y lo levantaba del suelo.

—¿Tienes idea de lo que has hecho? ¡Por tu culpa, mi hermana está ahora en manos de un peligroso bastardo para quien no es más que un cabo suelto del que desembarazarse!

—Tristan, no. —Deirdre le sujetó el brazo—. No puedes culpar a Peter de lo que ha pasado. —Hizo una pausa de un segundo antes de lanzarse de cabeza—. Parte de la culpa es mía.

Soltando a Peter, Tristan se volvió hacia ella.

—¿Qué quieres decir?

Ya no era momento de guardar secretos, y no estaba dispuesta a dejar que Peter se convirtiese en blanco de la ira de Tristan. Inspiró profundamente y acto seguido dijo:

—Yo sabía que Emily estaba con los Dedos Largos.

El absoluto silencio que cayó sobre ellos tras esa confesión resultaba enloquecedor. Tristan permanecía inmóvil como una estatua, con expresión vacía, y Deirdre se preguntó si la habría oído.

Cuando por fin habló, lo hizo tan bajo que Deirdre casi no lo oía.

—¿Lo sabías?

—Sólo desde esta mañana. —Ansiosa por hacérselo comprender, se acercó a él—. Lo sospeché el día en que fuimos a verlos, por la manera tan extraña en que se comportaron cuando les pregunté por ella. Pero no lo he sabido con certeza hasta que he vuelto allí y…

—¿Lo sabías y no me lo has dicho?

Esta vez habló más alto, con voz incrédula y herida, y Deirdre hizo una mueca de dolor.

—Lo siento mucho, Tristan —susurró, tendiendo la mano hacia él en un gesto de súplica—. Iba a decírtelo. Emily sólo quería un poco de tiempo para despedirse de los chicos, y le había prometido unas horas, eso es todo.

Pero fue como si Tristan no la escuchara. Pasándose la mano por el pelo, empezó a andar arriba y abajo por el vestíbulo.

—Sabías lo preocupado que estaba, lo mucho que deseaba encontrarla. ¿Cómo has podido ocultármelo?

Ella sacudió la cabeza con desesperación, sin saber qué decir para arreglar las cosas.

—Quería hacerlo. Lo habría hecho dentro de un rato.

Tristan se detuvo y se volvió de forma tan brusca que Deirdre dio un pequeño respingo.

—Entonces ahí es donde has estado esta mañana —dijo entre dientes—. ¿Por eso la escenita del salón? ¿Querías mantenerme distraído?

Aturdida y herida ante la posibilidad de que Tristan pensara algo así de ella, la acusación la golpeó de lleno.

—¡No! —Miró a Peter, que seguía allí de pie, observando en silencio, antes de continuar con tono más suave—: Yo nunca haría algo así.

—¿Cómo puedo creerte? —Tristan tenía una expresión tan confundida, tan dolida, que a Deirdre se le partía el corazón—. Después de todo lo que hemos compartido, pensé que podía confiar en ti. Pero ahora, ya… no lo sé.

Deirdre tenía que hacerle entender, hacerle ver que seguía estando de su lado. Posó una mano en su brazo, ignorando el respingo de él y buscó sus ojos con los de ella.

—*Puedes* confiar en mí, Tristan. Lo único que quería era encontrar a Emily. Sólo iba a dejar pasar unas horas antes de decirte que sabía dónde estaba. Pero cuando le prometí que así lo haría tenía la certeza de que estaría segura.

—¿Segura? —repitió él con tono de incredulidad—. ¿En la madriguera de una banda de carteristas?

Antes de que ella pudiera contestar, Tristan se dio la vuelta, pero Peter se plantó de lleno en su camino.

—Habría estado segura de no haber sido por Jack, milord —dijo el chico con voz queda—. Yo habría hecho cualquier cosa para que Flynt no le pusiera las manos encima a Em... quiero decir, lady Emily.

—Pero aun así la tiene en su poder.

Tristan se pasó una mano por la cara y movió la cabeza desesperado, incapaz de ocultar su angustia.

—¡Dios mío, a estas alturas ese monstruo puede haberle hecho cualquier cosa!

—No creo que le haga daño, milord. Al menos, de momento. Al enterarse de que usted era conde, cambió el plan. O eso dice Jack.

—Quiere dinero —concluyó Deirdre, ahogando un grito mientras se retorcía las manos angustiada. Conociendo a Barnaby debería haberlo imaginado.

—Y mucho —añadió Peter, diciéndoles la suma ante la expresión incrédula de Deirdre. A continuación se volvió hacia Tristan—. Dice que tiene que llevarlo a nuestra madriguera a las seis, usted solo, o la matará.

—La matará de todas formas —dijo Tristan con voz ronca—.

Y yo no tengo ese dinero. Mi padre se lo gastó casi todo antes de morir. He tenido que hacer filigranas para no verme obligado a vender nuestras propiedades para pagar sus deudas. Hace muy poco que he empezado a recuperar lo perdido.

Deirdre se mordió el labio.

—Yo podría conseguirlo, pero me llevaría un tiempo. Tendría que ir a ver al abogado de Nigel y…

—Aunque decidiera aceptar tu dinero, Deirdre, no tenemos tiempo. —Tristan miró el reloj de pared—. Son casi las tres.

Mirándolo con nerviosismo, ella trató de buscar una solución. No podía creer lo que estaba a punto de decir, pero en ese momento no veía otra alternativa.

—Tal vez —aventuró tímidamente—, sea hora de recurrir a Bow Street.

—¿Para que me rechacen como la otra vez? —Tristan negó con la cabeza—. Yo mismo me ocuparé de esto. Voy a hacer que ese Flynt se arrepienta de haber amenazado a las personas que me importan. —Sus ojos brillaban de determinación—. Sólo tengo que pillar al zorro en su madriguera. Dan ha venido aquí esta mañana, para decirme que algunos de sus hombres habían seguido a los chicos de Barnaby hasta su guarida. Un edificio abandonado situado junto a una taberna llamada El Grajo. —Tristan miró a Peter—. ¿Lo conoces?

El muchacho asintió.

—Bien. Quiero que me enseñes el lugar.

Conforme se dirigía a la puerta seguido de cerca por Peter, Deirdre corrió hacia él, decidida a hacerle entrar en razón.

—Tristan, por favor. No puedes hacerlo. Al menos espera a que pueda enviar un mensaje a Dan para que él y sus hombres se reúnan contigo.

—Ya te lo he dicho, Deirdre, ¡no tengo tiempo!

—Pero si entras allí solo y desarmado, Barnaby te matará.

—Pues que así sea —dijo él, apretando la mandíbula obstinado, de una forma que ella conocía muy bien—. Sacar a Emily de allí sana y salva es lo único que importa.

Se volvió de nuevo para irse, pero ella lo sujetó del brazo, mirándolo con gesto suplicante.

—Por favor, tienes que escucharme. No sabes lo despiadado que puede ser Barnaby. Yo sí.

—¿Y cómo es eso, Deirdre? —Tristan la miró, estudiándola con ojos impenetrables—. Llevo dándole vueltas hace un tiempo y ahora pienso si no debería habértelo preguntado antes. ¿Cómo es que tú sabes algo de un hombre como Flynt?

Dios, allí estaba la pregunta que tanto había temido y cuya respuesta no podía seguir evitando. Tristan merecía saber la verdad, especialmente cuando otro de sus secretos podría costarle la vida a su hermana. En cuanto se lo contara, lo perdería para siempre.

Despidiéndose mentalmente del único hombre al que podría amar, tomó aire con un estremecimiento y comenzó a hablar.

—Una vez me preguntaste qué hice cuando mi padre me abandonó y Dan me rechazó. Bueno, la verdad es que pasé unos días rebuscando en la basura en busca de comida, robando a los vendedores callejeros y en los puestos del mercado. Pero no me bastaba para mantenerme con vida, y estaba a punto de morir de inanición cuando Barnaby me encontró.

Deirdre se abrazó como si tratara de protegerse contra el frío de aquellos recuerdos.

—Un día me pilló robando y debió de darse cuenta de que podía usar mi talento. Me llevó a su madriguera y me dio un techo bajo el que cobijarme junto a sus carteristas.

La expresión de Tristan era indescifrable.

—Robabas para él.

—Hacía lo que tenía que hacer. Al principio, estaba agradecida. Barnaby se aseguraba de que tuviéramos comida, y estar rodeada de otros niños era agradable. Por primera vez tenía una familia. Fue como maná llovido del cielo para una niña que nunca había tenido a nadie. —Agachó la cabeza—. Pero conforme me hacía mayor, Barnaby me presionaba para que fuera más temeraria, para que robara algo más que carteras y pañuelos. Algunos de los chicos mayores robaban en las tiendas, entraban en las casas, mientras que a las chicas y a los niños pequeños los utilizaba para atraer a sus víctimas a los callejones, donde los golpeaba y les robaba todo.

Deirdre podía percibir la tensión de Tristan, pero se obligó a seguir.

—A mí no me gustaba aquello, pero me daba miedo negarme. Él puede ser brutal y despiadado. —Hizo una pausa para tomar aliento, y tuvo que hacer un esfuerzo aún mayor para que las siguientes palabras que iba a decir salieran de sus tensos labios—. Oh, Tristan, lo siento, pero una de ellas fue tu madre.

Tristan se quedó pálido, inmóvil. Parecía faltarle el aire cuando, mirándola fijamente, preguntó:

—¿Qué estás diciendo?

Deirdre no podía creer que estuviera a punto de contarle la verdad, pero no le quedaba más remedio. No podía dejar que siguiera adelante con su plan sin saber a lo que se enfrentaba. El solo impacto de descubrir quién era Flynt bastaría para dar ventaja a éste, que de por sí ya tenía todas las de ganar. Sí, con lo que le iba a decir, le revelaría su parte de culpa en lo que ocurrió aquel día, pero ¿qué otra cosa podía hacer?

Con una abrumadora sensación de pérdida, continuó a trompicones.

—Barnaby Flynt es el hombre que mató a tu madre.

—¿Y tú cómo puedes saberlo?

—Porque yo estaba allí, Tristan. Yo fui la niña que Barnaby utilizó para atraerla hacia el callejón.

Tristan parecía aturdido, como si no fuera capaz de asimilar lo que estaba oyendo.

—Eso no es posible. Te recordaría. No había ninguna niña pequeña allí aquel día. —Se detuvo al momento, y Deirdre supo que él ya lo había comprendido—. Pero sí había un niño.

—No era un niño. Era yo.

Deirdre cerró los ojos, con el corazón destrozado al ver la agonía en las amadas facciones de Tristan. Lo único que quería era abrazarlo, pero tenía miedo de que la rechazara.

—Me sentía tan culpable que no… no podía soportarlo. Traté de advertirla del peligro, pero ya era demasiado tarde.

Tristan retrocedió, moviendo la cabeza a un lado y a otro, mirándola sin poder creer lo que estaba oyendo.

—No puedo ocuparme de eso ahora. No tengo tiempo. Tengo que salvar a Emily.

—Tristan, por favor…

—No, Deirdre. No puedo.

Y salió por la puerta antes de que ella pudiera decir nada más. Peter se detuvo lo justo para dedicarle a Deirdre una mirada de comprensión y siguió a Tristan.

Oh, Dios. lo único que deseaba era acurrucarse en un rincón y llorar, pero no podía. Tenía que hacer algo. No podía dejar que Tristan se enfrentara solo a aquel demonio.

—¡Señora Godfrey! —gritó con voz angustiada, echando a correr por el vestíbulo.

El ama de llaves apareció con una pila de paños limpios.

—Cullen está calentando el agua, señora, yo…

—Deja eso ahora. Si Jenna está aún aquí, dile que venga. Necesito que haga algo por mí, y no tenemos mucho tiempo.

26

Tristan y Peter permanecían en cuclillas, ocultos detrás de una pila de cajas, a unos metros de la entrada de la guarida de Flynt. Llevaban ya un rato allí, vigilando las idas y venidas de los esbirros del gánster, aguardando el momento de deslizarse dentro sin ser vistos, pero la ocasión aún no se había presentado.

Conforme el sol se empezaba a poner y las sombras de la tarde se alargaban, una neblina espesa comenzó a levantarse de los campos, y una ligera sensación de frío invadió el aire. Peter estaba temblando, pero no quería quejarse. La ira mantenía caliente a Tristan. Bastaba con pensar en Emily, sola y aterrada, en las garras de Flynt.

«Barnaby Flynt es el hombre que mató a tu madre.»

Las palabras resonaban en su cabeza, y sintió que el pulso se le aceleraba al rememorarlas. Al principio, su mente se había negado a asimilar esa revelación. Después había querido negarla, pero no imaginaba por qué Deirdre iba a inventarse algo así, por lo que, finalmente, había tenido que admitir que la descripción que Peter le había hecho de Flynt encajaba con la que recordaba del asesino de su madre.

«Yo estaba allí.»

Oyó nuevamente la voz de Deirdre, asustada y frágil, en el momento de hacerle la confesión. Nunca antes había sentido un torbellino emocional semejante. Ira, dolor, aturdimiento. La verdad es que no sabía con seguridad qué sentimientos le inspiraba su engaño. Eso, unido al hecho de no haberle contado de inmediato que había descubierto el paradero de Emily, era razón suficiente para estar furioso con ella. En todo momento había tenido la sensación de que le ocultaba algo, sí, pero nunca habría imaginado que pudiera ser algo de esa magnitud.

Durante un breve momento, se permitió regresar mentalmente a aquel doloroso día en un intento de ver la imagen de la Deirdre niña. Tenía un vago recuerdo de un niño andrajoso y desaliñado cuyos cabellos escapaban por todas partes de la mugrienta gorra, vestido con unas ropas de chico, excesivamente grandes para su pequeño cuerpo. No era extraño que la hubiera confundido con un niño. Sin embargo, no recordaba gran cosa de ella. Aparte de la muerte de su madre y el rostro de su asesino, el resto del incidente en su mente era un episodio borroso, en el que sólo había pena y dolor.

Y en ese momento sencillamente no tenía tiempo para asimilarlo. Tenía que concentrarse en liberar a su hermana. Pero una cosa era segura. Si salía con vida de aquello, Deirdre y él tendrían que hablar seriamente.

—Mire —susurró de pronto Peter, señalando hacia el edificio—. El otro vigilante se ha ido y Toby está solo. Si vamos a entrar, será mejor que lo hagamos ahora.

Tristan miró al joven que bloqueaba la entrada, y asintió.

—Está bien. Esto es lo que vamos a hacer.

De pie en el centro de la taberna El Alegre Roger, Deirdre observaba a la multitud que se había congregado a su alrededor, en sus rostros reflejados diversos grados de rabia y miedo.

Con la ayuda de Jenna y Lilah, había conseguido reunir a bastante gente. Comerciantes y vendedores del mercado junto a prostitutas y deshollinadores, y hasta los Dedos Largos merodeaban por los extremos del grupo, observándolo todo con excitación.

Acababa de contarles que Tristan había estado buscando a su hermana y que ésta había sido raptada por Flynt, recalcó además su convencimiento de que el gánster había tenido que ver con la muerte de Ratón. Se podían oír murmullos de indignación y calurosas discusiones en los laterales del local.

—Ha llegado el momento de hacer algo —dijo Deirdre en voz alta, por encima del zumbido de la conversación—. No podemos dejar que continúen ocurriendo estas cosas. Barnaby Flynt ya ha aterrorizado bastante a los ciudadanos de Tothill Fields.

—Para usted es fácil decirlo —gruñó uno de los comerciantes—. No vive aquí.

—No, eso es verdad —convino ella—, pero vosotros sí. La cuestión es, ¿queréis seguir viviendo con su sombra acechando sobre vuestras vidas? Hacer la vista gorda a sus tejemanejes no ha servido de nada.

—Pero si nos oponemos a él, nos matará —aventuró tímidamente una prostituta—. Igual que a Ratón.

Se elevaron murmullos que le daban la razón.

Santo Dios, ¿qué podía decir para convencerlos? El miedo palpable que le tenían a Flynt llenaba la taberna.

Lilah acudió en su ayuda.

—No sé vosotros, pero yo estoy harta de que brutos como él me maltraten. Después de lo que le hizo a Ratón, merece ser colgado, y si las autoridades no lo hacen, deberíamos hacerlo nosotros.

—¿Y qué sabes tú, maldita furcia? —espetó un vendedor ambulante, elevando el puño en señal amenazadora. Aunque retrocedió de inmediato al ver que Cullen interponía entre ambos su fornido corpachón.

Deirdre dirigió a su cochero una sonrisa de agradecimiento, y no le pasó inadvertido el brazo con que rodeaba los hombros de Lilah con gesto protector. Entonces dirigió su atención nuevamente al público.

—Las cosas no cambiarán mientras nos quedemos al margen y dejemos que todo siga igual. Si actuamos unidos, si nos negamos a que nos intimiden, Barnaby perderá su poder.

Enlazó las manos delante de su cuerpo e inspiró hondo.

—Hay una niña en peligro, y si no hacemos algo, podría morir. No digo que vaya a ser fácil, pero tengo fe en vosotros. Y ahora, ¿estáis dispuestos a ayudarme?

Durante un largo momento se hizo el silencio. Entonces, Rachel McLean dio un paso al frente.

—Yo sí ayudaré. Después de todo lo que ha hecho usted por nosotros, milady, merece nuestra colaboración. Y será bueno para todos deshacernos de ese monstruo de una vez por todas.

—Ya sabes que Cullen y yo te ayudaremos, tesoro —dijo Lilah en tono confidencial, enlazando el brazo con el del cochero, que asintió para mostrar su acuerdo.

—Yo también ayudaré —gritó Harry desde detrás de la barra—. No me perdería una buena escaramuza por nada.

De pronto se produjo un ligero cambio en la multitud, y cada vez había más gente que daba un paso al frente en señal de apoyo. Aunque había personas que se resistían a actuar frente al opresor, las palabras de sus amigos habían servido de mucho, y al final, Deirdre acabó llorando de emoción al ver cuánta gente estaba dispuesta a ayudar.

«Ya ves, Tristan —pensó con orgullo—. No sólo se preocupan por sí mismos.»

Alguien le tiró entonces de la manga, y, al bajar la vista, vio a Benji que la miraba con los ojos muy abiertos.

—Nosotros también queremos ayudar —anunció, haciendo

un gesto hacia el resto de los Dedos Largos—. Queremos salvar a la señorita Ángel.

—Créeme, Benji —le dijo—. Todos vamos a tener que ayudar. Necesitaremos a todos si queremos que esto funcione.

—¿Cuándo salimos, milady? —gritó alguien.

Ella se mordió el labio y miró hacia las ventanas. Hacía ya rato que había mandado a Jenna a buscar a Dan y a sus hombres con la esperanza de que llegaran antes de salir, pero no podían esperar más. El sol se estaba poniendo y a cada minuto que pasaba aumentaban las posibilidades de perder al hombre que amaba a manos de Barnaby. Tanto si iba a seguir en su vida como si no, no permitiría que eso ocurriera.

Mirando con seriedad a los reunidos, hizo un decidido gesto de asentimiento.

—Ahora mismo.

Al abrigo de las sombras que proyectaba el edificio, Tristan observó cómo Peter se aproximaba al vigilante de Flynt andando casi desenfadadamente, sin intentar ocultar su presencia.

Tristan por fuerza tenía que admirar al chico. Peter no retrocedía ante un desafío. A pesar del dolor que sus heridas debían de estar causándole, estaba más que dispuesto a intentar lo que fuera por salvar a Emily.

El vigilante, el joven al que Peter se había referido como Toby, estaba apoyado contra la pared, limpiándose las uñas con una navaja. Sin embargo, se puso alerta en cuanto vio a Peter.

—¿No se supone que habías ido a buscar al hermano de la muchacha? —le preguntó con suspicacia.

Metiéndose las manos en los bolsillos, Peter se encogió de hombros.

—He pensado que no voy a hacerlo si no me dais una parte del dinero.

—¿Una parte? Qué estúpido eres. El señor Flynt no va a darte nada.

—Entonces no iré a buscar a nadie.

El rostro de Toby se ensombreció.

—Eres hombre muerto, amigo. Te abriré las tripas igual que hice con ese idiota del exterminador.

Peter rodeó a Toby a paso lento, y éste se volvió para seguir sus movimientos con la vista, dándole de esa forma la espalda a Tristan.

—Te invito a que lo intentes —dijo Peter.

Toby dio un paso hacia él, pero sólo le dio tiempo a empuñar la navaja con gesto amenazador, porque en ese momento, Tristan salió de entre la niebla y lo dejó inconsciente de un buen golpe en la cabeza.

—Ojalá me hubiera dejado que le pegara una vez —se quejó Peter mientras lo ayudaba a arrastrar el cuerpo inerte del chico hasta detrás de una pila de cajas.

—No tenemos tiempo para eso ahora. —Tristan echó un rápido vistazo a un lado y a otro, y le dio una palmadita a Peter en la espalda—. Quiero que esperes aquí.

—Pero…

—Nada de peros, Peter. Necesito tener a alguien aquí para que vaya en busca de ayuda si no consigo sacar a Emily. ¿Me has comprendido?

El chico asintió, aunque con reticencia, y Tristan le dirigió una fugaz sonrisa de aprobación antes de deslizarse dentro del edificio.

Una vez en el interior, se encontró en un largo y estrecho pasillo a lo largo del cual se alineaban varias puertas cerradas, y se detuvo un momento tratando de orientarse. Enfrente, al final del corredor, una serie de empinados escalones conducían a los oscuros confines del segundo piso.

Apostaría a que Barnaby tenía presa a su hermana allí arriba. Echó a andar con todo sigilo, pisando con cuidado los tablones podridos y rechinantes.

Había alcanzado ya el pie de la escalera y se disponía a subir, cuando una voz atronadora resonó a sus espaldas.

—¿Qué es esto? ¿Qué haces tú aquí?

¡Maldición! Le iban a chafar el elemento sorpresa.

Girando sobre sus talones, se encontró cara a cara con un fornido bruto, mayor que el chico de la entrada al que había dejado inconsciente. Estaba claro que ése debía de ser uno de los rufianes de Flynt más veteranos, porque desprendía un halo de violencia que le decía a Tristan que, además, debía de ser uno de los más peligrosos.

Sin deseos de que aquel tipo diera la voz de alarma, Tristan se lanzó sobre él y lo agarró por la cintura, golpeándolo tan fuerte como pudo contra la pared.

El hombre gruñó y al instante empezó a pelear con él. El tipo le clavó a Tristan en el estómago un puño del tamaño de un jamón, que lo envió dando traspiés hacia atrás, pero se recuperó lo suficiente como para asestar un puñetazo en la bulbosa nariz de su adversario. De ésta empezó a brotar sangre, y el secuaz de Flynt lanzó un alarido, al tiempo que se llevaba la mano a la cara para detener la hemorragia.

El movimiento le dio a Tristan una momentánea ventaja. Levantó el puño desde abajo y descargó un gancho directo a la mandíbula del bruto.

Éste cayó como un peso muerto, pero antes de que Tristan pudiera tomar aire, una de las puertas del pasillo se abrió, y de ella salieron más esbirros de Barnaby, que lo miraban con aviesas intenciones.

¡Maldición, así jamás iba a sacar a Emily de allí!

Peter se recostó abatido sobre la pared del edificio, con los brazos cruzados sobre el pecho y los dientes apretados, pensando lo injusto que era todo.

¡Odiaba sentirse tan inútil! Después de permitir que se llevaran a Emily, se sentía responsable de todo lo que estaba pasando en ese momento. Con el corazón encogido, recordó el rostro de ella cuando él le había dicho que su sitio no estaba con los Dedos Largos. Su intención no había sido herirla, y la cólera se apoderaba de él sólo de pensar que en ese momento estaba a merced de Flynt.

Tal vez debiera entrar a ver qué estaba pasando. Después de todo, tampoco le había prometido quedarse allí fuera.

—Vaya, vaya, vaya. Si es mi viejo amigo Peter.

Jack salió de entre las sombras, rodeado por varios de los chicos de Barnaby. Lo miró con una sonrisa de suficiencia.

—¿Qué estás haciendo aquí? Se suponía que debías estar en vuestra madriguera, con el hermano de la chica y el dinero.

Peter se encogió de hombros, intentando parecer despreocupado a pesar de su corazón desbocado.

—Decidí que no estaba de humor para recibir órdenes de Barnaby.

—Conque no estás de humor, ¿eh? Tiene gracia, Peter. Claro que no creo que al señor Flynt se la haga. De hecho, se va a enfadar mucho si no sigues sus instrucciones. —Los ojos de Jack brillaron de maldad—. ¿O es que acaso se te ha ocurrido venir a rescatar a lady Emily tú solo?

—Puede.

—Pues eso sí que sería una estupidez, pero en ti no me sorprende. Siempre te has creído mejor de lo que eres. —Jack adoptó un tono de mofa—. El gran y noble Peter. ¿Sabes lo harto que estoy de oír lo perfecto que eres? Peter está al mando, Peter es el jefe, Peter lo sabe todo. ¡Dios, me pones enfermo!

Le hizo un gesto a su cohorte de esbirros, que se separaron y formaron un semicírculo en torno a su presa.

—Ya es hora de que me ocupe de ti de una vez por todas —le espetó Jack.

Peter se dispuso a atacar.

—Puede que no te resulte tan fácil como crees.

El chico más mayor dejó escapar un sonido gutural, pero antes de poder hacer movimiento alguno, un grito emergió de la cada vez más densa niebla, paralizándolos a todos.

—¡Deja a Peter en paz!

Reconociendo al instante la voz de Nat, Peter se volvió y trató de ver a través de la niebla. Estaba seguro de distinguir varias pequeñas formas agachadas detrás de las cajas y los barriles. ¡Los Dedos Largos!

—¡A por ellos, chicos! —gritó Nat, y, al momento, una lluvia de piedras cayó sobre Jack y sus esbirros.

—¿Qué demonios…? —Jack retrocedió un paso, y los otros chicos se cubrieron la cabeza con los brazos, gritando de dolor cada vez que los proyectiles alcanzaban su objetivo.

Lady R surgió de repente de la grisácea oscuridad, seguida muy de cerca por otros. Peter reconoció a Cullen, su cochero, y a Lilah entre ellos.

—¿Dónde está lord Ellington? —preguntó la vizcondesa con nerviosismo.

Peter hizo un gesto con el pulgar hacia el edificio.

—Ha entrado.

Lady R no lo dudó, y antes de que Peter pudiera hacer nada, alguien lo agarró con saña por el hombro e hizo que se volviera.

Era Jack.

—¿Adónde crees que vas? —siseó—. No he terminado aún contigo.

La paciencia de Peter se había terminado, y ya estaba más que harto de Jack Barlow. Por su culpa, Emily había caído en manos de Flynt.

—Pues yo sí he acabado contigo, Jack.

Y le lanzó un puñetazo directamente a la nariz, con tanta fuerza, que lo tiró al suelo.

—Y ahora escúchame, maldito traidor —dijo Peter con una voz que sonaba peligrosamente suave—. No quiero volver a ver tu cara por aquí nunca más. De lo contrario, te prometo que haré que lamentes haber nacido.

Y diciendo eso, lanzó a Jack una última mirada llena de desprecio y entró en el edificio.

A su pesar, Tristan estaba empezando a ceder terreno en su pelea contra los esbirros de Flynt. Por grande y fuerte que fuera, cada vez que se deshacía de uno, aparecía otro más, y varios iban armados con cuchillos que le estaban haciendo su buena parte de daño. Tenía ya un corte en la mejilla y un golpe sesgado le había causado una profunda herida en el costado izquierdo, que estaba empapándole la camisa de sangre a toda prisa.

Lanzando de cabeza a uno de sus enemigos contra la pared, Tristan se volvió para hacer frente a su siguiente amenaza, jadeando. Necesitaba un poco de cuartel, y rápido.

Como si le hubieran leído el pensamiento, la puerta se abrió con gran estrépito y una multitud entró desde la calle. Al principio, pensó que Barnaby había enviado refuerzos, pero tras un segundo o dos, reconoció a Cullen, a Lilah y a varios más.

Con Deirdre al frente.

Cargaron contra los esbirros de Flynt como caballeros en una batalla. Con un feroz grito, Lilah saltó sobre la espalda de un tipo que estaba atacando a Tristan y empezó a golpearle la cabeza y los hombros. El hombre comenzó a gritar, tratando de quitársela de encima, pero ella se agarraba a él con feroz tenacidad.

Una sonrisa se dibujó en el rostro de Tristan. ¡Dios, Deirdre había reunido una partida de rescate entre los ciudadanos de Tothill Fields! Le lanzó un beso a Lilah y se escabulló a toda prisa hacia la escalera.

Al otro extremo del pasillo, Deirdre pasó junto a Harry, que estaba peleando con uno de los hombres de Barnaby, y se puso de puntillas buscando a Tristan entre las cabezas de los combatientes. Lo vio justo cuando alcanzaba la escalera. Lo llamó y agitó los brazos por encima de la cabeza, pero Tristan no pareció oírla, porque se lanzó a toda prisa escaleras arriba.

¡Demonios! Tendría que darse prisa o se adentraría en las fauces de Barnaby sin que nadie le cubriera la espalda.

Empezó a abrirse camino entre la multitud.

Al llegar a lo alto de la escalera, Tristan se detuvo y echó un rápido vistazo alrededor. Un corto descansillo conducía a una sólida puerta de madera. Aunque no se oían ruidos dentro, estaba casi seguro de que Flynt acechaba justo al otro lado, aguardando su próximo movimiento.

Trató de girar el pomo. Al ver que éste cedía fácilmente, empujó la puerta y entró en una pequeña habitación sin ventanas. Estaba amueblada con un escritorio y algunas sillas destartaladas, y la tenue luz que proyectaban unas pocas y parpadeantes velas apenas iluminaba a las dos figuras que permanecían de pie en el centro de la habitación.

—Lord Ellington, supongo.

Grande y calvo, el hombre sujetaba a Emily delante de su cuerpo a modo de escudo, con un cuchillo en su garganta. Era imposible confundir aquellos brillantes ojos negros o la cicatriz que hacía que se le levantara un lado de la boca. Era verdad. Tristan se encontraba una vez más frente a frente con el maleante que asesinó a su madre.

Un repentino frío se apoderó de él mientras trataba de no regresar con la mente al momento en que, sosteniendo el cuerpo inerte de lady Ellington entre sus brazos, había levantado los ojos y había visto las facciones de aquel monstruo. Tenía un nudo en la garganta, pero se obligó a hablar con todo el desenfado de que fue capaz.

—Supones bien.

Barnaby se encogió de hombros.

—He oído el estrépito abajo y he creído que habría decidido unirse a mi fiesta un poco antes de lo convenido. Es bastante grosero invadir así el santuario de un hombre. Por cierto, ¿cómo ha dado con mi hogar tan lejos del suyo?

—Me temo que no puedo contestar a eso. Además, ¿acaso importa? Estoy aquí.

—Cierto.

La mirada de Tristan voló hasta Emily. Iba vestida con calzas y una camisa de chico demasiado grande para ella, y el pelo rubio le caía totalmente enmarañado sobre los hombros. Las lágrimas habían dejado surcos en sus mugrientas mejillas, y sus ojos color violeta le rogaban en silencio que la ayudara, sujetando en vano el brazo que la inmovilizaba.

Una vez más, Tristan sintió como si retrocediera en el tiempo, y estuviera viendo la expresión aterrorizada de su madre mientras Flynt la abordaba tantos años antes. Apartó las imágenes de su cabeza y trató de mantener el control. Tenía que centrarse en su hermana.

—¿Ha traído mi dinero? —siseó Barnaby, apretando con el cuchillo sobre la carne de Emily.

Ésta soltó un quejido, y una pequeña gota de sangre apareció bajo la punta del arma, convirtiéndose en una neblina roja de cólera que bailoteó ante los ojos de Tristan.

—Lo tengo —dijo, intentando contener la ira tras un muro de calma—. Está en lugar seguro, y lo tendrás en cuanto saque a mi hermana de aquí.

—Ahhh. Yo diría que estamos en uno de esos… ¿cómo lo llaman? ¡Un punto muerto! —El hombre frunció el cejo de una manera que desmentía su tono jovial—. Porque no tendrá a la chica hasta que yo tenga mi dinero.

Intentando mantener la calma ante el rostro aterrorizado de Emily, Tristan avanzó un paso, retirándose de la puerta, y entrando en el círculo de luz de las velas. Al hacerlo, Barnaby se removió inquieto.

—Yo que usted no me acercaría demasiado —le advirtió el gánster—. Podría ponerme nervioso y que se me escapara la mano. Y no queremos que eso ocurra. —Ladeó la cabeza para estudiar a Tristan con curiosidad—. ¿Sabe?, me resulta condenadamente familiar. ¿Por qué será?

—Tal vez sea porque mataste a su madre.

Las palabras llegaron desde la puerta, y todos miraron hacia allí. Tristan contuvo el aliento al darse cuenta, con incredulidad, de que se trataba de Deirdre, con los brazos en jarras y la barbilla levantada en actitud desafiante.

«¡Oh, Dios, Deirdre, vete de aquí!», pensó con desesperación.

No podría concentrarse en liberar a Emily si tenía que preocuparse por ella también.

Pero la mujer no hizo caso de su súplica silenciosa. En lugar de eso, entró en la habitación y se detuvo a unos metros del maleante.

—Hola, Barnaby —saludó suavemente.

Flynt se quedó mirándola con el cejo fruncido.

—¿Quién demonios eres tú?

Deirdre movió la cabeza.

—¿Es que no me reconoces? Vamos, Barnaby, eso me ha dolido. Soy yo. DeeDee.

Al oír eso, el hombre recorrió el cuerpo de Deirdre con una mirada que encolerizó a Tristan aún más.

—¡DeeDee! ¡Eres tú! Qué sorpresa, después de tantos años.

—Ahora soy lady Rotherby.

—Lady… ahhh. ¿Tú eres la vizcondesa de la que me ha estado hablando Jack? Vaya, vaya. La pequeña DeeDee ha triunfado en la vida, ¿eh? —dijo Barnaby en voz baja y gélida—. Te estuve buscando un tiempo, niña.

—Lo sé. Y aquí estoy.

Barnaby miró por encima del hombro de ella hacia la puerta.

—Sólo por curiosidad, ¿cómo habéis conseguido pasar con mis hombres vigilando?

—Me temo que están un poco ocupados en este momento —dijo ella, cruzándose de brazos mientras lo observaba con frialdad—. Ya ves, la gente de Tothill se ha hartado, Barnaby, y ahora mismo están abajo, asegurándose de que tus hombres reciban lo que se merecen.

De pronto, como para enfatizar sus palabras, se oyó un gran estruendo procedente del piso inferior, y el rostro de Flynt enrojeció.

—No te creo. No se atreverían a alzarse contra mí. Saben lo que les ocurriría.

Deirdre se encogió de hombros con un gesto despreocupado.

—Cree lo que quieras, pero te aseguro que ninguno va a poder ayudarte durante un tiempo.

El gánster entornó los ojos hasta que no fueron más que dos rendijas, y la mano con la que sujetaba el cuchillo tembló ligeramente.

—Siempre supiste cómo causarme problemas, ¿verdad, niña? Primero dando el chivatazo a las autoridades y ahora esto. ¿Así es como me das las gracias por haberte acogido, por haberte dado un hogar?

Tristan sintió vértigo. Santo Dios, ¿Deirdre había denunciado a Flynt a las autoridades? No le extrañaba que la hubiera estado buscando.

—¿Gracias? —La voz de Deirdre destilaba desprecio—. ¿Por convertirme en una delincuente?

Barnaby se encogió de hombros.

—Ya estabas en camino de serlo, pequeña. Yo sólo aceleré el proceso, por decirlo de alguna forma. —Entornó los ojos de una manera que helaba la sangre—. Te diré algo, señorita. Me hiciste lamentar el día en que te encontré.

—Vaya, vaya. Cualquiera diría que no te alegras de verme.

Deirdre avanzó otro paso más, con un sutil movimiento que hizo que Tristan contuviera el aliento.

—¿Por qué no dejas que se vaya la chica, Barnaby? Ahora tienes la oportunidad que has estado esperando durante todos estos años de echarle el guante a quien te traicionó. ¿Por qué no te ocupas de mí?

¡No! Tristan sintió un peso en el estómago. No iba a quedarse allí parado viendo cómo Deirdre se ofrecía como un cordero para el sacrificio.

Pero Barnaby negó con la cabeza.

—Oh, no te preocupes, tengo intenciones de ocuparme de ti, pequeña mía. Cuando yo lo crea conveniente. Pero ahora me preocupa más el dinero que me debe este caballero, y no voy a dejar a nadie hasta que lo consiga. —Se volvió hacia Tristan, mirándolo especulativamente—. ¿Dices que maté a su madre?

—¿No te acuerdas? —lo instó Deirdre—. El ángel del callejón.

—Ah, sí. —Los ojos del gánster parecieron volverse vidriosos—. El ángel. Llevaba semanas siguiéndola, ¿sabes? Observando cómo distribuía sus migajas de caridad como una santa, superior a los demás, y esperando poder ponerle las manos encima. Y aquel día llegó mi oportunidad. Lo único que tuve que hacer fue deshacerme de su coche de punto y… —Lanzó una mirada casi acusadora a Tristan—. Ahora te recuerdo. Tú eres el que llegó corriendo a defenderla aquel día y se encontró conmigo. —Se relamió, esbozando una lasciva sonrisa—. De no haber sido por ti habría podido saborearla antes de acabar con ella.

Ésa fue la gota que colmó el vaso. El frágil hilo que mantenía la ira de Tristan bajo control se rompió. Ignorando el grito ahogado de Deirdre y la expresión aturdida y confusa de su hermana, se lanzó hacia adelante, tirando al malhechor de espaldas sobre la mesa. El cuchillo salió volando, y los dos hombres rodaron por el suelo, enzarzados en una pelea a vida o muerte.

Con el corazón en la garganta, Deirdre agarró a Emily del brazo y la apartó de la zona de peligro. Al mismo tiempo, Peter apareció en la puerta, y Deirdre lanzó a Emily en su dirección.

—¡Vete! ¡Llévatela fuera de aquí, Peter!

La hermana de Tristan empezó a protestar.

—Pero…

—¡Vete!

El líder de los Dedos Largos no le dio tiempo a Emily a decir nada más, la sacó por la puerta y se alejaron de allí.

En cuanto se hubo asegurado de que estaban a salvo, Deirdre dirigió una ansiosa mirada a su alrededor, buscando algo que usar como arma. El cuchillo estaba en el suelo, a unos pasos, pero tendría que pasar demasiado cerca de Barnaby para cogerlo. Rodeando a los dos hombres, apenas pudo contener una mueca de dolor cuando Flynt le pegó un puñetazo a Tristan en el costado, en un punto en el que, obviamente, éste estaba herido, como lo evidenciaba la mancha de sangre de su camisa. Tristan gimió de dolor, pero no se rindió.

La preocupación y el pánico de Deirdre aumentaban conforme la lucha proseguía. ¿Qué podía hacer? En una pelea justa, no cabía duda de cuál sería el resultado, porque Tristan era más joven, más alto y más fuerte que el achaparrado Barnaby. Pero el gánster tenía años de peleas callejeras a sus espaldas, y no dudaría en jugar sucio para salir con vida.

Mientras lo pensaba, Flynt alzó una mano y clavó un pulgar en el ojo a Tristan, utilizando la momentánea ventaja para apartarlo de sí empujándolo con fuerza por el pecho. Tristan cayó sentado sobre el suelo de madera, y Barnaby se arrastró a por su cuchillo. En cuestión de segundos, se puso en pie con la agilidad de un gato y cargó sobre Tristan blandiendo el arma, antes de que aquél pudiera recuperar el equilibrio.

Deirdre vio lo que iba a ocurrir y no lo dudó. Se colocó delante del hombre que amaba para protegerlo justo cuando Barnaby bajaba el cuchillo.

Al principio, sintió una quemazón en el hombro izquierdo, que rápidamente pasó a ser un dolor agónico que la hizo gritar de dolor al tiempo que se tambaleaba. La habitación empezó a dar vueltas a su alrededor, y no se dio cuenta de que se estaba cayendo hasta que Tristan se lanzó a por ella. Su rostro danzó ante sus ojos unos segundos, con algo que era mucho más que miedo reflejado en él. Algo que no recordaba haber visto antes.

—Ella… ¡Dios, no! —dijo con voz estrangulada.

Deirdre no alcanzó a oírlo con claridad. El dolor de su hombro había pasado a ser un entumecimiento que le iba avanzando por el costado izquierdo, y supo que estaba a punto de perder la conciencia. Pero tenía que decir algo, tenía que hacerle comprender una cosa antes de desmayarse.

Levantando una mano que de pronto pesaba como una losa, consiguió tocar el lado de la cara de Tristan con la más leve de las caricias, mirando sus ojos llenos de angustia.

—No se te ocurra culparte por esto —susurró—. No me has fallado, Tristan. Ha sido elección… mía, igual que fue elección de tu madre; y por ti… merece la pena.

Y entonces todo se volvió negro.

Tristan oyó un rugido que surgía de su interior mientras contemplaba con incredulidad el cuerpo inmóvil de Deirdre entre sus brazos. Tenía los ojos cerrados, las suaves pestañas rozando sus pálidas mejillas, y el leve movimiento de subida y bajada de su pecho era la única indicación de que seguía con vida. Cobrando gradualmente conciencia de la sustancia pegajosa que iba empapando el tejido de su vestido, apartó la mano del hombro de Deirdre y vio que la tenía llena de sangre.

La sangre de Deirdre.

¿Dios, por qué había hecho algo así? En ese momento, sosteniéndola entre sus brazos, se dio cuenta de lo que significaba para él; los sentimientos que hervían en su interior casi desde el mismo momento en que se conocieron por fin le resultaban claros. Ninguno de sus secretos, ni los engaños que había habido entre ellos importaba. Deirdre lo era todo para él.

Estaba enamorado de ella. Y la iba a perder como había perdido a su madre.

La angustia se apoderó de él, una bestia salvaje que le clavaba las garras con saña, pero intentó contenerla. Aquello no podía estar ocurriendo. Otra vez no. No perdería a otro ser amado por culpa de aquel monstruo.

Con sumo cuidado, depositó el cuerpo de Deirdre en el suelo y miró a Barnaby, que seguía de pie, con la mano aún en alto. La sangre goteaba de la hoja del cuchillo, y una malvada sonrisa curvaba su fea cicatriz.

—Una menos —dijo el gánster.

Con una furia como nunca antes había sentido, Tristan se lanzó contra él con toda su fuerza, desarmándolo. Cerró entonces la mano alrededor de la garganta y lo empujó contra la pared, disfrutando con la mirada de asombro y miedo que invadió sus facciones.

—¡Maldito bastardo! —dijo entre dientes, apretando los dedos hasta que Barnaby empezó a tener problemas para respirar, y comenzó a ponerse rojo—. Por todas las pesadillas que me has causado y por la gente de Tothill Fields, debería matarte ahora mismo, partirte el cuello como si fuera una maldita rama y así ahorrarle trabajo al verdugo.

Era tentador. Demasiado. Lo único que hizo que se contuviera fue pensar que Deirdre estaba allí tirada, perdiendo sangre sobre aquel suelo de madera. Si tenía que elegir entre hacerle pagar a Barnaby o salvar la vida de Deirdre, no había elección posible.

«Por ti merece la pena.»

Sus palabras resonaban en su cabeza. Ella tenía la mejor de las opiniones de él, y si mataba a Flynt, no sería mejor que el criminal a quien estaba tratando de llevar ante la justicia.

Lentamente, fue aflojando la mano con que rodeaba el cuello del hombre, y éste se deslizó por la pared, atragantándose y tratando de coger aire.

—En vez de eso, creo que dejaré que las autoridades decidan qué hacer contigo. No voy a perder mi tiempo en ti. Por mí, como si te pudres en Newgate. En cualquier caso, tus días de aterrorizar Tothill Fields se han terminado.

Con esto, Tristan volvió junto a Deirdre y la tomó en sus brazos. Al ver que su cabeza colgaba lánguidamente sobre su hombro, no pudo evitar alarmarse.

En ese momento, Dodger Dan apareció en la puerta, flanqueado por dos de sus hombres.

El boxeador enarcó una ceja cuando entró en la habitación.

—No podías esperarme, ¿verdad? —Se detuvo en seco al ver lo que Tristan llevaba en sus brazos—. ¿Está bien? —preguntó con preocupación, haciéndose a un lado al tiempo que indicaba a sus hombres que despejaran el camino hasta la puerta.

—No lo sé. —Tristan hizo un gesto en dirección a Barnaby—. Ocúpate de él. Tengo que llevarla al médico, y rápido.

Salió de la habitación mientras Barnaby maldecía, y se encontró con Cullen fuera, en el descansillo. Le bastó una mirada a su señora para palidecer, a pesar de su rostro rubicundo.

Tristan no vaciló un momento.

—Cullen, necesito que llames a un coche de punto lo más rápido posible. Tengo que llevar a lady Rotherby a mi casa cuanto antes. Después necesitaré que vayas a buscar al médico. ¿Puedes hacerlo?

Con un gesto de asentimiento, el cochero se apresuró a hacer lo que le mandaba Tristan, y éste echó a andar tras él. Estaba en lo alto de la escalera cuando oyó unos ruidos a su espalda y la voz de Dan, gritando en tono de advertencia, hizo que mirara hacia atrás por encima del hombro.

Barnaby apareció en la puerta, con los ojos negros brillantes, y en su rostro una expresión enloquecida.

—¡Esto no ha terminado! ¡Nadie ofende a Barnaby Flynt y sale con vida!

Con esas palabras, corrió hacia Tristan.

Éste sólo tuvo una décima de segundo para tomar una decisión, y con Deirdre en los brazos no tenía demasiadas alternativas. Aferrándola con fuerza contra su pecho, retrocedió un paso apartándose del camino justo cuando el gánster llegaba hasta él.

Durante lo que pareció una eternidad, Flynt se tambaleó en lo alto de la escalera, consciente de lo que estaba a punto de suceder. Entonces, casi como a cámara lenta, cayó por encima de la barandilla golpeando contra el suelo con un ruido sordo, y el cuello doblado en un ángulo antinatural.

El reinado de Barnaby Flynt había llegado oficialmente a su fin.

27

—¿Se va a poner bien?

La queda pregunta llegó desde la puerta del dormitorio de Tristan, que al levantar la vista se encontró con Emily, de pie y con la mirada llena de preocupación.

Él le hizo un gesto desde el sillón donde estaba junto a la cama, y se volvió hacia Deirdre, que yacía inmóvil bajo un montón de mantas.

—Según el médico, con cuidados y mucho descanso debería estar bien en unos días.

Pero había estado a punto de morir. Cuando Tristan recordaba su rostro pálido y exánime, y toda la sangre que había perdido, se le formaba un nudo en la garganta y tenía que tragar convulsivamente para deshacerlo. El médico le había dicho que si el cuchillo hubiera entrado unos milímetros más abajo, habría muerto en el acto. La idea se le hacía insoportable.

Emily se acercó a su hermano.

—Me alegro de que se vaya a poner bien. —Hizo una pausa un momento, y luego se volvió para mirar a Tristan con expresión grave—. Le importas mucho. Cuando me ha encontrado en la madriguera de los Dedos Largos, y trataba de convencerme para que volviera a casa, hablaba de ti con mucho cariño.

Él hizo una mueca de dolor y sintió un agudo aguijonazo de culpa.

—Y pensar que las últimas palabras que le he dicho han sido de enfado…

—Te perdonará. No parece el tipo de persona que guarda rencor a los demás.

—¿Y tú?

Tristan levantó la mirada fijándola en la de su hermana. Le pareció que la muchacha que una vez conoció había cambiado durante el poco tiempo que había estado fugada. En cierto modo, había madurado, se había vuelto más sosegada e introspectiva.

—¿Podrás perdonarme por no haber estado aquí para ti? ¿Por cerrarme a ti como lo hice?

Emily suspiró y se sentó en el borde de la cama, con cuidado de no mover a Deirdre.

—Tuve mucho tiempo para pensar encerrada en aquella habitación con aquel monstruo. Tiempo para preguntarme si querrías que volviera a casa después de lo que había hecho. Yo te puse las cosas muy difíciles de forma deliberada, y algunas de las que hice… —Movió la cabeza negativamente—. Pobre señora Petersham.

Tristan no pudo contener una suave carcajada.

—Se recuperará. Mis profesores siempre lo hacían.

Intercambiaron una mirada de complicidad y, a continuación, Emily le sonrió con timidez.

—Lo siento. Y te agradezco que fueras a salvarme.

Él alargó los brazos y cubrió las pequeñas manos de Emily con las suyas.

—Yo también lo siento. Y me alegro de tenerte de vuelta.

Durante unos minutos, se quedaron mirando a Deirdre en agradable silencio. Luego, Emily volvió a hablar, con voz vacilante e insegura.

—Entonces… ¿fue Barnaby Flynt quien mató a nuestra madre?

Al oír la pregunta, Tristan se quedó inmóvil, conteniendo la respiración. Intentando que su rostro no mostrara sus emociones, apretó los dedos de Emily entre los suyos antes de contestar.

—Sí, me temo que sí.

Mordiéndose el labio, Emily miró para otro lado.

—¿Sabes? Nunca supe en realidad qué le había pasado —confesó con voz queda—. Papá no quería contarme nada. Sólo te culpaba a ti. —Miró nuevamente a su hermano—. Echaba de menos tenerte en casa para poder hablar de ella.

Aquello hizo que a Tristan se le encogiera el corazón, y cerró los ojos para protegerse del repentino y agudo dolor que habían despertado sus palabras. ¿Dios, cómo podría compensarla por todo lo que le había hecho?

—Bueno, ahora estoy aquí, cariño, y no tengo intenciones de irme a ningún sitio en un futuro cercano.

En ese momento, el reloj del pasillo dio las doce de la noche, y Tristan hizo un gesto con la cabeza hacia la puerta.

—Pero has tenido un día muy largo, jovencita, y tienes que descansar. Ve a acostarte y hablaremos por la mañana.

—¿Me lo prometes?

—Te lo prometo.

Emily se dio la vuelta para irse, pero al hacerlo, Tristan cayó en la cuenta de algo y la sujetó por el brazo.

—Una cosa más.

Se metió la mano en el bolsillo de la camisa y sacó el medallón que Dan le había dado. Desde aquel día, lo había llevado cerca del corazón con la esperanza de poder devolvérselo a su hermana.

—Creo que se te había perdido algo.

—¡El colgante de mamá!

Con los ojos llenos de lágrimas, Emily lo cogió y lo tomó en las palmas de las dos manos con expresión de júbilo.

—¡Creí que no volvería a verlo! ¿Dónde lo encontraste?

—Digamos que me lo dio alguien que estaba muy pendiente de ti. —Le guiñó un ojo—. Y ahora vete. Pareces exhausta.

Inclinándose, Emily le dio un rápido beso en la mejilla.

—Gracias —susurró y se dirigió a la puerta.

A medio camino, sin embargo, se detuvo de pronto y miró hacia atrás por encima del hombro.

—¿Sabes, Tristan? Una noche oí a papá llegar de alguno de sus clubes, borracho como siempre. Se quedó dormido en el escritorio de su estudio y estaba mascullando algo, te llamaba en sueños.

—Más bien estaría maldiciendo mi nombre.

—No. Te decía lo mucho que se había equivocado al echarte de casa y te suplicaba que regresaras.

Diciendo eso, salió de la habitación, cerrando la puerta tras de sí.

Tristan se quedó atónito. ¿Sería posible? ¿Podría su padre finalmente haberlo perdonado, después de tantos años de ira y amargura? Se quedó mirando la mano que tenía cerrada en un puño encima de la cama. Puede que hasta entonces no hubiese sido consciente de ello, pero para su sorpresa, se dio cuenta de que la opinión del difunto conde ya no le importaba, ya no tenía el poder de hacer que se sintiera un fracasado. La única persona cuya opinión realmente le importaba estaba en esa misma habitación, con él.

—¿Dónde estoy?

Las palabras no fueron más que un susurro, pero se sentía en tal armonía con ella que Tristan las oyó. Levantó la vista y una profunda sensación de alivio lo invadió cuando vio por fin los ojos de Deirdre abiertos y lúcidos.

—¡Deirdre, gracias a Dios! —Alargó la mano y le retiró un rizo de la mejilla—. Llevaba mucho tiempo esperando que volvieras a mirarme con esos preciosos ojos verdes.

—¿Dónde estoy? —repitió ella con la voz ligeramente más fuerte, mientras miraba a su alrededor—. ¿Qué ha ocurrido?

—Estás en mi casa. Ese bastardo de Barnaby te apuñaló.

Deirdre se removió un poco e hizo una mueca de dolor, y Tristan posó una mano en su hombro para que se calmara.

—Intenta no moverte demasiado, cariño —le aconsejó con ternura—. No querrás que se te abra la herida. El médico te ha examinado y ahora tienes unos cuantos puntos, pero ha dicho que te pondrías bien.

—¿Dónde está Emily?

Su voz sonaba llena de preocupación, y él se apresuró a tranquilizarla.

—Está sana y salva en su cama.

—¿Y la gente de Tothill Fields? ¿Los Dedos Largos?

—Todos bien. Unos cuantos cortes y magulladuras, pero se defendieron de forma admirable. Y, lo creas o no, los Dedos Largos están con la señora Godfrey, en tu casa.

Deirdre enarcó las cejas, y Tristan se echó a reír.

—Lo sé. A mí también me sorprendió. Pero en cuanto se enteró de lo ocurrido, exigió que le llevaran a esos pobres corderitos extraviados para ocuparse de ellos. —Se encogió de hombros—. Creo que le agrada mucho tener a tantos niños a su alrededor. Pero si hasta me sonrió. A mí, ¿puedes creerlo?

Se levantó del sillón y se acercó más al borde de la cama, tomándole una mano entre las suyas.

—¿Sabes?, tenías razón respecto a la gente de Tothill, Deirdre. Todos ellos. Realmente aunaron sus fuerzas de una manera que nunca habría creído posible. No sé lo que habría hecho sin su ayuda.

Ella le dirigió una sonrisa, triste y vacilante, antes de que una sombra cruzara abruptamente por su rostro.

—¿Y Barnaby?

—Se ha ido, tesoro. No volverá a hacer daño a nadie.

—¿No lo habrás…?

—No tuve que hacerlo. Se ocupó él solito. —Entrelazó los dedos con los de ella, y empezó a acariciarle la palma con el pulgar—. Han entregado a todos sus chicos a la justicia. Todos menos Jack Barlow. Parece haber desaparecido. Esperemos que para siempre.

Deirdre guardó silencio un momento mientras jugueteaba con dedos nerviosos sobre la colcha, evitando su mirada. Era obvio que algo le inquietaba, aparte de la herida. Pero qué?

Tristan alargó una mano y le levantó la barbilla con un dedo, obligándola a mirarlo a los ojos.

—¿Qué te pasa, amor? ¿Por qué estás tan triste?

—No es nada. Es sólo… —Se mordió el labio—. Te agradezco que me hayas estado cuidando. Me doy cuenta de que ha debido de ser difícil dadas las circunstancias, y te prometo que, en cuanto me ponga bien, saldré de tu casa para siempre.

—Deirdre, ¿de qué hablas? ¿Qué circunstancias?

—Bueno, después de todo lo que he hecho debes de odiarme, y…

—¿Todo lo que has hecho?

Tristan estaba estupefacto. ¿De verdad creía que la odiaba?

—¿Te refieres a ayudarme a encontrar a mi hermana? ¿A exponer tu propia vida ante Flynt para salvar la mía? ¿A dejar que te clavara un cuchillo que estaba destinado a mí? ¿Por cuál de todas esas cosas tendría que odiarte?

Ella entornó los ojos.

—Sabes perfectamente lo que quiero decir. Te mentí, te oculté cosas. No te dije de inmediato que había encontrado a Emily. Ni lo de Barnaby y tu madre.

—Emily me explicó lo primero, y lo entiendo. Mi hermana puede ser muy convincente, y me ha asegurado que le dejaste claro que, en cualquier caso, me lo ibas a contar antes de que terminara el día. Sé que nunca habrías hecho nada que deliberadamente pudiera perjudicarla, y siento haberte acusado de utilizar nuestra... relación para distraerme. Debería haber sabido que tú nunca harías algo así.

—¿Y el resto?

Lo miró con tanto nerviosismo que él no pudo resistirse a inclinarse y darle un beso en la punta de la nariz.

—Tengo que admitir que estaba enfadado, herido porque no hubieras confiado en mí antes. Pero, cariño, ¿cómo voy a culparte por lo que sucedió? Eras una niña. Flynt te utilizó.

Al ver que Deirdre seguía indecisa, le apretó los dedos con ternura.

—No he dejado de pensar en aquel día desde que confesaste lo que ocurrió, tratando de recordar algo más. ¿Y sabes lo que más recuerdo de ti? Recuerdo que llorabas, rogándole a Barnaby y a sus chicos que no me hicieran daño. Trataste de ayudarme, ¿verdad? Y después lo denunciaste a las autoridades.

—Para lo que sirvió. —Suspiró—. Desapareció hasta éstas dejaron de buscarlo, y cuando se enteró de que había sido yo la que había dado el chivatazo, era cuestión de tiempo que me hiciera pagar por ello. Si Nigel no me hubiera encontrado, habría acabado muerta.

—Y aun así, hoy estabas dispuesta a entregarte para salvar a mi hermana.

—No se me ocurría otra manera de convencerlo de que la soltara. No podía quedarme allí, mirando cómo le hacía daño si yo podía evitarlo.

Él estudió sus delicadas facciones, abrumado por la intensidad de lo que sentía por ella. Dios bendito, Deirdre era todo lo bueno que había en el mundo. ¿Cómo no podía saber, cómo no podía ver lo mucho que significaba para él?

Incapaz de resistirse a compartir lo que había en su corazón, le cogió la cara con una mano, deseando hacerle comprender la sinceridad de sus palabras.

—¿Cómo has podido pensar por un segundo que podría odiarte? —dijo con voz ronca por la emoción, sosteniéndole la mirada—. ¿Cómo podría odiarte cuando te quiero tanto?

Al principio, Deirdre tuvo la seguridad de no haber oído bien. Tenía la cabeza tan abotargada por el dolor y el láudano que le habían administrado que debía de estar imaginando cosas.

—¿Cómo dices? —se obligó a decir con los labios rígidos y el pulso martilleándole las sienes—. ¿Qué acabas de decir?

Él sonrió y se inclinó para darle un suave y largo beso en los labios. Deirdre sintió una presión en los pulmones.

—He dicho que te quiero.

«Esto tiene que ser un sueño», se dijo frenética. No podía estar diciéndole verdaderamente que la quería.

—Por favor —dijo ella con voz ahogada, soltándose de él, intentando incorporarse un poco más sobre las almohadas—. Por favor, no me digas eso sólo porque estás agradecido.

—Oh, además estoy agradecido.

Tristan le cogió la mano nuevamente, y se la apretó cuando ella trató de soltarse.

—Me has salvado la vida, Deirdre. Te arrojaste delante de un cuchillo por mí. Algo que, por cierto, no quiero que vuelvas a hacer. Pero no es por eso por lo que te quiero.

Inclinándose hacia adelante, apoyó la frente sobre la de ella, como queriendo tener su atención en exclusiva.

—Te quiero porque eres buena y generosa; porque te das por entero sin esperar nada a cambio, y porque amas a la gente de Tothill Fields, incluso a aquellos a los que no es fácil amar.

Con un movimiento que la hizo estremecer, Tristan resiguió la línea de su nariz con los labios, besando cada diminuta peca en dirección al hueco de su oreja.

—Te quiero porque aceptaste ayudarme, aun sabiendo que te exponías a que Barnaby te encontrara; porque me soportas a mí y mis ataques de ira, incluso cuando me comporto con absoluta obstinación.

Tumbándose en la cama a su lado, levantó una mano y trazó con un dedo el contorno de sus labios, sonriendo al ver el trémulo gemido que escapó de los mismos.

—Te quiero porque me diste tu dulce cuerpo, porque confiaste en mí para que fuera el primero. Y espero que el último también.

Ella fue a hablar, pero él la detuvo rozándole los labios con la suavidad del aleteo de una mariposa.

—Pero sobre todo, te quiero porque crees que soy alguien a quien merece la pena amar.

Deirdre lo miró sin saber qué decir. ¿Cómo podía ser que todo lo que había soñado estuviera allí, al alcance de su mano?

—Estoy esperando.

Sus palabras la cogieron desprevenida.

—¿Cómo dices?

—Bueno, acabo de decirte que te quiero. Sería agradable oírtelo decir a ti también.

Deirdre sintió que se sonrojaba al captar el tono juguetón de Tristan.

—Ya debes de saber lo que siento. No se me ha dado demasiado bien ocultarlo.

—Me agradaría oírlo en cualquier caso.

A pesar de su sonrisa, había una sobriedad en sus palabras que le decían que hablaba en serio.

Tocándole la cara con mano temblorosa, parpadeó para apartar las súbitas lágrimas de felicidad.

—Te quiero, lord Ellington. Creo que te he querido desde que te vi en aquel callejón hace años.

Una emoción pura y simple brilló en los ojos de Tristan antes de rozarle de nuevo los labios con un reverente beso, rebosante de ternura. Cuando se apartó, Deirdre estaba sin aliento y ardía en deseos de más.

Aunque también era incapaz de ocultar el repentino cansancio.

Él dejó escapar una suave carcajada cuando Deirdre trató de ahogar disimuladamente un bostezo.

—Estás cansada, jovencita —dijo él, subiéndole y remetiéndole bien las mantas para que no cogiera frío—. Duerme.

—Pero…

—Nada de peros.

Sentándose a su lado, estrechó a la joven en sus cálidos y fuertes brazos.

—Tienes que descansar.

—De acuerdo, puede que cierre un poco los ojos.

Deirdre notó que el agotamiento causado por la herida y los acontecimientos del día la estaban adormeciendo, pero pese a ello, alcanzó a oír las últimas palabras que Tristan le susurró al oído.

—Te prometo que estaré aquí cuando despiertes.

Tres días después, Deirdre estaba en el salón, jugando al ajedrez con Emily cuando una súbita conmoción procedente del vestíbulo llamó la atención de ambas.

Era el primer día en que habían permitido a Deirdre levantarse de la cama después de ser herida por el cuchillo de Barnaby. Tras bajarla y acomodarla en el sofá con firmes órdenes de no moverse bajo ningún concepto, Tristan se había retirado a su estudio para ocuparse de sus negocios largo tiempo desatendidos, dejando a su hermana con ella. Aquello no había sido ninguna carga para Deirdre, ya que Emily era una compañía muy grata, y las dos estaban disfrutando de su partida.

Tras el alboroto, oyeron el sonido de una aguda voz femenina seguida del tono más sosegado de Archer.

Un segundo después, la puerta se abrió de golpe y tras ella apareció una dama regordeta, elegantemente ataviada, de pelo gris y expresión irritable.

El mayordomo asomó detrás, con la boca fruncida con gesto de preocupación.

—Lo siento, lady Rotherby. Iba a anunciarla, pero…

—¡Tonterías, hombre! —vociferó la mujer—. ¡No tienes que anunciarme en la casa de mi propio sobrino!

Deirdre se sintió palidecer al darse cuenta de quién era aquella mujer. ¡Dios bendito, era la tía de Tristan, lady Dragón!

Carraspeando, Deirdre dirigió a Archer una mirada de entendimiento.

—Está bien. Gracias.

El mayordomo no parecía muy convencido, pero asintió y desapareció.

La marquesa de Overton recorrió la estancia con su altiva mirada antes de posar sus gélidos ojos azules en Deirdre con evidente desaprobación.

—Tú —dijo con tono despectivo—. Tú eres esa tal Rotherby.

Sintiéndose en clara desventaja desde su posición tendida en el sofá, Deirdre balanceó las piernas y se incorporó hasta sentarse, ignorando el dolor que sintió cuando los puntos le tiraron con el movimiento. Miró a Emily, pero en nada podía ayudarla la chica, que miraba a su tía con expresión aturdida y la boca abierta.

—Sí, soy lady Rotherby —respondió Deirdre, con toda la educación que pudo—. Y usted debe de ser lady Overton. Perdone que no me levante, pero...

—Entonces es cierto.

Como si las palabras de Deirdre carecieran de importancia, lady Overton la interrumpió y siguió hablando.

—Cuando recibí la nota de Elmira, no podía creerlo. Pero después de todo tenía razón.

—¿Razón sobre qué?

Deirdre no pudo contener el suspiro de alivio al oír la voz de Tristan, que había aparecido de pronto en la puerta que conectaba su estudio con el salón. Atractivo y muy elegante con su chaqueta azul brillante ceñida y sus calzas también ajustadas, de un tono más oscuro, entró en la habitación casi con aire despreocupado, como si la inesperada visita de su tía no le hubiera molestado.

—Hola, tía Rue.

Se detuvo para darle a la marquesa un beso en la mejilla, tras lo cual atravesó el salón y fue a apoyarse contra el sofá, al lado de Deirdre, que estaba recuperando el valor al tenerlo a su lado.

—¿Qué es exactamente eso en lo que tiene razón lady Maplethorpe? —preguntó, enarcando una ceja interrogativamente—. Tengo curiosidad.

Lady Overton frunció los labios y estudió a su sobrino con los ojos entornados.

—En su última carta, me informaba de que no sólo te las habías ingeniado para perder a otra institutriz, sino que, al parecer, habías sido visto en compañía de individuos de aspecto poco recomendable varias veces en la última semana. De hecho, se les ha visto entrar y salir de esta casa a cualquier hora del día y de la noche.

Deirdre se mordió el labio. Aquello era culpa suya. Había recibido varias visitas en los últimos días. Entre ellos los Dedos Largos, Lilah, y hasta Dan, que le había dado toda una sorpresa al no aceptar pago alguno por sus servicios y prometerle, con su brusquedad habitual, que seguiría en contacto. Cullen incluso había insistido en instalarse en las habitaciones de los sirvientes de Tristan, pues se negaba a dejar sola a su señora más de unas horas al día.

La marquesa seguía hablando cada vez con más frialdad cuando posó de nuevo la mirada en Deirdre.

—También mencionó que corrían rumores de tu asociación con una popular viuda de cuestionable reputación. ¡Y cuando llego aquí, veo no sólo que es cierto, sino que la has instalado en tu propia casa, donde puede ejercer su nefasta influencia sobre tu impresionable hermana menor! —Movió la cabeza con gesto desaprobador—. Gracias a Dios que la Temporada ha terminado y la mayoría de los miembros más influyentes de la sociedad ya se han ido al campo. Tiemblo al pensar lo que dirían de todo esto.

Tristan se encogió de hombros con despreocupación y estiró el brazo por encima del respaldo del sofá, rodeando a Deirdre con su calor y reconfortante presencia, a pesar de las venenosas palabras de su tía.

—Perdóname por lo que voy a decir, pero me importa muy poco.

—¿Q-que no te importa? —tartamudeó lady Overton, enrojeciendo de indignación—. ¿Cómo que no te importa? Ésas son las personas con las que tendrás que relacionarte si quieres que Emily tenga un futuro aceptable, y nunca conseguirás su favor si sigues con esta… esta…

Tristan frunció el cejo y se inclinó hacia adelante, sosteniéndole a su tía la mirada.

—Ten mucho, mucho cuidado con lo que dices de lady Rotherby, tía Rue —dijo en tono de advertencia, peligrosamente suave—. Estás hablando de mi futura esposa.

Deirdre se quedó de una pieza, con el corazón latiéndole en la garganta mientras miraba alternativamente a Tristan y a su tía. ¿Lo habría dicho en serio? Nunca habían hablado de ello, pero su expresión era absolutamente solemne.

La marquesa estaba a punto de sufrir una apoplejía. Balbuciendo y abanicándose con su pequeño bolso, avanzó un paso hacia su sobrino.

—¿Esposa? Pero… pero… ¡no puedes casarte con ella!

—Te aseguro que puedo, y es lo que pienso hacer a la menor oportunidad.

—Tristan… —comenzó Deirdre, pero de nuevo fue interrumpida por la marquesa.

—¡Qué vergüenza! Es obvio que he llegado tarde. Sabía que era un error dejar a mi sobrina a tu cuidado. Sinclair tiene que estar revolviéndose en su tumba.

—Lamento que pienses eso, tía.

—He hecho todo tipo de concesiones contigo —vociferó, caminando de un lado para otro delante de ellos—. Soy consciente de que has pasado la mayor parte de tu vida de adulto recorriendo el país, huyendo de tus responsabilidades, y que tienes muy poca idea de cómo hay que comportarse en sociedad, pero esto pasa de castaño oscuro. Mi conciencia no me permite dejar que Emily sufra las consecuencias de tu incapacidad como tutor.

Tristan inclinó la cabeza con rigidez.

—Agradezco tu preocupación, pero no puedo dejar de preguntarme una cosa. ¿Dónde estaba esa conciencia tuya cuando mi padre se pasaba día y noche en sus clubes, jugando y bebiendo en vez de ocuparse de su hija?

Lady Overton se detuvo y se irguió totalmente indignada.

—¿Cómo te atreves?

—Me atrevo porque es verdad. Y si crees que voy a permitir que te lleves a mi hermana de esta casa, estás muy equivocada.

Deirdre intercambió una mirada de alegría con Emily. Tristan no había vuelto a mencionarle que pensara que su hermana estaría mejor con su tía, pero hasta ese momento no había tenido la seguridad de que había cambiado de opinión.

—Bueno, eso ya lo veremos —resopló lady Overton—. Tu tío tiene muchas influencias en Londres, y cuando llegue a casa y le diga…

—¡No!

Todos los ojos se volvieron hacia Emily, que se había levantado de su asiento y estaba de pie, con los brazos a los costados y los puños apretados, casi temblando debido a la intensidad de sus emociones.

La marquesa dirigió una fría mirada a su sobrina.

—¿Qué es esto, señorita?

—Lo siento, tía Rue, pero he dicho que no. Y no me importa lo que piense la sociedad. —Emily levantó la barbilla en un gesto de desafío—. No dejaré a Tristan. Sé que estás preocupada por mí y te lo agradezco, pero tienes que comprender que ha estado muchos años fuera, y que estamos empezando a conocernos. No dejaré que me apartes de él.

Un silencio de ultratumba se apoderó de la estancia, y durante un largo momento nadie dijo una sola palabra. Entonces, lady Overton cuadró los hombros y lanzó a sus sobrinos una mirada fulminante.

—Debo decir que estoy atónita. ¿Así es como me agradecéis lo que he hecho por vosotros? —rezongó—. Está bien. Me lavo las manos en lo referente a los dos. Pero escuchad bien lo que os digo. Tarde o temprano os daréis cuenta de que esto ha sido un error, pero entonces será demasiado tarde.

Y diciendo eso, dio media vuelta y salió por la puerta con la cabeza bien alta.

Tras un segundo de pasmoso silencio, Emily se echó a reír y atravesó la habitación para arrojarse a los brazos de su hermano.

—¡Tristan, has estado brillante!

Él la miró con la luz del cariño fraternal reflejada en sus ojos.

—Tú tampoco has estado mal.

Deirdre sonrió. Era tan agradable verlos así… A su relación aún le quedaba mucho camino por recorrer, pero estaba segura de que hermano y hermana se harían muy pronto inseparables.

—¿Lo has dicho en serio? —preguntó Emily, apartándose un poco de Tristan para estudiar su expresión con gran expectación—. ¿De verdad te vas a casar con lady Rotherby?

Entonces Tristan dirigió a Deirdre una mirada que la dejó sin aliento.

—Si ella me acepta.

Su hermana dejó escapar un chillido de júbilo y, dando media vuelta, se acercó a abrazar a Deirdre.

—¡Tengo que ir a decírselo a los Dedos Largos ahora mismo! ¡Se pondrán tan contentos! ¿Puedo ir?

Tristan asintió con la cabeza.

—Pero que Cullen te acompañe.

Emily se dirigía ya hacia la puerta, pero Deirdre había notado algo en el comportamiento de la chica. Algo que había llamado su atención.

—¿Emily?

—¿Sí?

—¿Por qué no le devuelves la cartera a tu hermano antes de irte?

Emily curvó los labios hacia abajo decepcionada.

—Sólo estaba practicando —murmuró, devolviéndole a Tristan el objeto hurtado.

Él frunció el cejo consternado mientras se la volvía a meter en el bolsillo.

—Pues yo creo que ya has practicado bastante.

Deirdre posó una mano en el hombro de la chica.

—Ten cuidado, querida, y no te olvides de llevar a Benji el libro que le has comprado. —Hizo una pausa y a continuación bajó la voz y dijo con un susurro de complicidad—: Y dale recuerdos a Peter de mi parte.

Emily se sonrojó violentamente antes de salir de la habitación.

Una vez solos, Deirdre se volvió hacia Tristan mientras éste se sentaba en el sofá a su lado.

—No estoy seguro de qué pensar sobre que pase tanto tiempo con esos chicos —dijo con preocupación.

—No creo que tengas de qué preocuparte —le aseguró Deirdre—. Nunca harían nada que la pusiera en peligro. Son muy protectores con ella. Especialmente Peter.

Se detuvo buscando la manera de abordar el tema que daba vueltas en su cabeza. Finalmente, inspiró hondo y tomó el toro por los cuernos.

—Tristan, quiero que sepas que no tengo intención de que la mantengas.

—¿Que mantenga qué?

—La proposición de matrimonio. Me doy cuenta de que lo has dicho por tu tía y…

Tristan detuvo la avalancha de palabras posando un dedo sobre los labios de ella.

—Deirdre, te aseguro que lo he dicho en serio. Me gustaría habértelo pedido antes, pero quería esperar a que estuvieras totalmente recuperada. La visita de la tía Rue sólo ha acelerado el ritmo de los acontecimientos.

Al no recibir respuesta de ella, que permanecía con la cabeza gacha, mirándose las manos plegadas en el regazo, Tristan frunció el cejo.

—¿Ocurre algo, Deirdre? ¿No quieres casarte conmigo? Porque no tenemos que hacerlo si…

—No, no es eso. Es sólo que…

Sus palabras murieron en sus labios. ¿Cómo podía hacerle comprender?

—Ahh. Querías una proposición seria y formal. ¿Es eso? Debería haberlo sabido. Me han dicho que las mujeres os tomáis eso muy en serio.

Para asombro de Deirdre, Tristan hincó una rodilla en tierra delante de ella y le tomó una mano entre las suyas, mirándola con tal adoración que a ella se le hizo un nudo en la garganta.

—Lady Rotherby, sé que puedo llegar a ser muy difícil y testarudo, que soy impulsivo y arrogante, y que a veces me dejo llevar por mi temperamento. También sé que puede que cueste creerlo porque sólo nos conocemos desde hace una semana, pero estoy loca y absolutamente enamorado de ti. Mi corazón te pertenece, y mi vida sería completa si me hicieras el gran honor de convertirte en mi esposa.

Su elocuencia hizo que las lágrimas acudieran a sus ojos. Nunca había soñado con escuchar palabras como aquéllas de un hombre. Y el hecho de que hubieran salido de los labios de aquel con quien había soñado durante años, hacía que fueran aún más dulces.

—Eres todas esas cosas, es cierto —dijo ella, incapaz de contener una plácida sonrisa de pura felicidad—, pero también eres fuerte, valiente y generoso. Amas a los niños, y con ellos eres increíblemente paciente y amable. Dejaste a un lado los rumores y fuiste capaz de ver a la verdadera mujer que se ocultaba debajo, y por eso te estaré eternamente agradecida. Te quiero, y nada me haría más feliz que convertirme en tu esposa. —Su sonrisa se desvaneció—. Pero…

—¿Pero?

—¿Qué pasa con Emily, Tristan? Tu tía tiene razón. Aun en el caso de que la sociedad no te condene exactamente al ostracismo si te casas conmigo, no la recibirán con los brazos abiertos. No quiero que tú o tu hermana sufráis por mí.

—Eso no sucederá. Te lo prometo. En lo que a mí se refiere, sería feliz de pasar la mayor parte del año en Knighthaven y evitar Londres y su alta sociedad. Y ahora, vamos, mujer —gruñó él con fingida ferocidad—, acaba con el sufrimiento de esta pobre bestia. ¿Te casarás conmigo?

Dios, aquello estaba sucediendo de verdad. Su deseo más íntimo se había hecho realidad. Le rodeó el cuello con los brazos y apoyó la frente contra la de él.

—Sí. Sí, me casaré contigo.

Él gimió y tomó sus labios entre los suyos. Por un momento, se dejaron arrastrar a un mundo de pasión y promesas de futuro que era sólo suyo.

Sin embargo, al cabo de un momento, Tristan se apartó, respirando agitadamente.

—Deirdre, tenemos que parar. Tu herida…

—¡Al cuerno mi herida! —dijo ella con voz ronca por la impaciencia, intentando atraerlo hacia ella de nuevo.

Tristan dejó escapar una suave, aunque un poco temblorosa, carcajada ante la vehemencia de su amada.

—No, Deirdre. Tenemos que parar. Además, hay algo que me gustaría hablar contigo.

La gravedad de su tono hizo que ella se apartara y lo mirara con preocupación.

—¿Qué pasa?

Tristan se pasó una mano por el pelo y empezó a caminar de un lado a otro por delante de ella.

—He estado pensando en los Dedos Largos, Deirdre. Por mucho que la señora Godfrey disfrute con ellos, los dos sabemos que no podrán quedarse en tu casa para siempre.

—Lo sé. Yo también he estado pensando en ello. No me gusta la idea de que vuelvan a otro cochambroso agujero en ese barrio de mala muerte, pero no he conseguido dar con ninguna solución.

Tristan se detuvo y la miró.

—De hecho, yo tengo una sugerencia. Poseo una casa en el campo, cerca de Knighthaven, que recibí como parte de la herencia de mi madre. Es grande y el aire se cuela por todas partes porque nadie se ha ocupado de ella en muchos años, pero con algunas obras podría ser el lugar perfecto para crear el refugio para niños del que me hablaste una vez.

Deirdre se quedó sin habla. No podía dar crédito a lo que estaba oyendo.

—Tristan, ¿lo dices en serio?

—No bromearía sobre algo así, Deirdre.

Ella se sonrojó violentamente.

—Lo sé. Es sólo que me parece demasiado bueno para ser verdad. Nunca creí que pudiera hacer realidad mi sueño.

—No va a ser fácil —le advirtió—. No he ido por allí en los últimos tiempos y habría que ver qué reparaciones serían necesarias; el tejado estaba en un estado lamentable la última vez que estuve allí. Pero cuando todo esté arreglado, creo que resultará adecuado para nuestros propósitos. Está lo bastante alejado de cualquier vecino como para que éstos puedan resultar un problema, y los chicos tendrán libertad para moverse.

—Libertad.

Deirdre saboreó la palabra, segura de que su rostro resplandecía.

—Gracias, Tristan. Muchísimas gracias.

—Y algo más. Necesitaremos a alguien que se ocupe de todo. Había pensado que tal vez… —Se detuvo un momento, y luego continuó, ligeramente sonrojado—. Después de haber colaborado a entregar a la banda de Barnaby a la justicia, las autoridades quieren resarcirme por su falta de cooperación cuando acudí a ellos la primera vez. Así que he utilizado parte de esa influencia recién adquirida para que dejen libre a Angus McLean.

Deirdre se quedó de una pieza.

—¿El padre de Jenna y Gracie?

Él asintió.

—Hablé ayer con él y con Rachel sobre un trabajo como guardeses de la casa. Es cierto que pasará un tiempo hasta que ésta sea habitable, pero se mostró muy agradecido por la oportunidad, y puede que sea una buena manera para sacar a su familia de la ciudad y de la tentación de tantos… bolsos y bolsillos.

Regresó al sofá junto a ella y le cogió una mano entre las suyas.

—Y he pensado que Lilah también querría venir. Así podría ver a Cullen más a menudo.

Deirdre tenía el corazón tan desbordado de sentimientos que no podía hablar, tan sólo le rodeó el cuello con los brazos y apoyó la cabeza en su pecho. Dios, Tristan hacía todo eso por ella.

—¿Tienes idea de lo maravilloso que eres? —murmuró.

Deirdre notó que Tristan se movía incómodo.

—Bueno, no sé si lo soy, pero me alegro de que tú lo creas. Creo que a mi madre le hará feliz saber que la casa se está utilizando para una buena causa.

Apartándose ligeramente de él, Deirdre levantó la cabeza y lo miró fijamente, poniéndole una mano en la mejilla.

—Ahora te das cuenta de que no fue culpa tuya, ¿verdad? Tu madre nunca te culparía por lo que pasó.

Él ladeó la cabeza para depositar un suave beso en la palma de ella.

—No lo sé, Deirdre. Lo intento, pero me cuesta deshacerme de toda esa culpabilidad.

Deirdre le acarició los labios con el pulgar.

—Oh, cariño, ¿qué crees que habría pasado si te hubieras negado a acompañarla aquel día? Por lo que me has contado de ella, no era de las personas que se rinden fácilmente y se quedan en casa. Y al parecer, Barnaby llevaba tiempo observándola. Tarde o temprano, la habría pillado cuando estuviera sola.

—Puede. En cualquier caso, no creo que nunca sea capaz de mirar atrás sin sentirme un poco culpable. Pero ahora que su asesino no volverá a matar y he recuperado a mi hermana, puede que empiece a olvidar aquel episodio. —La miró con ternura—. Y teniéndote a mi lado creyendo en mí, puede que, por fin, logre demostrarme a mí mismo que vuelvo a ser merecedor del amor y la confianza de una persona.

Ella se acurrucó entre sus brazos.

—Lo eres, ¿sabes? No lo dudes nunca.

—Si lo soy es gracias a ti. —Enterró el rostro en su fragante cabello y la estrechó con fuerza—. Eres lo mejor que me ha ocurrido en la vida. ¿Quién habría creído, cuando comenzó esta aventura, que terminarías robándome el corazón?

Una pequeña y secreta sonrisa curvó los labios de Deirdre.

—¡Bueno, milord, eso lo que ocurre cuando te enamoras de una ladrona!